順手撿個童養夫

4 完

平林 著

風 文創 749

目錄

第六十七章

轉眼間就到了八月十七日。

鍾佳霖正在考場的號房內端坐。這種號房實在太狹窄了，將將放下一張書案、凳子和一個窄床罷了。

他靜靜檢查最後一道試題。這道題是擬一封唐朝開元三年，以姚崇為相的詔書。這種題目，既要求應試秀才熟知歷史和當時的禮制，又能熟練運用公文格式，並用當時的視角寫出來，自然是有些難度。

他檢查了沒有問題，便把試卷交上去。

這時候即使交卷，大家都還不能出去，到明日一早貢院大門打開，才能離開考場。

鍾佳霖這會兒沒事做，便開始收拾行李。

他正在收拾，幾個巡考官員在衙役的簇擁下走過來。

看到鍾佳霖，他們不禁多看了一眼。在考場內九天，應試的秀才幾乎個個都灰頭土臉、不成樣子，這位少年秀才居然依舊清俊，究竟是怎麼做到的？

這些巡考官員走遠之後，其中一個青衣人走了回來，探身到鍾佳霖的號房裡看了看，見牆角香爐內的棒香快要燃完，從懷裡又拿出一枝，用火石點著後，插進了原先的香爐內。

如今正是秋季，號房內潮濕，蚊蟲可是不少，這間房裡的這位可是金尊玉貴，千萬不能出一點紕漏。這種棒香是陛下特地叮囑太醫院製出來的，對人體無害，驅蟲效果卻好得很。

鍾佳霖忙著整理行李，好似沒看到這位青衣人的舉動一般，逕自忙事。

青衣人弄完，這才無聲地退了出去。

收拾完行李，鍾佳霖有些疲憊，便和衣躺在床板上睡下。

待他睡醒，已經是傍晚，應試的秀才們都交了卷子，但不能離開考場，閒來無事便各自晃來晃去，找熟人說話。外面聲音不大，卻吵鬧得很。

蔡羽走過來，笑嘻嘻地道：「佳霖，出去散散步吧！」

鍾佳霖起身。「咱們找徐微去。」

他也該活動活動了，整整考了九日，身體的確有些疲憊。

這幾日，考場內不少應試秀才堅持不下去，都被抬了出去。

正在這時候，徐微跑過來，大聲道：「好消息！好消息！等一會兒咱們就有熱湯麵吃了！」

蔡羽探身出去。「咦？官府為何會這麼好？」以前沒聽過考鄉試官府還會提供熱湯、熱飯的。

「聽說還是排骨麵呢，前面那幾個號房已經在發了，你也趕緊回去領吧！」

蔡羽真是飢腸轆轆，聽徐微一說，忙道：「那我先回去了，吃完麵我再過來。」

幾人剛離開，點棒香的那個青衣人便提著食盒來了。他很快在書案上擺了一個素瓷麵碗和一雙青竹筷子，然後便退下。

鍾佳霖嚐了嚐麵，發現青菜嫩綠，麵條勁道，湯鮮味美，下面還埋著幾塊煎過的排骨——這實在不是大鍋飯該有的水準啊！

他心中明白了，面上卻是不顯。

用罷麵，他就出去了，找到蔡羽和徐微，三個好朋友在朦朧的夜色中散步聊天，煞是自在。

第二天一早，鍾佳霖被外面嘈雜的人聲給吵醒。不少考生都睡不著，一直等待著貢院開門呢！

他不慌不忙起身，認真洗漱後換了潔淨衣物。

才剛換好衣物，蔡羽和徐微就揹著各自的皮篋來尋他。

貢院的大門終於打開了，應試的秀才們個個蓬頭垢面，排著隊離開。

貢院外面全是來接考生的人們，熙熙攘攘，摩肩接踵。

青芷帶著春燕、王春雨和蔡福、徐六正候在大門外，焦急地翹首期待著。

一見到鍾佳霖，她心中歡喜，當即跳了起來。「哥哥！哥哥！我在這裡。」

鍾佳霖聽到了青芷的聲音，笑了起來，抬手打招呼。

兄妹四目相對，心中各自歡欣。

跟在鍾佳霖後面的蔡羽見了，抬手拍了拍鍾佳霖的肩膀。「佳霖，青芷眼裡只有你。」

鍾佳霖聽他語氣頗為哀怨，扭頭睨了一眼，道：「青芷眼裡只有我，不是很正常嗎？」

「……哪裡正常了？」

但鍾佳霖此時眼中只有妹妹，懶得搭理他。

見哥哥終於出來了，青芷忙擠過人群迎上去，大聲喊：「哥哥！」

鍾佳霖也加快腳步，走向青芷。

青芷一把攬住鍾佳霖的腰，把他給抱了起來。「哥哥，你終於考完了！」

周圍瞬間靜了一瞬。

四周的人都瞪大眼睛看著這邊——一個仙子般的美麗少女，居然把一個身材高䠷的少年給抱起來！

鍾佳霖忙低聲道：「青芷，快放我下來。」

青芷一時忘形，這會兒也反應過來，忙放下他，面紅耳赤地拉著他往外擠了出去。

徐微忍不住湊近蔡羽。「是佳霖太輕了，還是虞姑娘天生神力？」

「是佳霖太輕了……」蔡羽知道青芷力氣大，卻不知道她力氣居然這麼大……

此時貢院對面酒樓的二樓雅間窗內，清平帝依舊處於震驚中。他看向周靈。「剛才……不是朕眼花了吧？」

那個虞青芷，瞧著嬌嬌怯怯的，居然是一位不顯山不露水的女大力士？

周靈笑意未斂，不慌不忙解釋道：「陛下，這些年都是這位虞姑娘做活養活佳霖，她力氣大些也正常。」

清平帝的眼神有些憂鬱。「原來朕的佳霖過的是這樣的日子，這樣粗魯強勢的女子，他怎麼能夠忍受……」

周靈看著窗外，鍾佳霖正笑容滿面地攙扶青芷上馬車。

他看向清平帝，忍不住提醒。「陛下，您看佳霖像是很痛苦的樣子嗎？」

清平帝對鍾佳霖的笑容視而不見，腦補兒子的悲慘生活，眼淚都快流出來了，心裡默默思索著：朕以後一定得好好補償佳霖……

鍾佳霖、蔡羽和徐微回到溫宅，先回各自房間，痛痛快快洗了個澡，然後在一樓廳堂會合。

他們還沒到廳堂，就聞到了好聞的食物香味。

青芷一身翠衣素裙，正笑盈盈立在廳堂裡，見蔡羽和徐微下樓，忙行了個禮。「蔡大哥、徐公子，早飯已經準備好了，先略用一些，然後我陪你們去蘭氏醫館讓大夫給你們看看脈息。」

蔡羽和徐微在八仙桌邊坐下來，見桌上擺著幾樣精緻小菜，另有幾樣精緻麵點。

青芷笑著問他們。「粥有兩種，一種是大米清粥，一種是皮蛋瘦肉粥，蔡大哥、徐公子，你們要哪一種？」

徐微餓極了，忙道：「虞姑娘，給我盛一碗皮蛋瘦肉粥吧！」

蔡羽道：「青芷，給我盛一碗大米清粥。」

青芷盛罷粥，見鍾佳霖還沒有出來，便道：「蔡大哥、徐公子，你們先用早飯，我看看哥哥去。」

鍾佳霖剛穿上衣服，正在繫腰帶，滿頭烏黑長髮濕漉漉地披散著。見青芷進來，他忙道：「青芷，妳給我梳一下頭髮吧！」

青芷吸了吸鼻子，嗅到了濕漉漉的薄荷清香。

她答應了聲，拿了擦頭髮的布巾過來，裹著長髮吸了吸水分，待長髮稍乾，這才拿起桃木梳給鍾佳霖梳頭。

梳通之後，她把鍾佳霖的長髮分為上下兩部分，一部分綰成一個髻，用白玉簪子固定，其餘部分順滑地垂下。

青芷梳好髮髻，繞到前面端詳一番，感覺還不錯，便笑了起來。「哥哥，梳好了。」

只見鍾佳霖背脊挺直地坐在那裡，白皙的俊臉沒有一絲表情，似乎在想心事，她便伸出左手，輕輕捏了捏他的右臉頰——真的好軟呀！

鍾佳霖正在想心事。

方才青芷梳頭的時候，他不知為何忽然想到了一句話——「結髮同枕席」，思緒不由就放飛了，此時回過神來，發現青芷正俯在他前面，手正在捏他的臉頰，他好氣又好笑，只得抬眼看她。

青芷見他終於回神了，便若無其事地起身道：「哥哥，洗洗手，用早飯去吧！」

鍾佳霖「嗯」了一聲，與她一起出去了。

八月三十這日，天氣依舊陰沈沈的，朔風漸起，青芷特地拿出架了薄薄一層清水棉的白綾道袍讓鍾佳霖穿上。

早早用過早飯，鍾佳霖、青芷、蔡羽和徐微一行人就步行去了貢院。

這時候的天還沒有亮透，好似籠罩著一層霧氣，可是貢院門口已經站滿了在等放榜的學子和家人，還有一些是愛看熱鬧的路人。

鍾佳霖並沒有擠進人群裡，幾人站在旁邊看著前面摩肩接踵的人群，有些發愁。

蔡福見狀，當即一捲衣袖。「這件事交給我吧！」

徐六最是好事，忙道：「我也去。」

見蔡福和徐六擠進人群了，王春雨忙也跟著擠進去。

這時只聽一聲鑼響，貢院大門打開了，幾個衙役拿著榜文出來。

周圍一下子靜了，圍在貢院門口的人自發地空出一圈。走在前面的那個衙役左手提著一面鑼，右手握著鑼錘；走在中間的衙役一手端著半碗漿糊，一手拿著竹刷子，走在最後的衙役手裡捧著一卷紙。

四周靜得出奇。

青芷心中有些緊張，伸手揪住鍾佳霖的衣袖，心怦怦直跳。

鍾佳霖察覺到她的緊張，輕輕攬住她的腰肢。

他知道自己能考上。一則是他的確比一般人有天分，二則是這麼久的努力不會白白浪費。但最重要的是，他見到了清平帝，也提醒了清平帝自己的存在。

榜單展開貼上去的一瞬，人群瞬間沸騰了，齊齊往前擠。

蔡羽和徐微都有些緊張，不過見鍾佳霖立在那裡，氣定神閒，他們也都放鬆了下來——大不了重來一次！

這時候，人群中忽然傳出一聲狂呼。「我中了！中了！老子終於考中了！啊——」

鍾佳霖他們看了過去，只見一個鬍鬚皆白的老秀才涕淚交加，手舞足蹈地狂奔出來，似瘋了一般，一邊跑一邊喊，又是哭又是笑，漸漸跑遠了。

也有人當場聲音悲愴。「真的沒有我的名字嗎？再看看吧，萬一看錯了呢……」

這時，蔡福最先從裡面擠出來，一下子衝到蔡羽面前。「大公子，中了！考中了！」

蔡羽臉上先是一片空白，接著便是狂喜。「真的中了？」

蔡福用力點頭。「中了！大公子，考中了！老爺一定會很開心！」

蔡羽的眼睛瞬間濕潤了，他抬手摀住臉，用力抹了一把，含淚笑了。

鍾佳霖和青芷忙笑著恭喜蔡羽。

蔡羽瞅了青芷一眼，臉有些熱，低下頭，有些靦覥地笑了。

徐微忙問蔡福。「蔡福，蔡大哥是正榜還是副榜？是多少名？」

鄉試錄取的榜文分為正榜和副榜，雖然都是榜上有名，可是名列正榜就是正式的舉人；名列副榜卻不能算是正式的舉人，只能說得到了京城國子監的入學資格。

蔡福聞言一愣，伸手摸頭。「啊，我忘記了！」當即又奮力擠入人群。

這時候徐六從人群裡擠了出來。

徐微迎上前。「徐六，有沒有我的名字？」

徐六的表情有些怪，張了張嘴，囁嚅道：「公子，是在副榜……」

徐微的表情一下子凝了，身子晃了晃，大腦一片空白。

鍾佳霖忙扶住他。

他看向鍾佳霖。「佳霖，我……」

鍾佳霖看著徐微，眼神沈靜，聲音清泠泠的。「徐微，副榜的話是可以進入國子監學習的，國子監可是集合了全國名師。」

徐微原本焦急的心穩了下來。他看著鍾佳霖，點點頭。「嗯，我知道了。」

青芷一直關注王春雨，見他終於從人群裡擠了出來，忙招了招手，示意他過來。「哥哥他——」

王春雨的眼睛亮晶晶，笑容燦爛。「姑娘，公子他考上了！正榜第十一位！」他又看向蔡羽。「蔡公子是正榜第五十九位。」

蔡羽聞言，簡直欣喜若狂。「春雨，你確定？」

這次鄉試正榜的名額是六十名，若是名列正榜五十九名，那可真是太幸運了！

王春雨點點頭。「我確定。」

徐微也是個聰明人，已經調整好心態，先祝賀了鍾佳霖和蔡羽，然後拉住兩人，笑道：「兩位，苟富貴勿相忘，先請我去臨水魚莊吃頓好吃的吧！」

鍾佳霖笑著答應下來。

青芷知道他們怕是要一醉方休，便交代了王春雨，自己預備帶著春燕去永利坊的芷記香膏。

鍾佳霖先把她們送到芷記，這才帶著蔡羽和徐微乘了馬車，往白河邊的臨水魚莊去了。

芷記香膏的掌櫃劉兆貴正在鋪子裡同夥計算帳，見青芷來了，忙笑著出來迎接，寒暄罷就問道：「虞老闆，鄉試今日放榜，不知令兄——」

青芷這會兒簡直心花怒放，笑咪咪地道：「我哥哥考中了，以後可是鍾舉人了。」

劉兆貴和兩個夥計忙上前拱手行禮。「虞老闆，恭喜恭喜！」

青芷實在太開心了，當下便拿出一錠銀子給劉兆貴，笑盈盈道：「今日午飯我請客，麻煩劉掌櫃去斜對面的麵館訂一個席面，後面作坊的女工，一人一份豬肉大蔥餃子和一份酸辣肚絲湯。」

劉兆貴笑著答應下來，忙去訂席面了。

到了傍晚，青芷帶著春燕出去，在永利坊逛了一大圈，買好給家人的禮物。

她倆提著大包小包剛回到芷記香膏，還沒進門，就聽到身後傳來王春雨的聲音，扭頭一看，原來王春雨駕著馬車來了。

青芷擔心鍾佳霖，提著大包小包走了過去。「哥哥呢？」

車簾從裡面打開了，鍾佳霖的俊臉出現在車窗內，聲音微啞。「青芷。」

青芷覺得鍾佳霖瞧著有些不一樣，心中狐疑，把大包小包遞給王春雨，湊過去細細打量，發現他的眼睛水汪汪的，清澈的眼變成了水波蕩漾的桃花眼，白皙如玉的俊臉泛紅，實在有些奇怪。

鍾佳霖一向四平八穩，很少出現變化，因此青芷擔心得很。

她上了馬車，挨著他坐下，細細打量。「哥哥，你怎麼了？」

鍾佳霖望著她笑，眼波如水，嘴唇輕啟，撲鼻一股酒氣傳來。

她明白了，哥哥喝酒了，而且還喝了不少！

無論是前世還是今世，她都沒見哥哥喝醉過，他似乎永遠不會喝醉，不會失態，舉止無懈可擊。

鍾佳霖還在笑，臉頰上的酒窩深深，笑容恍惚而甜美，像個小男孩一般。

見鍾佳霖只顧著對自己笑，青芷心裡滿溢著疼愛，伸手攬過他，讓他依偎在自己懷裡，柔聲道：「哥哥，回家吧，到家我就給你煮醒酒湯。」

鍾佳霖乖巧地「嗯」了一聲，依偎著著她。「徐微和蔡羽去麗香院了，我都不去。」

青芷愣了愣，才想起麗香院應該是行院之類，當下便笑了，柔聲道：「哥哥最乖了，咱們不去那些不乾不淨的地方。」

鍾佳霖用力點頭。「嗯，我不去。」他看向青芷，滿臉乖巧，像個小孩子一般。「那青芷獎勵我什麼？」

青芷愣住了。她還真沒和變成小孩子的哥哥相處過呢……

想了想後，她道：「哥哥，我親你一下吧！」

鍾佳霖的眼睛頓時亮了起來，璀璨如夜空星辰。「好。」

他嘟著嘴，湊到青芷面前。

青芷一愣，又笑了起來，在他額頭上親了下，然後笑咪咪地道：「親過了。」
鍾佳霖一臉幽怨。「再親一下吧……」
沒想到哥哥喝醉後居然這樣可愛，青芷便道：「好啊。」
她又湊過去，預備在鍾佳霖的額上再親一下，誰知鍾佳霖忽然伸手在她頭頂摁了一下，青芷猝不及防，一下子親到了他的唇上——
哥哥的唇軟軟的，熱熱的，氣息中帶著酒氣，卻依舊清新好聞。
青芷怔了。
鍾佳霖舔了舔她的唇，這才意猶未盡地往後退，水汪汪的桃花眼璀璨奪目。「青芷好香好軟。」
看著笑容天真的鍾佳霖，她有一種占了小孩子便宜的感覺，忙拉著他的手，認真交代道：「哥哥，你不能親我的嘴唇。」
鍾佳霖眼中滿是疑惑，問道：「我為什麼不能親青芷的嘴？」
青芷對變成小孩子的鍾佳霖耐心得很，柔聲解釋道：「因為你只能親自己的妻子，不能隨便親別的女子。」
「青芷不是我的妻子嗎？」
她無奈地笑了起來。「哥哥，我是你妹妹，你親我的話，只能親額頭。」
鍾佳霖認真地思索了半日，這才道：「可是我想親青芷的嘴唇啊！」
青芷無語。「……算了，等明日我再和你解釋這件事吧！」

明日哥哥酒醒了，估計早忘記這件事了。

回到溫宅，青芷煮了醒酒湯，哄著鍾佳霖喝了再睡下。

她一直等到鍾佳霖睡熟，這才離開。

這時，天已經黑透了。

後花園沒有燈，小樓內的燈光從窗口透出，只照了短短一段路，不過滿天繁星，青芷還是能看清花園。

她在涼爽的夜風中慢慢走著，伸手摸了摸自己的唇——唇上似乎依舊遺留著哥哥的味道，那樣軟、那樣暖，那樣清新……

第六十八章

青芷起得早，又忙了整整一日，已疲憊到了極點，也沒力氣洗澡，簡單洗漱後便睡下了。

平常躺下後，她都是回想一下白日之事，計劃一下明日之事，或者想想讀過的詩詞，很快就睡著。可今日不知為何，在床上躺了半日，她還輾轉反側，難以入睡。

原本還在試著背一首描寫海棠的詞，可是腦子卻彷彿自有主張，自顧自地轉到了鍾佳霖的那個吻。

想到鍾佳霖嘴唇柔軟的觸感，她的臉不由自主有些熱。

她撫著自己的臉，告訴自己：虞青芷，哥哥是喝醉了，妳可不要胡思亂想，他可是妳哥哥呀！

在不停地自我暗示中，她終於不知不覺睡著了。

青芷離開之後，鍾佳霖便睜開了眼。

燈盞已經熄滅了，屋子裡一片黑暗，夜風吹著簾子，發出嘩啦啦的聲音。青芷身上的淡雅香氣似乎還遺留在屋裡……

想到青芷柔軟的身子，鍾佳霖的耳朵有些燙，他拉高薄被，蒙住了頭。

朦朧間，他剛睡著，忽然聽到外面傳來聲響。

他凝神細聽，是蔡羽回來了，便掀開薄被坐起來。蔡羽喝醉了，一定會來找他傾訴心事。

果真他剛下床穿外衣，外面就傳來蔡羽的叫門聲。「佳霖，你睡了嗎？我有話和你說。」

一番忙碌之後，鍾佳霖端起茶壺倒了兩盞茶，一盞遞給蔡羽，一盞自己端起來抿了口，這才道：「徐微留宿行院了？」

蔡羽「嗯」了一聲，慢慢啜飲著茶，待胃裡舒服了些，才啞聲道：「他也是心裡鬱悶，咱倆都考上了正榜，唯獨他只上了副榜……」

鍾佳霖抬眼看向蔡羽，眼中滿是好奇。「你怎麼不留宿？你不是說偎紅倚翠，別有意趣嗎？」

蔡羽看了鍾佳霖一眼。「我本來是打算順勢留下，可是想了想，還是回來的好，畢竟我心裡有人……」

鍾佳霖聞言，垂下眼簾，濃長的睫毛遮住了幽深眼波。

蔡羽悄悄打量他，見他一下子變得清冷起來，彷彿拒人於千里之外，心中也是明白，當下悄悄嘆口氣，轉移話題。「佳霖，明日的鹿鳴宴你參加嗎？」

鄉試放榜的次日要舉辦鹿鳴宴。所謂的鹿鳴宴，其實就是鄉試之後，地方官祝賀新科舉人的「鄉飲酒」宴會；宴會中，地方官會對舉人進行勉勵，彼此聯絡感情。

鍾佳霖「嗯」了聲，道：「參加完鹿鳴宴，我就要帶青芷回南陽縣了。」

蔡羽一愣。「你不去州學讀書嗎？」

鍾佳霖搖搖頭。「我打算繼續在縣學讀書，過完年，直接去京城參加會試。」

他原本是打算在州學讀書的，可是他發現青芷似乎頗為依戀韓氏和阿映，因此打算繼續留在南陽縣，讓青芷多陪陪母親和弟弟。

蔡羽先是吃驚，接著就笑了起來。「太好了，咱們不用分開了！」

鍾佳霖也笑了起來。

這日上午，虞家熱鬧非凡，虞世清剛送走報喜的人，正站在門口與賀喜的人寒暄著，清瘦的臉上帶著笑意。

其中幾位鄰居已經開始纏著虞世清，要重金把自己的兒子或者姪子、外甥送到他的學堂去讀書——這科鄉試，虞世清的兩位學生都考中了舉人，一次教出兩位少年舉人，這在南陽縣可是頭一份了！

可虞世清並沒有飄飄然，依舊堅持道：「如今快到九月了，如果真的有意，九月初一巳時帶孩子去蔡家莊學堂參加考試。若是合格，當日就可以安排進學堂讀書。」

眾人沒想到這位文弱的虞秀才還挺堅持，於是更加敬服，各種恭喜奉承的話不絕於耳，聽得虞世清心裡美滋滋的。

鄰居中有一位牛二郎，在縣衙中擔任小吏，最善鑽營，當即笑著寒暄了幾句，便開口道：「虞秀才，不知鍾舉人如今定下親事沒有？我那小女今日十五歲——」

旁邊的人見牛二郎如此直接，當下便有人也道：「虞秀才，在下的外甥女與鍾舉人也算年貌相當，她家是開絨線鋪的，家資富饒，早為她備下豐饒嫁妝——」

見這些人都有結親之意，虞世清嚇了一跳，忙道：「各位，對不住，佳霖的親事另有安排。」

牛二郎等人一聽，自然認為這是託詞，那裡肯聽，圍著他非要追問。

虞世清哪裡經過這等場面，正急得滿頭大汗之際，卻看到一輛馬車駛了過來，在人群後停下，同車夫一起坐在前座的正是王春雨。

他忙奮力擠出人群迎上去。「春雨，佳霖和青芷回來了？」

眾人原本還在糾纏虞世清，可是一聽說鍾舉人回來了，有些懼怕，一下子變得畢恭畢敬起來。

鍾佳霖先下車，又扶了青芷下來，兩人齊齊向虞世清行禮。

虞世清看著並肩而立的鍾佳霖和青芷，一個清俊高䠷，一個美麗可愛，十分登對，心裡不由一動，想到了一句頗為不雅的村話——肥水不流外人田！

他心裡有了這念頭，就更不願意搭理這些妄想攀親的鄰居，當即一手拉著鍾佳霖，一手牽著青芷，穿過人群進了大門。

堂屋裡，韓氏正陪著娘家弟妹葛氏說話，阿映和小表姊昭蓮正在一邊的羅漢床上玩，嗚鳳在一邊守著。

青芷和鍾佳霖進了堂屋，看著屋裡的韓氏和葛氏，便要一起行禮。

韓氏看看青芷，再看看鍾佳霖，笑得嘴都合不攏了。「終於回來了，太好了！」

葛氏卻不敢受舉人老爺這個禮，忙起身避開，道：「不敢當、不敢當。」

青芷笑盈盈地扶著葛氏。「舅母，哥哥就算考中舉人了，您也是他的舅母啊。」

鍾佳霖端端正正給韓氏和葛氏行禮，口裡依舊稱呼「師母」、「舅母」。

葛氏歡喜極了，又有些害羞，只是笑。

青芷見阿映和昭蓮在玩，便湊了過去，先捧著阿映的白嫩臉頰，左左右右親了好幾下，又抱過昭蓮也親了好幾下，把兩個小娃娃逗得咯咯直笑。

鍾佳霖立在一邊看著，心道：青芷是真喜歡小孩子啊，看來將來我和青芷要多生幾個兒女了！

青芷吩咐鳴鳳去準備水、手巾和香胰子，和鍾佳霖各自回房洗了手臉，換了衣物，這才出來一家歡聚。

到了晚上，他們各自在房裡洗澡，葉嬤嬤也帶著阿映睡下了。

虞世清悄悄進了堂屋，見韓氏正在整理鍾佳霖和青芷帶回的禮物，便挨著韓氏坐下，低聲道：「娘子，今日有好幾位鄰居要和咱家結親……」

韓氏聞言一愣。「是佳霖嗎？」

虞世清點點頭。

韓氏想起青芷，忙道：「那青芷怎麼辦？」

虞世清見韓氏和自己想法一樣，心下大定，低聲道：「我也是這個意思，不過咱們得先問問青芷。若是青芷願意，咱們再問佳霖……」

韓氏想了想，點點頭，可是心裡還是沒底，雙手撫著鍾佳霖送給她的一疋綠閃紅緞子，低頭沈思。

虞世清坐在一邊，端著茶慢慢喝著。

韓氏抬眼看了虞世清一眼，輕輕道：「婚姻是一輩子的大事，不管是佳霖還是青芷，咱們都不能委屈了他們。若是他們不願意，就算了吧！」

虞世清聽了，頗不以為然。「佳霖這孩子極為聰慧，胸中自有溝壑，生得又清俊，明年會試中的可能很大。京中素有榜下捉婿的風俗，咱們若是不早些下手，到了明年就沒有機會了；也幸虧咱們對他有恩，否則我也不好提這件事。」

韓氏心裡有些亂，又素來嘴拙，說不過虞世清，便道：「反正你別強迫孩子，免得結親不成反成仇。」

虞世清一聽這句「結親不成反成仇」，也有些猶豫，便「嗯」了一聲，慢慢思索著。

青芷洗罷澡，見屋裡熱氣騰騰，有些悶，便打開窗子，一邊披散著長髮晾乾，一邊整理行李。

她正在忙碌，忽然聞到一股幽微的花香，細細辨來，似乎是月季花香氣。

扭頭一看，發現鍾佳霖含笑立在窗外，手中捧著一個素瓷花瓶，裡面插著一簇月季花，有大紅的、粉紅的、雪白的、鵝黃的；有的盛放，有的含苞，在綠葉的陪襯下，十分絢爛美麗。

她是最愛花的，見狀不由笑了，當即走過去把花瓶接過來，湊過去深吸一口氣，陶醉地閉上眼睛。「好香啊。」

鍾佳霖見她閉著眼睛嗅花，跟小狗似的，可愛得很，心中也是喜歡，道：「我想著妳喜歡月季花，剛才去後院給妳剪的。」

他見青芷床上的紗帳掛了起來，忙道：「妳睡前看看帳子裡有沒有蚊子，秋蚊子咬人最毒。」

青芷的肌膚太嫩，被蚊子咬一口就腫起來，又癢又疼。

「嗯」了一聲後，青芷依舊雙手捧著花瓶，和鍾佳霖商議道：「哥哥，我聽娘說了，自從報喜的人來了，好多人往咱們家送禮，明日你合計一下，咱們安排回禮吧！」

鍾佳霖應聲。

青芷一邊考慮一邊道：「另外縣學教你的先生，咱們也得備了禮物，你親自上門感謝。」

鍾佳霖眼神溫柔地看著她。這時的青芷像個小主婦一樣，為他籌劃安排著家事，真希望這樣的情景就是他和青芷的一生……

青芷沒有意識到鍾佳霖在看自己，絮絮地道：「明日家裡怕是還有不少客人來賀喜，家裡的親戚、爹爹先前的學生、你在縣學的同窗……咱們得做好待客準備。」

夜已深，漫天繁星，涼風帶著花香拂動著鍾佳霖身上的青色道袍，青芷的細語聲就在他耳際，她就在眼前，此情此景令鍾佳霖心曠神怡，希望這樣的夜晚永遠沒有盡頭。

第二天上午，來虞家賀喜的客人絡繹不絕，其中不少都是南陽縣的頭面人物，男客自有虞世清和鍾佳霖接待，女客則由韓氏和青芷接待，家中眾人各司其職，倒也事事妥當。

到了晚上，客人終於都離開了，一家人也累得夠嗆，洗漱後都歇下了。

青芷剛要解開髮髻預備睡覺，鳴鳳便過來了。「姑娘，咱們老爺和太太叫您過去呢。」

出了西廂房，青芷下意識地抬頭看了看對面鍾佳霖的東廂房，見窗子透著昏黃的光，看到他伏案讀書的身影，不禁有些心疼。哥哥讀書辛苦，等一會兒煮一碗江米甜酒荷包蛋給哥哥送去吧。

進了堂屋，見虞世清和韓氏坐在八仙桌兩邊，青芷不禁笑了。「爹、娘，到底什麼事呀？」

韓氏看了看丈夫，猶豫了下，看向跟著青芷進來的鳴鳳和春燕，道：「鳴鳳、春燕，妳們先出去吧！」

鳴鳳和春燕答應了聲，掀開細竹絲門簾出去了。

見門簾落下，韓氏才道：「青芷，妳今年十五歲，家裡該預備妳的親事了。」

青芷聞言，正要開口，卻被韓氏打斷。「妳覺得妳哥哥怎麼樣？」

青芷從來沒想過這個可能，因此一下子愣在了那裡。

虞世清見狀，忙道：「青芷，妳十五歲，妳哥哥十六歲，都該說親了。我和妳娘的意思是，與其把妳嫁到外面去，不如嫁給妳哥哥，不用離開家不說，而且知根知底的。再說了，妳哥哥待妳也好，將來也不會欺負妳——」

青芷見他滔滔不絕，忙道：「爹爹，哥哥是哥哥，我怎麼可能嫁給自己的哥哥？這件事萬萬不可！」

此時，鍾佳霖在東廂房讀書，看青芷帶著春燕去了明間，片刻後，春燕和鳴鳳便出來了，當即意識到虞世清和韓氏有可能要說青芷的親事。

他當機立斷，立即吩咐在一邊磨墨的王春雨。「去聽聽堂屋裡在說什麼？若是談青芷的婚事，立即來叫我。」

王春雨答了聲「是」，閃身出去。

他悄無聲息地走到正房走廊，隱在廊柱的陰影裡，聽著堂屋裡的動靜。

一聽到虞世清那句「與其把妳嫁到外面去，不如嫁給妳哥哥」，王春雨忙輕手輕腳地急急往東廂房去了。

堂屋內，虞世清和韓氏沒想到青芷居然一口拒絕，都愣在那裡。

屋子裡突然靜了下來，只有隔壁葉嬤嬤哄阿映睡覺的聲音隱約傳來。

虞世清有些生氣，深吸一口氣，道：「妳和佳霖又不是血親，他待妳那樣好，妳嫁給他有何不可？」

青芷皺著眉頭站在那裡，默默思索著。

對她來說，哥哥就是哥哥，若是哥哥變成了丈夫，實在太怪了。
而且她心中清清楚楚，前世的自己一直到死都沒能懷孕，怕是有不孕之症；她若是嫁給哥哥，若是不許哥哥納妾，哥哥豈不是這輩子不會再有子女？若是她允許哥哥納妾，心裡又如何能過去那一關？
再說了，她知道對哥哥來說，要想繼續往上爬，最便捷的方式就是娶一個有背景、能提供助力的妻子。
心裡計議已定，青芷這才開口。「爹、娘，不是我不願意嫁給哥哥，你們想一想，哥哥將來進入官場，若是想要升遷，就需要助力，而得到助力最簡便最有效的途徑，便是娶一個能夠提供助力的妻子。咱家是平民，能給哥哥提供助力嗎？」
這段話頗有些道理，虞世清和韓氏一時都有些沈默。
虞世清想了想，道：「青芷，不如問問佳霖的意思吧？」
青芷忙道：「爹爹，你這時候去問哥哥，哥哥心裡感激，哪裡好意思拒絕？他自然要同意了，可若是如此，咱們豈不是坑了哥哥？」
韓氏已經被女兒繞進去了，覺得青芷說得有道理，便看向虞世清，試探著道：「青芷她爹，要不咱們就別坑害佳霖了？」
青芷笑盈盈地道：「對啊，爹爹，我若是嫁給哥哥，可真是坑害了哥哥呀！」
虞世清沒想到自己的女兒這麼無私，不禁嘆了口氣，正要說話，卻聽到外面傳來鍾佳霖清朗的聲音。

「我請求先生師母允許妹妹『坑害』我。」

接著，他掀開竹簾走了進來，先給虞世清和韓氏行禮，然後看向青芷，清俊的臉上帶著似笑非笑的神情。「青芷，為兄寧願被妳『坑害』，也不願意妳所託非人，遇人不淑。」

鍾佳霖又看向虞世清和韓氏，神情變得誠摯而認真。「先生、師母，青芷若是嫁給外人，須得晨昏定省、孝順公婆、友愛夫家弟妹，忍受委屈；須為丈夫生兒育女，安排妾室、教養庶出子女，一生為夫家做牛做馬……」他聲音漸漸低了下來，帶著濃濃的心疼和憐惜。

「即使多年媳婦熬成婆，青芷也被搓磨了半生……」

韓氏想起自己的這輩子，不由打了個冷顫，心中的天秤一下子又倒向了鍾佳霖。

就算是虞世清，心裡也有些難受。

鍾佳霖頓了頓，眼神越發誠摯，聲音也富有誘惑。「可若是青芷嫁給我，既不用晨昏定省、侍奉公婆，也沒有小姑子、小叔子，更不用教養庶子、庶女。我一定會疼愛青芷，照顧她一生一世，孝順先生、師母，請先生師母同意把師妹嫁給我！」

最後一句話，被他說得斬釘截鐵。

話音一落，他一撩身上月白道袍的下襬，跪了下來。「佳霖發誓，此生定不負青芷！」

青芷怔怔地立在原地。

她沒想到鍾佳霖會說出這樣的話。「哥哥——」

鍾佳霖俯身跪在那裡，根本不理會她。

他知道這件事須得速戰速決。先解決了先生和師母，青芷那邊再慢慢開解。

韓氏心裡是願意的，忙看向虞世清。「青芷她爹……」

虞世清心中一陣狂喜。太好了！

這是他最想看到的結果！佳霖這孩子前途不可限量，性子也好，待青芷又親近，若是能娶了青芷，自然會好好待她，也會好好照料岳家、扶持小舅子。

虞世清深吸一口氣，壓抑住內心歡喜，當即起身扶佳霖起來。「佳霖，既然你有這心意，我和你師母自然是喜歡的。明日我就叫媒婆過來，安排你和青芷訂親之事。」

鍾佳霖看向虞世清，眼睛發亮，顯見是歡喜得很。他端端正正地行禮。「多謝先生！多謝師母！」

說罷，又看向青芷，眼波流轉，笑容誠摯。「以後請妹妹多指教了。」

青芷忙道：「哥哥，咱倆出去說。」

鍾佳霖忽然滿眼委屈，看向韓氏。「師母……」

他知道青芷根本不怕先生，卻不忍心讓師母失望，因此先求助師母。

韓氏本來就疼愛鍾佳霖，把他當親兒子看，如今因為鍾佳霖要做自己的女婿了，「丈母娘看女婿，越看越歡喜」；見他向自己撒嬌，她就有些偏心了，忙道：「青芷，別欺負妳哥哥。」

青芷看看她爹爹，又看看她娘，最後看向鍾佳霖，見他看著自己得意地微笑，不由覺得渾身是嘴也說不過他，嘆了口氣。「爹、娘，我不是欺負哥哥，我是想和哥哥好好說說這件事……」

性。」

韓氏到底心疼女兒，便道：「那你們兩個出去說吧！」她看向青芷。「青芷，可不許任

青芷「嗯」了一聲，走過去拽著鍾佳霖往外走。

鍾佳霖臨出門還和虞世清、韓氏說了句。「先生、師母，你們先休息吧！」

他一向沈穩，從來沒有這樣賣乖，青芷真是好氣又好笑。

第六十九章

夜已經深了，九月已是深秋，夜風沁涼。

乍從屋裡出來，青芷不由打了個寒顫，鍾佳霖見狀，反握住她的手，低聲道：「外面太冷，去我房裡說吧。」

到了東廂房，他安頓青芷在榻上坐下，自己先吩咐王春雨幾句，然後才回來坐下。

青芷端端正正坐在那裡，心中醞釀了一大篇說服鍾佳霖的話，正等著鍾佳霖回來，打算好好說，讓他懸崖勒馬，不再提什麼親事。

鍾佳霖一坐下，見她輕咳一聲，打算要長篇大論，便凝視著她，道：「青芷，明日家裡還會有不少客人，還會有媒人過來，有的是給我說親的，有的是給妳說親的，怕是要熱鬧著呢。」

「呃……」

鍾佳霖眼神幽深，語氣平靜。「蔡家很有可能會來為蔡翎求親，而七姑母也恐怕看上妳，打算給溫子涼求親。」

「蔡翎？溫子涼？」這還不如蔡羽和子淩哥哥呢！

想到嫁給溫子涼，她就覺得人生蒼涼——誰願意嫁一個嫖娼宿妓的丈夫啊！

鍾佳霖「嗯」了聲，道：「還有舅母今日上門，恐怕心裡也有親上加親，為昭玉提親的意思。先生已經有些不耐煩了，我擔心先生會自顧自給妳定下一門親事，到時候就麻煩了。」

青芷聲音有些無力。「哥哥，難道我就不能一生不嫁嗎？」

鍾佳霖伸手握住她的手。

青芷的手軟軟的，有些涼，他雙手包裹著她的手暖著她，眼神變得溫柔起來。「青芷，這兩天也不停有人來給我說親，我怕先生頂不住，給我定下一門親事。與其被先生胡亂定下親事，不如妳我先訂親，堵了那些人的嘴，換回幾年清靜。以後若是妳有了合適的人，我們再解除婚約好了。」

青芷的手被鍾佳霖修長有力的手緊緊握著，一顆飄飄悠悠的心也漸漸落了實地，覺得他說得也有道理，只是有些擔心。「哥哥，若是將來你遇到了喜歡的姑娘，可是姑娘不知道實情，又介意你已經訂親，那你豈不是要錯過一樁好姻緣了？」

鍾佳霖微微一笑。

明明是燦爛溫暖的笑，可她莫名覺得這個笑有些陰鬱，只得眼巴巴地看著他。

鍾佳霖鬆開手，伸手把青芷散下來的頭髮往後撥了撥，輕輕道：「青芷，我志在仕途，哪裡會在兒女私情上用心？」

她忽然想起前世直到自己中毒死去，哥哥都沒有成親，身邊也沒有丫鬟、侍妾，因此針線活都是她親自準備了讓人送過去。

想到這裡，青芷專注地看著鍾佳霖。「哥哥，你放心，在你娶妻之前，我一定會好好照顧你、掙錢養你、幫你管家，讓你沒有後顧之憂。等你成了親，若是嫂子願意，我繼續給你們管家、帶孩子。」

想到鍾佳霖的孩子，她臉上露出笑意。「哥哥，我最喜歡孩子了。」

鍾佳霖總覺得自己似乎抓住了什麼，忙試探道：「既然妳喜歡，那妳我將來多生幾個啊！」

青芷臉上的笑意一下子斂了。

她垂下眼簾，看著自己雪白的手指，半晌方道：「哥哥，我不會生育……」

鍾佳霖想笑，可是見她如此認真地悲傷，心裡湧起憐惜，柔聲道：「妳才十五歲，怎麼確定自己將來不會生育？」

青芷抬眼看著他，不知道該如何解釋，片刻後只胡亂道：「是京城一位大夫給我看了脈息說的。」

鍾佳霖當即造出一位名醫來，娓娓道：「我聽周靈周大人提過一位婦科名醫，人稱送子觀音，極擅長看婦科，等將來去了京城，我帶妳去看看。妳放心，現在擔心這個為時過早。」

青芷本來還在悲傷，聞言噗哧笑了。「還『婦科名醫』、『送子觀音』呢，若這位真是『婦科名醫』、『送子觀音』，為何周大人不讓他給宮中的妃嬪治療呢？清平帝至今無後啊。」

鍾佳霖有些尷尬地摸了摸鼻子，道：「不是周大人不用心，宮中無所出的根源不在於妃嬪，而在於清平帝自己。」

青芷「啊」了一聲，想了想，道：「哥哥，你說得有道理，我以前怎麼沒想到呢。」前世自己死去之時，清平帝都未曾有子嗣，因此作為皇弟，趙瑜才有機會成為皇位繼承人。大家一直覺得是妃嬪們的原因，如今聽哥哥一說，她終於明白過來。一個兩個妃嬪不孕，也許是妃嬪的問題，可是後宮所有的妃嬪都無所出，那便是清平帝的問題了！原來這位清平帝，才是有病的那個啊！

鍾佳霖看著青芷，見她臉上神情變幻不定，指不定在胡思亂想什麼，便握住她的手，柔聲道：「青芷，不要再多想了，咱們先定下親事，應付眼前之事吧！」

青芷看著鍾佳霖，咬了咬下唇，還想再掙扎一下。

打量著眼前清俊的鍾佳霖，青芷想起了他前世一直未婚，心道：哥哥前世一直未曾成親，平時身邊也沒有女子服侍，會不會是因為他有潔癖？

想到這裡，青芷眼珠子一轉，想出一個計策。

她笑盈盈地看著鍾佳霖，忽然站起來，直接走到鍾佳霖的身前，伸出雙手摁住他的肩膀，雙目盈盈。「哥哥，你知道夫妻成親後要做什麼嗎？」

鍾佳霖疑惑地看著她——此時青芷距離他很近，她的大眼睛閃著狡黠的光，正等著他上鉤。

他與青芷對視，緩緩問道：「要做什麼？」

青芷彎著嘴角湊近他，呼吸掃到他臉上，熱熱的，令他的心跳也快了起來。在這一瞬間，鍾佳霖一向理智的心也亂了，腦子瞬間空白，只是被動地看著她。

青芷見鍾佳霖的眼睛越發幽黑，心裡不禁有些得意，忙再接再厲，輕輕道：「哥哥，你知道嗎？夫妻可是要親熱的，我會親你，會舔你的……舌頭。」

她就不信了，哥哥潔癖那麼嚴重，能對她親得下去？

聽到那句「哥哥，你知道嗎？夫妻可是要親熱的，我會親你，會舔你的……舌頭」，鍾佳霖覺得一顆心怦怦直跳，呼吸也亂了，整個人輕飄飄的，只聽到自己說：「不試試怎麼知道？」

青芷認為自己畢竟有過前世的經驗，比至今仍為童男子的鍾佳霖要經驗豐富，因此故意緩緩湊近他，口中道：「哥哥，我要親你了……」

鍾佳霖閉上眼睛，等待著青芷的唇湊過來——他還記得她的滋味，柔軟、溫暖，似帶著芬芳……

青芷一直睜著眼睛，見鍾佳霖居然閉上眼睛等待，濃長的睫毛微微顫動，眼尾呈現出美好的線條，鼻梁挺秀，當真是好看。

她忽然發現自己的心越跳越快，忙直起身子，轉身笑道：「哥哥，算了，我故意嚇你呢！」

鍾佳霖睜開眼睛，心中滿是失望，卻沒有說話。

他真的想親親她，即使要被她舔舌頭也可以……

青芷終於平復心情，轉身笑看著鍾佳霖。「哥哥，那咱們先說定了，假裝訂親，先混過這陣子再說吧！」

與其讓爹爹胡亂給她和哥哥定下親事，不如他們先假裝訂親，應付過眼前再說。反正過完年，哥哥就要進京參加會試，到時候訂親沒訂親，別人也不知道。

鍾佳霖整個人被失望籠罩，只是「嗯」了一聲，低下頭沒說話。

青芷也不敢再逗留，總覺得自己繼續留下的話，似乎會發生自己控制不了的事，忙起身溜走了。

待青芷離開，鍾佳霖翻身趴在榻上，待身體的反應平復……

第二天一早，得知青芷同意了婚事，虞世清和韓氏都鬆了一口氣，夫妻倆相視一笑，覺得心中一塊大石頭落了地，當即看了個好日子，定下親事。

這日，青芷正在後院忙碌，鳴鳳卻忽然跑過來。「姑娘，家裡來了客人，瞧著好不尷尬，您快去看看吧！」

青芷一聽，便知道今日的客人讓韓氏應付不來，便吩咐春燕在後院帶著新來的六個女工幹活，自己帶著鳴鳳往前院去了。

鳴鳳一邊走，一邊把來客的身分告訴青芷。她沒有說話，卻一直認真地聽著。

走到通往前院的月亮門那裡，青芷忽然被鳴鳳拉住，她抬眼看向鳴鳳。

鳴鳳見姑娘看向自己，一雙眼睛如寒星一般，忙道：「姑娘，要不要先換衣服？」

青芷低頭一看，發現自己為了幹活方便，身上穿的是一件洗得泛白的青色窄袖夾衣，繫了條寶藍色松江布裙，有些過於樸素。

她笑了，道：「不用換，我從來不在意這個。」

堂屋裡，京城來的官媒人潘嬤嬤正口若懸河說個不停。「……小媳婦是京城裡來的官媒人，奉英親王吩咐，要來相看妳家大姑娘……」

南陽縣的官媒人龐嬤嬤坐在一邊幫腔。「全縣都知道妳的義子鍾小舉人是極有本事的，可是再有本事，也得有靠山不是？妳家姑娘若是進了英親王府，將來再生下一兒半女的，在王府立住腳跟，也能做妳那義子的靠山了。」

青芷一過去就聽到了這句話，當下不聲不響，站在外面廊下柱子後聽著。

她從來不稀罕什麼靠山，前世的慘痛教訓告訴她，靠山山倒，靠人人跑，靠自己最牢靠，這輩子她是絕對不會再進英親王府了！

屋裡的韓氏如坐針氈，待官媒人的話告一段落，她忙道：「真是對不住，我家女兒已經訂親——」

潘嬤嬤打斷了韓氏。「哎喲喲，我說虞太太，妳別想著小媳婦是外鄉人，不知道妳家情形。小媳婦既然奉了王爺吩咐來相看妳家姑娘，自然是提前打聽過了，知道妳家姑娘未曾訂親。」

她一雙靈活的小眼睛看向龐嬤嬤。「龐嬤嬤，妳是南陽縣的官媒，妳說是不是？」

韓氏正要說話，外面卻傳來青芷的聲音。「母親，來客人了嗎？」

潘嬤嬤抬眼細細一看，見進來的女孩子荊釵布裙，卻姿容美麗、身材窈窕，當即笑了起來。「唉唷，這位就是虞姑娘吧？果真生得天香國色，怪不得英親王一眼看中。」

青芷打量了潘嬤嬤和龐嬤嬤兩個官媒人一番，然後不卑不亢地行禮，笑道：「多謝英親王厚愛，只是我已經訂親了，未婚夫婿正是新科舉人鍾佳霖。」

潘嬤嬤給龐嬤嬤使了個眼色。

龐嬤嬤忙道：「虞姑娘莫不是哄我們？我一直在咱們南陽縣做官媒，可沒聽說姑娘訂親的事呀！」

青芷微微一笑。「我的未婚夫婿如今正在縣學攻讀，授業恩師正是前禮部尚書王治王大人，如今戶部尚書周靈周大人也把他看作忘年交，不信的話，你們可以去尋王大人和周大人打聽打聽。」

她瞭解趙瑜，趙瑜的目標是成為皇位繼承人，正因如此，他不會輕易得罪朝廷權貴。王治門生故舊滿朝廷，而周靈深受清平帝信任，所以她扯大旗作虎皮，拉了這兩位做幌子。

兩位官媒人見虞青芷如此篤定，也有些將信將疑，當下便不再糾纏，略說了幾句場面話就離開了。

青芷把潘嬤嬤和龐嬤嬤一送走，就叫了王春雨過來，吩咐道：「你現在就去縣學請哥哥回來，就說京城英親王府派了兩個官媒人來家裡了。」

把事情告訴哥哥，哥哥回來的路上也好早些思索對策。

王春雨一聽，知道事情緊急，忙去了。

青芷又叫來紀靈，吩咐他去蔡家莊，讓爹爹今天回家一趟。如今王春生在蔡家莊伺候虞世清，因此只能派紀靈去了。

紀靈如今在虞家吃好喝好，白淨了許多，個子也竄了不少，已經長成頗為清秀的少年了。

他正要走，卻又被青芷叫住。

青芷拿出一塊碎銀子給他。「你趕咱家的馬車去，這一錢銀子路上花用。」

紀靈一接過來，知道這銀子足有三錢，笑嘻嘻地道：「姑娘，明明是三錢。」

青芷這會兒滿懷心事。「傻孩子，多餘的做你的零花錢吧！」

她知道有句話叫「人心換人心」，因此對家裡的王春生、王春雨、春燕、鳴鳳和紀靈這幾個小廝、丫鬟，從來不小氣，是真的當作親信家人來看的。

紀靈飛快地跑去套馬車了。

韓氏惴惴不安地走了出來，欲言又止。「青芷，這……這可是王府，咱們怎麼辦呀？」

青芷攬著韓氏的胳膊，柔聲道：「娘，放心，咱們兵來將擋，水來土掩，怕什麼？」

韓氏還是很擔心，一直嘆氣。

青芷笑咪咪地道：「娘，若是英親王府非要把我弄進去，我就攪得英親王府雞飛狗跳，亂成一團！」

若是趙瑜這輩子還是非要得到她，她就真的豁出去，壞他和李雨岫的婚事，讓他偷雞不著蝕把米！

要知道，趙瑜可是很重視李雨岫背後的李家勢力的。

韓氏原本心裡慌亂得很，可是見女兒如此篤定，一顆心漸漸沈澱下來。

青芷見韓氏沒那麼慌了，便道：「娘，這會兒太陽不錯，不如帶著阿映去後院曬曬太陽。」

韓氏此時腦子裡亂哄哄的，女兒說什麼就是什麼，便抱了阿映，帶著葉嬤嬤去後院曬太陽了。

青芷吩咐鳴鳳燒開水，拿出前幾日別人送來的雀舌茶，用溫子凌送的玉青瓷茶壺沏了一壺，自己坐在廊下一邊品茶，一邊思索著南陽縣這邊訂婚的程序。

她和哥哥雖然訂了親事，卻畢竟只是口頭，還沒來得及正式訂親，須得快些定下來，免得讓趙瑜抓住機會。

大宋朝雖然比不得前宋那樣清正，可是明面上，皇族還是不會做強取豪奪之事的。

鳴鳳端了一盤砂糖橘過來，剛放在青芷手邊的小几上，外面就傳來敲門聲。

青芷大略能猜到是誰，吩咐鳴鳳。「去應門吧！」

該來的總要面對，她不可能永遠逃避。

片刻後，鳴鳳引著一個俊秀無匹的白衣少年進來，後面還跟著兩個隨從。

青芷端坐在那裡，端起茶盞啜了一口，直到趙瑜走近，才抬眼看了過去。

趙瑜貪婪地看著她。

她依舊如夢中所見一般，衣飾普通，卻如清水芙蓉，不事雕琢，自有清韻，令人移不開眼睛。

想到夢中與她的那些悲歡離合，趙瑜心中一陣酸澀。

他常常夢到青芷，醒來後卻只剩一片惘然。

也許夢裡便是他與青芷的前世，但無論如何，青芷都得成為他的女人。

趙瑜走了過來，在她左邊坐下來，自顧自拿起青芷的茶盞，把裡面剩餘的半盞殘茶一飲而盡，輕輕道：「青芷，妳進了英親王府，先在我身邊待著，待時機成熟，我先讓妳成為我的側妃，有朝一日，我……」

看著她，趙瑜的眼神越發堅定。「我會讓妳成為我的正妻。」

這次到南陽辦差，皇兄交代的事情已經辦妥，今晚他就要離開了，他希望在離開之前見虞青芷一面，讓她心甘情願跟著自己回京城。

他知道皇兄正在考慮立自己為皇太弟，因此不到萬不得已，他不打算用那些見不得人的手段強迫青芷。

青芷扭頭看他，清澈的眼中出現譏誚之意。前世趙瑜就是這樣哄她的，只不過最後一句是「有朝一日，我會讓妳成為大宋的皇后，天下最高貴的女人」。

她看向趙瑜，冷笑一聲，道：「我做你的正妻？李太傅的女兒李雨岫呢？你置她於何地？」

趙瑜心裡一沈。他的確準備娶李泰之女李雨岫為王妃！

他凝視著青芷，忽然想起一個問題——他打算娶李雨岫之事，只有自己親近的謀士才知道，青芷怎麼會知道？

趙瑜的心中忽然一陣歡喜，細細觀察著青芷。「難道妳……妳也作了那個夢？」

青芷恨聲道：「什麼夢不夢的，我不知道，反正你若是非要我進王府，我定會鬧得王府不寧，讓皇后娘娘不喜，破壞你與李雨岫的婚事，折磨你那些侍妾愛姬。」

趙瑜看著她怒氣沖沖的模樣，心裡怎麼看怎麼喜歡。

在夢裡，青芷雖也有歡喜的時候，可是眉間常常帶著一抹輕愁，總似有滿腹心事，令人心疼。眼前的青芷，牙尖嘴利，恨不得撲上來撕了他，卻更有活力，別有一種可愛之處。

待青芷說完，趙瑜這才道：「我知道妳看上了鍾佳霖那小白臉，這才不肯進王府。妳放心，別說妳現在只是和鍾佳霖訂親，即使妳將來嫁給他，還生了孩子，我也會把妳弄到我身邊，做我的女人。」

說罷，他站起身來，探身作勢去拿小几上盤子裡的砂糖橘，卻忽然湊過去在青芷額頭上吻了一下，然後捏了一個砂糖橘，瀟灑而去。

現在的他，正是夾著尾巴做人的時候，青芷既然不願意跟他，而鍾佳霖背後又有周靈，只得暫且忍耐幾年。

待他得了天下，虞青芷又怎能逃得了他的手掌心？

青芷呆坐著思索著最後那句話的意思。

她自以為瞭解趙瑜，現在看來，他不知道有多少張面具，而前世看到的只是他其中一個面具罷了……

因為鍾佳霖明年會試最有希望，因此縣學集中了幾位最好的先生輔導他，蔡羽也跟著沾光，和他一起開小灶。

王春雨過去的時候，鍾佳霖剛寫完一篇策論，正與王治、蔡羽討論。

聽了王春雨的話，鍾佳霖忙進去稟報王治，說家裡有急事，便匆匆帶著王春雨離開了。

到家的時候，青芷正坐在廊下剝砂糖橘，小几上的玉青瓷碟子裡已經擺了滿滿一碟子剝好的砂糖橘。

見鍾佳霖進來，她笑盈盈招手。「哥哥，過來吃砂糖橘。」

她記得哥哥最喜歡吃酸酸甜甜的砂糖橘了。

待鍾佳霖坐下，她拈了一顆剝好的砂糖橘餵給鍾佳霖，然後把今日之事說了，包括方才趙瑜來訪。

說罷，她大眼睛裡滿是調皮。「哥哥，現在你還娶我嗎？」

鍾佳霖微微一笑，湊近青芷，待她往他嘴裡又塞了個剝好的砂糖橘，他慢慢吃了，道：「妳放心，我有法子對付趙瑜。為了防止趙瑜搞破壞，咱們先成親吧！」

見青芷眼睛瞪得溜圓，一瞬不瞬地看著自己，顯見是被嚇住了，他不由笑了，柔聲道：「和哥哥成親有什麼可怕的？又不是真的成親，不過是為了斷了那些登徒子的念頭。」

青芷在片刻後才遲遲疑疑地道：「哥哥，我……我還打算和子淩表哥合夥做生意……」

鍾佳霖心裡微酸，面上卻光風霽月。「咱們成親後，妳還是和以前一樣，想做什麼就做什麼，只不過改梳婦人髮髻、做婦人打扮罷了。」

說到「婦人」這個詞，鍾佳霖心跳有些快，臉也有些熱，他飛快地看了青芷一眼，見她專心思索，便自己拈了一顆青芷剝好的砂糖橘吃了。

第七十章

青芷還在思索，韓氏卻抱著阿映來了。

阿映如今還不怎麼會說話，只會「咿咿呀呀」或者「啊啊」地叫，卻熱衷於表達意見，一個人能夠製造出好幾個人的動靜。

他本來在韓氏懷裡，一見鍾佳霖便整個人往前探，口中還配著音。「啊啊！啊啊！」

鍾佳霖知道阿映是要自己抱，忙上前從韓氏手中接過阿映。「哥哥抱阿映。」

韓氏看了青芷一眼，見青芷坐在廊下發呆，便輕聲問鍾佳霖。「佳霖，青芷把事情都和你說了？」

鍾佳霖笑著點點頭，溫聲道：「師母，青芷都告訴我了。您放心，這件事有我呢。」

韓氏莫名地信任鍾佳霖，聽他如此說，當即放下心來，道：「佳霖，你先陪著青芷，我去拿溫開水餵阿映。」

鍾佳霖抱了阿映，在青芷身邊的圈椅上坐下來，一邊逗著阿映，一邊陪伴她。

青芷心裡亂糟糟的，想了半日，最後還是覺得鍾佳霖的法子最好，只是這樣怕是要耽誤他的姻緣了。

前世的哥哥一直為她奉獻，難道重生一世，哥哥還是得為了她奉獻出自己嗎？

她正煩惱時，偶然間看向一邊坐著的鍾佳霖，見他氣定神閒，拿了一片薄荷葉子逗阿映玩，瞧著一點都不擔心，她心裡忽然放鬆下來——算了，哥哥比她聰明，這件事就聽哥哥的吧！

紀靈趕到蔡家莊的時候，虞世清正帶著一群新入學的學生讀《三字經》。

在院子裡的梧桐樹下，紀靈一五一十把家裡的事說了。

得知英親王要納青芷為妾，虞世清先是一陣心動，轉念一想，便覺得青芷還是嫁給鍾佳霖最好——按照青芷的出身，即使進了英親王府，最高也不過是個側妃罷了；若是嫁給佳霖，佳霖將來前途不可限量，青芷極有可能會成為朝廷一品命婦。

一個是側妃名義的王爺妾室，一個是高官顯貴的正室夫人，虞世清又不傻，自然傾向把女兒嫁給鍾佳霖。

他想了想，道：「為今之計，是趕緊把青芷和佳霖的親事辦了，那英親王總不會強搶臣妻。」

心中計議已定，便給學生提前散學，帶著王春生和紀靈回城去了。

到家時已是黃昏時分，一繞過影壁，虞世清就看到了廊下並排坐著的鍾佳霖和青芷，他當下就堅定心中看法——趁佳霖這孩子還不夠勢利，先把他和青芷的婚事給辦了，生米煮成熟飯，佳霖將來再後悔也沒用了！

想到這裡，虞世清大步走了過去，道：「佳霖、青芷，我倒是有一個法子。」

鍾佳霖聽罷虞世清的法子，心中歡喜，眼神熠熠生輝，起身給他行了個大大的禮。「多謝先生成全。」

先生做事一向優柔寡斷，沒想到臨大事卻有如此急智，這下子和青芷的婚事又能快些舉行了。

虞世清笑逐顏開地扶起佳霖，溫聲道：「佳霖，你雖是我的學生，卻如我的兒子一般，我自是為你考慮了。」

太好了，待明年佳霖高中，我可有個進士女婿了！

未來的翁婿兩個心中各有打算，卻奇異地不謀而合，氣氛融洽得很。

青芷坐在那裡，看看爹爹，再看看哥哥，總覺得像作夢一般。她才十五歲，就要嫁為人婦了？

既然彼此都同意，青芷和鍾佳霖的婚事便開始緊鑼密鼓地辦了起來。

虞世清不善於庶務，又放不下學生，便把婚事籌備的事都交給鍾佳霖，自己回蔡家莊教書去了。

鍾佳霖擔心夜長夢多，索性向縣學請了十日的假，認認真真留在家裡籌備婚事。

接下來幾日，青芷聽從他的吩咐，把一切事物都交出去，自己繼續忙著她的活計。她一邊管著那些短工製作各種香脂、香膏，一邊悉心教導新買的六個女工，倒也忙忙碌碌的。

至於鍾佳霖更忙。大宋的婚禮過程分為六個階段，分別是納採、問名、納吉、納征、請期和親迎。他把王春生、王春雨、紀靈、春燕和鳴鳳都調動起來，把納採、問名、納吉、納征、請期在三天內辦完，只剩下最後一項親迎。

對於鍾佳霖和青芷的婚事，韓氏一直處於作夢狀態中，也幫不上什麼忙。

鍾佳霖也不指望韓氏能幫什麼忙，他早把蔡羽和溫子淩請了過來，把英親王覬覦青芷之事說了，也一鼓作氣把自己和虞世清商量好的解決辦法說了。

蔡羽和溫子淩的心情複雜至極，可是到了如今地步，為了青芷，也為了好兄弟鍾佳霖，只得接受現實。

鍾佳霖把準備宴席的事交給蔡羽，把製作婚服的事交給溫子淩。

蔡羽和溫子淩雖然心情複雜，卻也在三日之內把鍾佳霖交辦的事順利辦成。

婚期定在十月初六，十月初五傍晚，溫子淩帶著張允和另一個親隨過來了，身後跟著兩個抬箱籠的小廝。

鍾佳霖正在安排客人桌席，得知溫子淩來了，忙迎了出去。

溫子淩見他雖然忙碌，卻依舊容光煥發，心中越發酸澀，強自壓抑著心裡的酸楚，道：「青芷呢？讓她也來試試婚服吧！」

面對溫子淩，鍾佳霖倒是親切。「青芷在後院作坊忙碌，我讓人去叫她吧！」

溫子淩無精打采地道：「我把禮服帶過來了，你和青芷都試一試，若是不合適，讓裁縫連夜修改。」

鍾佳霖答應了，吩咐紀靈去後院叫青芷過來，自己一邊陪溫子淩說話，一邊處理瑣事。

溫子淩默默坐在那裡，端起茶盞飲了一口，只覺滿口苦澀。

鍾佳霖在一邊吩咐王春雨。「你再去檢查一遍下帖的名單，看有沒有遺漏？」

王春雨答了聲「是」，躬身退下。

他又吩咐王春生。「去拿銀票過來。」

待王春生拿了銀票過來，鍾佳霖這才起身，含笑著奉上銀票。「子淩表哥，辛苦你了，這是禮服的費用。」

溫子淩沒有接過銀票，低聲道：「自家人不須客氣，我做兄長的一點心意。」

他深吸一口氣，看向鍾佳霖，道：「佳霖，銀子夠用嗎？」

鍾佳霖還沒來得及開口，溫子淩已經從荷包裡掏出一疊銀票塞到他手上。「這些銀子拿去用……好好待青芷。我去後面看看她。」說罷，也不待鍾佳霖反應，起身急急離去了。

鍾佳霖看著溫子淩的背影，心裡也說不清是什麼滋味。對青芷和他來說，溫子淩的確是一個好哥哥……

但自己跟青芷的親事，各方都在盯著，既然如此，他一定要趕在京城有反應之前娶了青芷！

青芷正教那六個女工調配香油。「……這種梔子花提煉出的香油味道過於濃郁，可以加一些菊花香油，不過量一定得把握好。妳們看，應該是這樣……」

正在這時，紀靈過來了。「姑娘，禮服送來了，公子讓您去試試呢。」

青芷聞言頓了頓，才道：「且等片刻，我把這點講完。」

女工中有一個小媳婦，是丈夫去世後被婆婆發賣的，身世悲慘，性子卻樂觀，一向愛說愛笑，笑嘻嘻地道：「姑娘都要成親了，怎麼還在這裡忙這些事，難道心裡一點都不慌嗎？」

青芷也笑了，繼續教她們調配香油。

因為知道和哥哥成親是為了避禍，所以一般新嫁娘婚前的緊張忐忑，她一概沒有。再說就算和哥哥是真的成親，哥哥又不是外人，她有什麼可緊張的？

青芷帶著紀靈還沒走到後院的月亮門，迎面便與溫子凌遇上了。

溫子凌停住腳步，看著在蒼茫暮色中走來的青芷，竭力讓自己微笑。「青芷，我來看看妳。」

青芷見到溫子凌，也笑了，道：「子凌表哥，你送來的那六個人我得再教幾日。」

溫子凌低頭笑了，道：「妳明日就要嫁人了，還操心這些做什麼。」

青芷也不解釋，笑咪咪地道：「對我來說，咱們在京城開分店更重要啊！」

溫子凌說不清心裡是什麼滋味，默然片刻，掏出一摞銀票遞給她。「青芷，哥哥給妳添妝。」

青芷有些失措，正考慮要不要跟溫子凌說出實情，溫子凌已經轉身大步去了。

她叫了聲「子凌表哥」，追了兩步，可是轉念一想，最後還是停下了。

她知道子凌表哥對自己的心意，因為和哥哥的婚事能讓子凌表哥斷了念頭，也未嘗不是一件好事。

韓氏讓葉嬤嬤看著阿映，自己陪著青芷試禮服。

這時候屋裡已經暗了，韓氏便點了兩個燭臺放在青芷的臥室裡，好讓屋子裡亮一些。

待青芷穿上禮服，韓氏又拿出一支赤金鑲紅寶鳳釵，插入青芷的髮髻裡，道：「這是妳舅舅、舅母給妳添妝。」

青芷對著鏡子照了照，這支鳳簪金光閃閃，寶光燦爛，實在太耀眼，不由笑了，道：「舅舅和舅母這次真是大手筆呀！」

看著燈光下穿著大紅禮服的女兒，韓氏含著淚笑了。「妳舅舅、舅母一向疼妳……」她拿出首飾匣子，道：「妳舅舅、舅母還送來一對赤金鑲紅寶耳墜子，妳也一起試了吧！」

青芷正在戴耳環，外面傳來鍾佳霖的聲音。「師母、青芷，我可以進去嗎？」

「哥哥，進來吧！」青芷笑道。她也想看看哥哥穿紅衣服的樣子。

鍾佳霖很快走進來，手裡捧著一個匣子。

青芷見他依舊用青色髮帶束了頭髮，身上穿著家常的青色袍子，不由有些失望。「哥哥，我還沒見你穿大紅衣服的樣子呢！」

鍾佳霖先和韓氏打招呼，然後把手中的匣子遞給青芷，口中道：「明日不就能見了？」

青芷接過匣子，發現是個描金花卉紫檀木匣子，不由一愣，抬眼看了鍾佳霖一眼，輕輕摁了摁，匣蓋「砰」的一聲彈開了。

青芷和韓氏都驚訝地叫出聲——眼前一片燦然流光，原來是一套紅寶石赤金頭面，黃金耀眼，紅寶石瑩澈潤澤，雖然都只有黃豆大小，卻是顆顆紅透，成色很好。

韓氏湊近一看，發現鋪著黑色絲絨的底座上嵌著好幾樣赤金鑲紅寶石首飾，釵、簪、步搖、耳墜、項鍊、手鐲等樣樣俱全，精緻異常，不禁吃驚道：「佳霖，你這是——」

鍾佳霖微微一笑，道：「師母，這是我給青芷買的。」

他清俊的臉上因為羞澀泛起微紅，聲音也有些低了。「師母，這套頭面的紅寶石有些小，待我有了能力，一定給青芷更好的首飾……」

韓氏笑了起來，眼中滿是慈愛地看著鍾佳霖。「你這孩子！這套頭面已經很好了，青芷一定很喜歡。」

她知道鍾佳霖有話要和青芷說，尋了個理由就出去了。

青芷待母親出去，笑咪咪地湊到鍾佳霖面前。「哥哥，你看我髮髻上是舅舅、舅母送的禮物。」

鍾佳霖笑了。「舅舅、舅母對我們好，我都記著呢。」

他把溫子凌給的銀票拿出來。「子凌表哥給了我五百兩銀子。」

青芷聞言，忙走到床邊，從枕下掏出了一摞銀票。「子凌表哥給了我八百兩銀子。」又皺著眉頭道：「哥哥，咱們這樣算不算欺騙子凌表哥啊？」

「咱們也不能算是欺騙子凌哥哥，」鍾佳霖一臉篤定。「等子凌表哥成親，妳我送一份大禮還他的人情就是。」

青芷一向信任鍾佳霖，聽他這樣說了便不再糾結，轉而道：「哥哥，咱們這次成親會不會太急了？」

鍾佳霖神情平靜。「不是怕趙瑜再來騷擾嘛？」

他和青芷一問一答，每個問題都被他四兩撥千斤地回答了，到了最後，她雖然覺得自己和哥哥成親倉促，卻又覺得這樣似乎也是最好的法子。

鍾佳霖把銀票留給她。「成親後，咱們倆的銀錢妳來管吧！」

青芷「嗯」了一聲，笑咪咪地接住了。反正不管是成親前還是成親後，她都不會限制哥哥花錢。

夜裡下起了雨。

雨滴打在院子裡梧桐樹的葉片上、屋頂瓦片上和鋪著青磚的地上，發出清脆聲響，令這個初冬之夜越發冷寂起來。

鍾佳霖起身推開窗子往外看，默默盤算著。

王春生和王春雨雖然是他的小廝，背後的主子卻是周靈。他要娶青芷的消息，怕是已經被兩人送了出去，算算時間，也應該到京城了。

等周靈稟報了清平帝，清平帝再有所反應，從京城到南陽縣速度再快，起碼也得後天，而到了後天，已經是成親的第二天了……

這就是他這麼急著舉行婚禮的原因，不是因為趙瑜，而是因為清平帝。

他當然對那至高無上之位有興趣，可是他絕對不願意因此捨棄青芷；他必須在清平帝挑明父子關係之前，娶了青芷，令清平帝無話可說！

第二天早上，雨停了，天氣卻依舊陰冷潮濕。

這次喜事都由鍾佳霖安排，因此邀請的都是最親近的親朋好友，客人雖然不多，卻也頗為熱鬧。

無論前世今生，青芷還是第一次拜堂成親，一直到與鍾佳霖並肩立在正堂，她還如在夢中，絲毫沒有真實感。

夫妻對拜之後，鍾佳霖牽著她進了作為新房的東廂房，並排坐在婚床上。

全福太太葛氏今日打扮得格外喜慶，滿頭金燦燦的首飾，身上裹著件錦繡袍子，繫了條寶藍緞裙，喜氣洋洋。

她喜笑顏開地把纏了紅綾的剪刀遞給鍾佳霖。

按照大宋成親的風俗，洞房「合髻」禮的剪刀應該用金剪，但只有富貴人家才用金剪，普通人家都是用纏了紅綾的剪刀代替。

鍾佳霖做事一向周全，早把成婚的儀式記得爛熟，沈靜地接過剪刀，伸手過去把青芷的長髮分了一縷過來，輕輕捏在手中，剪了下來，悄悄鬆了一口氣，遞給葛氏。

葛氏笑得眼睛瞇成一條線，又把金剪給青芷。

青芷倒是一點都不緊張。她抬眼看著葛氏笑了笑，然後伸手抓了鍾佳霖一縷烏黑長髮剪了下來，遞給葛氏。

葛氏帶著笑，細細地用紅絲線把青芷和佳霖剪下的長髮紮起來，放入錦囊挽成「合鬟」，然後笑咪咪地交給青芷。

另一位全福太太是虞蘭。虞蘭還是第一次做全福太太，有些緊張，豎著耳朵聽外面司儀的唱禮聲。

待聽到外面司儀高唱「合巹之禮」，虞蘭忙把兩個繫著紅繩裝滿酒的的葫蘆瓢遞給鍾佳霖和青芷。

青芷不免有些慌亂，不知道這個所謂的「合巹之禮」該怎樣進行？

鍾佳霖接過葫蘆瓢，抬眼看她，見她端著盛滿酒的葫蘆瓢發呆，不由笑了，柔聲指導道：「咱倆手臂這樣錯開。」

他笑起來，酒窩深深，原本清冷的俊臉一下子充滿了少年氣，令青芷一下子鬆懈了。

她隨著鍾佳霖的動作慢慢繞過去，與他交臂錯開。

鍾佳霖看著她，聲音溫柔。「我數到三，我們一起飲合巹酒。」

兩個葫蘆瓢之間繫著紅繩，稍一不慎，酒就灑在衣物上了。青芷答應了，清澈的大眼睛一瞬不瞬地盯著葫蘆瓢中蕩漾的酒液，生怕灑出來。

葛氏和虞蘭見青芷緊張成這樣，都笑了起來。

鍾佳霖含笑看著青芷。「一，二，三。」

「三」一落，他便抬起手臂，把葫蘆瓢送到唇邊。

青芷和他有默契，幾乎同時動作，順利喝到合巹酒。

酒液甜甜的，帶著濃郁的桂花香，酒味倒是不濃，青芷揚首一飲而盡。

因為怕她飲不得烈酒，鍾佳霖親自準備了桂花甜酒作為合巹酒。

見鍾佳霖和青芷飲罷合巹酒，虞蘭拍了一下掌。

春燕和鳴鳳正在外面明間候著，聽到裡面的掌聲，抬了一個嶄新的紅漆小炕桌進來，上面擺了幾樣精緻的菜餚點心。

青芷看了過去，想起這個環節叫「共牢而食」。

傳統的「共牢而食」，是要新婚夫妻共吃祭祀肉食，含有夫妻互相親愛，從此合為一體之意，只是大宋朝不拘一格，民間早改良為夫妻一起吃些食物。

鍾佳霖看了青芷一眼，拿起一雙筷子，揀了她愛吃的幾樣菜餵她吃了；青芷有樣學樣，也餵鍾佳霖吃了幾口菜，兩人算是完成了「共牢而食」。

虞蘭見狀，給葛氏使了個眼色，吩咐春燕和鳴鳳撤下席面，一起離開了。

屋裡頓時只剩下青芷和鍾佳霖。

青芷絲毫沒有新嫁娘的羞澀，心中滿是驚訝。這一世，她居然和哥哥成親了，而且是在十五歲這年，哥哥也才十六歲！

前世，她的十五歲過得顛沛流離，沒想到此生卻如此順利，稱得上一帆風順了。

想到這裡，她看向鍾佳霖，大眼睛裡滿是笑意。「哥哥，以後我就是你的娘子了，多多指教。」

鍾佳霖見她眼神亮晶晶，顯見好奇多過歡喜，不由也笑了。「青芷，也請妳多多指教。」

青芷側耳細聽，聽到外面傳來說笑聲、猜枚聲、勸酒聲，顯見熱鬧得很。

她看向鍾佳霖。「哥哥，你不用出去敬酒嗎？」

鍾佳霖自然是得出去的，他起身道：「我先出去敬酒，一會兒就回來。」

蔡羽和溫子淩是伴郎，正在外面候著，見鍾佳霖出來，便迎上前去。

蔡羽端著酒壺，溫子淩端著酒盞，陪著他去敬酒。

走到正房廊下，溫子淩湊近鍾佳霖，低聲道：「等一會兒你別飲酒，我替你喝。」

今夜畢竟是青芷的新婚之夜，溫子淩縱然心如刀絞，卻也擔心鍾佳霖喝醉了會不小心傷了她，因此主動提出替他飲酒。

鍾佳霖含笑低聲道：「多謝子淩表哥。」

蔡羽早度過了最難過的時期，心中只餘薄薄的一層淒涼之意，聽到溫子淩和鍾佳霖的對話，輕笑一聲。「放心吧，酒壺裡的酒我剛才摻了些涼開水進去。」

溫子淩笑了，拱了拱手。

鍾佳霖滿面春風，大步進了堂屋，蔡羽和溫子淩也跟了進去。

洞房裡只剩下青芷了。

她坐得久了，有些難受，便起身在洞房裡略轉了轉。

這個房間先前便是鍾佳霖的臥室，如今做了新房，幾乎沒什麼變化，只是帳幕和衾枕被褥都換成了大紅色。

青芷走到榻邊，心道：晚上讓哥哥還睡床，我睡榻上吧！

她正在想著心事，外面傳來春燕的聲音。「姑娘，雞湯麵來了。」

青芷聞言大喜，忙迎上前去。「我正好有些餓了，多虧妳有心。」

春燕把湯碗放在榻上的小炕桌上，笑道：「姑娘，是姑爺交代我準備的，他怕姑娘餓了。」

青芷聞言笑了。「哥哥可真細心。」

她接過筷子，開始吃麵。麵條勁道，雞湯鮮香，上面還漂著翠綠的碎蒜苗，真是美味，她不知不覺就把一碗麵吃完，連湯都喝了。

她剛漱罷口，正在嚼溫子淩從江南帶回來的薄荷香茶，韓氏卻神神秘秘地進來了。

韓氏一進來，便讓春燕出去，然後低聲對青芷道：「青芷，娘有些話要交代妳呢。」

第七十一章

青芷聞言，先是一怔，見韓氏臉色有些紅，眼神閃躲，頓時明白了——她娘這是要教她新婚之夜要做的事呀！

她不由啼笑皆非，可看到韓氏一本正經拿出了一套避火圖，展開遞了過來，心裡卻又是一陣酸澀。

前世她該知道這些知識的時候，韓氏已經被王氏和虞家姊妹害死了……

想到這裡，她低頭翻看著這些避火圖。

韓氏見狀，鼓起勇氣道：「青芷，妳看這張——」

「娘，我都懂。」青芷也有些不好意思，打斷了韓氏。「這避火圖畫得多清楚啊。」

韓氏正尷尬得不得了，聽女兒這麼一說，鬆了口氣。「那妳看吧，有看不懂的再問我。」

青芷「嗯」了聲。

屋裡一下子靜了下來，只有青芷翻動避火圖時的聲音偶爾響起。

這原是鍾佳霖的臥室，薄荷氣息和淡淡的墨香融合在一起，在溫暖的室內氤氳著。

韓氏抬頭看向窗臺上放置的兩盆翠綠茂蘭，心裡漸漸湧起歡喜。青芷嫁人了，而且嫁的是她看著長大的佳霖，以後必定夫婦和順，有商有量……

青芷看罷避火圖，又遞給了韓氏。「娘，我看完了，還是您收著吧！」

韓氏就著燭光打量女兒，見她大眼睛水汪汪的，白嫩的小臉泛著淡淡薔薇紅，嬌豔又可愛，知道她害羞了，便款款道：「我的兒，不能只有妳自己看，待佳霖回來，讓他也看看吧！」

佳霖也才十六歲，哪裡懂這些？怕是也得看著避火圖學一學。

青芷一聽，臉一下子紅透了，想要解釋卻又無從說起，只得紅著臉接過避火圖，塞進了褥子下。

母女兩個正絮絮說話，韓氏聽到外面傳來腳步聲和說話聲，忙道：「佳霖回來了，我先走了。」

鍾佳霖在東廂房門外與伴郎蔡羽和溫子淩拱手作別，又給韓氏行了禮，這才進了房間，關上房門。

韓氏見蔡羽和溫子淩都有了酒意的模樣，忙道：「阿羽、子淩，該上酸湯麵葉了，你們都回去用些吧！」

蔡羽和溫子淩都笑了起來。他們兩個失意人原本已經約好，等送罷客人就一起去梅溪河邊的酒肆飲酒聽曲。

蔡羽笑道：「師母，我們先去灶屋，若是酸湯麵葉已經做好，我們就先盛一碗吃。」

酸湯麵葉又酸又辣，頗有解酒之效，他倆剛才幫鍾佳霖躲酒，都飲了幾杯。

這時，青芷立在窗前，聽到鍾佳霖進來的腳步聲，便扭頭看了過去。「哥哥。」

鍾佳霖站在門口停住腳步，抬眼看著青芷。

在紅燭的光暈中，他黑泠泠的眼睛似浮著一層水霧，青芷居然從他的眼睛裡看出了羞澀之意。

她不由笑了。「哥哥，進來吧！」

鍾佳霖心中百感交集，輕輕「嗯」了一聲，走了進來，在圈椅上坐下來。

青芷見鍾佳霖離自己這麼遠，知道他害羞，便笑著看了過去。

房間裡點著一對大紅龍鳳燭，燭光中，鍾佳霖越發眉眼如墨畫、唇似塗丹，清俊異常。

他被青芷看得有些害羞，垂下眼簾，臉也有些熱。

屋子裡太靜了，燭花「啪」的一聲炸響，打破了室內的靜寂。

青芷忙道：「哥哥，今晚怎麼睡？要不我去南暗間吧！」

鍾佳霖的房間是東廂房，一明兩暗三間房，如今充當臥室的是北暗間，南暗間被收拾成書房。

鍾佳霖忙道：「今晚若是分開住的話，父親、母親會發現的，他們一定會擔心……」他想了想。「今晚我先睡榻上吧！」

「嗯，這樣也行。反正過了今夜，你晚上得讀書，也影響我休息，不然晚上讀書之後，你再搬到南暗間住吧！」

鍾佳霖點點頭。他知道自己不能太急，免得嚇壞了青芷。

想到這裡，他起身道：「我去書房看會兒書，妳先睡下吧！」

青芷得換衣服卸妝，他在這裡，她也不方便。

青芷笑著答應了。

南暗間門上繡鴛鴦的紅綢簾子落下之後，鍾佳霖忍不住笑了，走到床邊躺下，閉上眼睛享受這人生中最歡喜的時刻——這是他和青芷的新婚之夜啊！

青芷卸妝洗漱罷，另拿了一套鋪蓋在榻上鋪了，自己先在婚床上睡下。

她今日實在疲憊，躺下沒多久就睡著了。

鍾佳霖一直待到深夜才過來。

這時客人早散了，虞家上下也早早歇下了，整個院子靜悄悄的。

鍾佳霖走到床邊，見青芷睡得正香，便在她臉頰上輕輕吻了一下，再回榻上睡下。

第二天早上，青芷和鍾佳霖起來，洗漱後便一起去向虞世清和韓氏請安。

鍾佳霖行罷禮，開始改口叫爹娘，虞世清和韓氏歡喜極了，忙拿出提前準備好的紅包。

青芷和鍾佳霖相視一笑，笑容燦爛，卻各有心思。

哥哥作戲還挺認真，沒有稱呼「岳父岳母」，而是直接稱呼「爹娘」。

鍾佳霖卻想，不管怎麼說，青芷終於成為他的妻子了，他以後一定會好好照顧青芷、孝順爹娘。

此時，京城皇宮的玉堂殿內，氣氛卻有些緊張。

清平帝散了朝會，大步進了玉堂殿，周靈緊緊跟在後面。

到了玉堂殿，清平帝在御案後坐了下來，半晌方道：「阿霖真的成親了？」

周靈答了聲「是」，道：「啟稟陛下，若臣的消息無誤，婚期正是昨日。」

清平帝怒極，咬牙道：「怕是那虞家挾恩逼迫，阿霖不得不答應他們……真是可惡！」

周靈忙轉移話題。「陛下，明年二月京城會試，阿霖一定會過來。」

清平帝點點頭，腦海中浮現兒子清俊的臉，不由笑了，道：「阿霖這孩子小時候長得多像他母親啊，沒想到長大了，居然越來越像朕……」又忍不住道：「不過這孩子生得真好。」

周靈也笑。「阿霖的確極清俊，氣質也好，臣每次見到他，都想起一句話。」

他知道清平帝因為鍾佳霖擅自成親不開心，因此試著平息清平帝的怒火——若是想平息一位父親的怒火，最簡單、直接的法子即是誇其子英俊聰明，舉世無雙，無論這位父親是皇帝還是平民，一律有效！

清平帝果真上鉤，忍不住問道：「哪一句話？」

周靈微微一笑。「譬如芝蘭玉樹，欲使其生於庭階爾。」

清平帝聞言，頓時大笑起來。「阿霖這孩子氣質清雅，生得又俊俏，確實當得起這句話。」

到了此刻，周靈才悄悄鬆了一口氣。天子一怒，流血漂櫓，如今可算是緩過來了。

轉眼便到了十一月初六，因溫子淩和青芷要去宛州開新店，鍾佳霖和蔡羽索性也提前進京，一起登船去了。

忙罷宛州鋪子的事，趁著風勢正好，他們的船連夜揚帆遠航，往京城而去。

蔡羽好奇心強，見溫子淩和青芷相對而坐，秉燭夜談，而且還拿著筆在紙上連說帶寫，不禁好奇得很，便悄悄過去聽了一會兒，回來便向鍾佳霖抱怨。「佳霖，別讓青芷再和溫子淩待一塊兒了！真是近墨者黑，青芷多美麗雅致的人，如今也滿口都是銀子、利潤、分成，算計個不停，真是俗氣。」

鍾佳霖不禁笑了。「青芷一直都是這樣子啊！」

他聲音裡帶著自己不曾察覺的溫柔。「正是因為青芷俗氣算計，我才能坐在這裡和你一起進京參加會試，要不然，我說不定還在路邊乞討呢。」

蔡羽早就聽說過鍾佳霖是市井小乞丐出身，卻沒聽他自己提過，還以為他忌諱出身，沒想到這時居然坦坦蕩蕩就說出來了。

他看向鍾佳霖，心中滿是感佩。「佳霖，英雄不問出處。」

鍾佳霖只是微微一笑，很快轉移了話題。他的出身怕是更不能提的……

用罷晚飯，青芷和溫子淩繼續商議生意上的事。

青芷正說得口乾舌燥，旁邊的鍾佳霖端著茶盞遞到她唇邊。「青芷，喝點水潤潤喉嚨。」

她就著他的手喝了口水，發現味道甘甜中透出些清苦，便揚眉看向鍾佳霖。「蜂蜜蓮芯茶？」

鍾佳霖「嗯」了一聲，端著茶盞餵她，將剩餘的茶一口口喝了。

青芷喝了一盞，還覺得不夠，不由自主地撒嬌。「哥哥，我還渴。」

鍾佳霖抿嘴一笑，端起茶壺又給她斟了一盞蜂蜜蓮芯茶，也不避嫌，當著蔡羽和溫子淩的面又餵她喝了。

「你們夫妻倆可真親熱啊！你們別氣我，等我金榜題名，我也要開始說親，到時候一定尋個溫柔美嬌娘，讓你們都嫉妒我，哼！」

青芷聞言，看著蔡羽笑了。

前世蔡羽就是這一科考中進士的，先做了甘州推官，後來名臣王堯臣擔任陝州安撫使，他又去了王堯臣幕府。

因為多次擊退西夏進犯，蔡羽在王堯臣幕府脫穎而出，步步高升成為甘州安撫使，帶領大宋軍隊蕩平西夏十四部，為大宋奪回了河朔地帶。

青芷記得蔡羽娶的妻子是上司王堯臣之女，的確是個美嬌娘，卻和溫柔不沾邊，而是個英姿颯爽的女中豪傑。

溫子淩見狀，想起青芷已經嫁給鍾佳霖了，如今是他的娘子，只得強顏歡笑道：「今日有些晚了，咱們到了京城再慢慢斟酌。青芷，妳和佳霖也早些歇息吧！」

青芷應聲，又端起茶壺倒了一盞茶一飲而盡，這才隨著鍾佳霖回艙房。

進了他們兩人的艙房，青芷吩咐春燕拿水洗漱，鍾佳霖則默默把床鋪好。

艙房裡空間狹小，只有一張床，昨晚走得急，他和青芷和衣擠在一張床上睡了一夜，今晚要在運河上行駛一夜，得讓青芷好好歇歇。

青芷洗漱罷回來，一眼就見到了床上並排擺著兩個大紅紗面軟枕，和疊得整整齊齊的被臥。

兩條新被子，一條是大紅百子圖緞子被面，是鍾佳霖的；另一條是杏紅萬字紋緞子被面，是她的，都是成親時韓氏準備的，這次出遠門也帶上了。

看著並排放置的枕頭被臥，青芷說不清是什麼滋味。雖然覺得她和哥哥這樣也沒關係，可是心裡卻隱隱有些害羞——即使是前世，她和哥哥也沒這樣親近過……

她走過去，伸手摸了摸鍾佳霖的緞被，忽然想起他的床鋪一天到晚鋪得整整齊齊，疊得方方正正、一塵不染，不由偷笑。我若是趴上去打個滾，哥哥不知道會是什麼反應？

想到這裡，她躍躍欲試地撲了上去，在被臥上打了個滾，然後躺在被子上笑了起來。

她笑著笑著，眼角餘光卻看到鍾佳霖正立在門口看著自己，忙跳了起來。「哥哥。」

鍾佳霖洗漱罷回來，一進來就看到她在自己被窩上打滾傻笑，不由笑了。青芷真是小孩子氣！

他把端進來的一盆熱水放在床前。「泡泡腳再睡吧！」

青芷把腳浸入熱水裡，忽然想起自己洗了腳，鍾佳霖怎麼辦？「哥哥，我先洗了，你怎麼辦？」哥哥可是有潔癖的啊！

鍾佳霖若無其事地拿出一塊潔白的松江棉布走過來。「在船上用水不方便，我和妳一起洗。」

他在青芷旁邊坐下來，果真脫了清水布襪，也把腳放進銅盆裡。

此時兩人幾乎是挨著坐的，他發現青芷有些緊張，便道：「青芷，咱們到京城後先在子凌表哥那裡落腳，然後再尋房子，怎麼樣？」

青芷一聽，心思當即被吸引過去。「嗯，咱們先去子凌表哥那裡，然後再尋宅子。我想租一個能夠讓你安靜讀書，卻又距離貢院不遠的住處。哥哥，我都打聽了，」青芷扳著手指頭道：「人家說會試也是分三場舉行，三日一場，第一場在二月初九，第二場在二月十二，第三場在二月十五。不過會試和鄉試不太一樣，不用一直在貢院考場內待九天，每場考試都是前一日入場、第二天出場，中間可以住在家裡……」

鍾佳霖默默聽她說著。這些他都知道，可他還是想聽她娓娓道來，細細為他打算。

青芷高談闊論的時候，鍾佳霖抬起她的腳，用布細細擦拭，然後自己倒洗腳水去了。

等他回來，青芷已經脫去外衣，只穿著中衣，鑽進裡面的被窩睡下。

見鍾佳霖回來，她伸手拉低被頭，竭力睜開眼睛看著他，聲音軟綿綿的，帶著睡意。「哥哥，我好渴睡，你也快些睡吧……」

鍾佳霖「嗯」了一聲，脫去外衣，鑽進自己的被窩躺下，伸手摸了摸青芷散在枕上的青絲，柔聲道：「睡吧！」

青芷「唔」了一聲，閉上眼睛。

船行水上，如搖籃一樣搖盪，她剛閉上眼睛就睡著了。

鍾佳霖躺在青芷身側，一時心情激盪，難以入睡。

如今已經是十一月，外面的風聲、船帆撲棱棱的聲音、嘩嘩水聲，組成了寒冷的運河水上冬夜，那濕漉漉的寒氣似乎要透過艙房的板壁鑽進來。

鍾佳霖聽到青芷的呼吸變得均勻起來，便悄悄湊過去，在她溫暖的唇上輕輕吻了一下，然後和青芷頭挨著頭，很快也睡著了。

今日是趙瑜的生辰，按照規矩，他先進宮給清平帝磕頭，然後再回王府大擺宴席。

趙瑜行罷禮，得了些賞賜，陪著皇兄清平帝說了會兒話，見清平帝神情懨懨，便覷了個機會退下了。

王府裡還有好幾輪宴席等著他呢！

趙瑜離開之後，清平帝坐在那裡，眼中帶著些憂鬱之意。

周靈默然片刻，忽然道：「陛下，臣接到消息，阿霖快到京城了。」

周靈之所以能夠年紀輕輕就爬到高位，除了為人著實聰明、對清平帝忠心耿耿之外，還有一項特別的才能——善於察言觀色，尤其是對清平帝。

清平帝聞言，眼中的黯淡頓時一掃而空，一下子亮了起來。「阿霖怎麼提前進京了？」

周靈不說鍾佳霖是為了陪新婚妻子進京，而是道：「應該是為明年的會試做準備吧！」

清平帝頓時興奮起來，霍地站起，在鋪著大紅地氈的地上來回踱了兩圈，忽然停下腳步，抬眼看向周靈。「那阿霖住哪裡？」

「陛下，阿霖是與同伴一起進京，怕是要與同伴一起安置……」他一邊想一邊說。「明年二月就要舉行會試，不少舉子都提前來到京城，宅子不好找。家境差些的舉子或是借住在道觀佛廟中，或是做傍友，打秋風住在家境好些的同鄉親朋好友那裡。阿霖岳父不過是落魄鄉下秀才，他怕是無力在京城租賃宅子……」

周靈當然是故意賣慘，聲音低沈，語調緩慢，帶著些蕭瑟之意。

清平帝聽了，險些落下淚來。

以前十來年，他雖然一直派人查找兒子的下落，卻只是抱著一線希望而已，心中基本確定阿霖已經夭折，因此很少想起。如今知道自己唯一的兒子還活著，一腔父愛壓抑多年，一朝噴發，居然澎湃洶湧之至，都快把他自己給感動了。

想到唯一的兒子落魄至此，清平帝的憐惜滿溢而出，當即道：「周靈，你替朕出面給阿霖些零用錢吧！」

周靈躬身答道：「是，陛下。」

他其實一直在資助鍾佳霖，不過這不能拿到明面上說罷了。

清平帝負手繼續踱步，想到鍾佳霖居然真的娶了那個鄉下窮秀才的女兒，不由感嘆道：「阿霖真是重情義，不過那虞氏實在不是良配……此時姑且放在一邊，以後再計較吧！」

他打算再看一看，若是阿霖確實有治國之才，他勢必要為阿霖鋪好那登天梯；到了那時，若是虞氏不合適，不拘是一杯毒酒，抑或是封虞氏一個太子良娣、改妻為妾，都簡單得很……

第七十二章

一行人到達京城運河碼頭，已是傍晚時分。

溫家的大夥計李月明雇了幾輛馬車，正帶著幾個小夥計在碼頭上等著，大船一到就開始卸貨。

進了西城門，一行人乘坐的馬車往延慶坊而去。

到了距離延慶坊不遠的碧梧街，他們兵分兩路，溫子凌和青芷帶著四個女工和兩個女夥計往位於延慶坊的新鋪子去了，張允則陪著鍾佳霖和蔡羽一行人去了溫家宅子。

京城似乎比宛州要冷一些，青芷一下馬車就覺得身上冷颼颼的。

溫子凌走了過來，見她穿著件大紅錦緞寬袖褙子，裡面是件白綾襖，便道：「京城要比宛州冷一些，青芷，妳再加件衣服吧！」

「我不怕冷。」青芷搓了搓手，揚首看著眼前的兩層臨街小樓。「子凌表哥，咱們的鋪子就是這裡嗎？」

溫子凌笑著點頭。「就是這裡。」又道：「招牌已經做好，還在後面庫房裡放著。」

青芷正和溫子凌說話，大夥計李月明陪著一個英俊的中年人走出來。

溫子凌俊秀，青芷美麗，兩人年紀相仿，生得又好，十分登對，那中年人一眼看見，當即笑了起來，以為年輕的溫老闆帶了家眷過來，便拱手行禮。「溫老闆。」又含笑看向青芷。「這位是——」

溫子淩笑著還禮，介紹道：「這就是咱們的二老闆，我表妹。」

那中年人知道自己誤會了，忙看向青芷，規規矩矩行了個禮。「小的張寶春見過虞老闆。」

他自是知道芷記香膏有兩位老闆，卻沒想到另一位虞老闆居然是位美麗嬌豔的小姑娘！

青芷微微一笑，屈膝還了個禮。

這位張寶春正是溫子淩聘請的掌櫃，她早聽溫子淩說過，張寶春先前在延慶坊另一家胭脂水粉鋪子做掌櫃，是被他挖過來的。

另一頭，鍾佳霖知道溫子淩忙碌，怕是沒時間回來安頓，便反客為主，指揮著張允、王春雨等人搬卸行李，收拾房屋。

溫子淩是主人，自然住在前院正房，他和青芷是客人，便住在後院客房內。

在鍾佳霖的安排下，小廝、丫鬟和婆子各司其職，溫宅很快就變得井井有條，他便回後院房裡讀書去了。

他雖然相信自己的能力，卻也沒有因此輕忽對手。會試可是要和全大宋的舉子競爭，成千上萬的人爭取一個金榜題名的機會，激烈程度可想而知。

他再聰明，畢竟才十六歲，知識儲備還是比不上那些連考多次的宿儒，因此還是要努力。

夜深了，外面起了風。

王春雨繞過影壁，見只有東廂房北暗間透著昏黃的燭光，知道鍾佳霖在裡面，忙快步走了過去。

鍾佳霖正在溫書，聽到王春雨過來，抬頭看了過去。

王春雨拱手行禮，輕輕道：「啟稟公子，大人想見您。」

鍾佳霖眼神平靜，低聲道：「明日我有空。」說罷，垂下眼簾，繼續溫書。

王春雨有些尷尬地沈默了片刻，試探著道：「公子，大人他……他已經來了……」

鍾佳霖沒想到周靈居然這麼急不可待，略一思索，起身道：「我去迎接周大人。」

王春雨答了聲「是」，退到一邊，預備陪著鍾佳霖出去。

主僕剛走出東廂房的門，就看到廊下立著三個人——一個青衣青年，一個做書生打扮、身穿靛青儒袍的中年人，以及一個白白胖胖的錦衣中年人，正是周靈、清平帝和崇政殿總管太監和雨。

鍾佳霖特意做出驚喜的表情看向周靈。「周叔，怎麼來了？」

他又看向清平帝，遲疑片刻，裝作剛想起來的樣子。「趙世伯也來了?!外面冷，快請進！」

清平帝立在那裡，身子不自覺地顫抖。

年輕時候，他因為痛恨鍾佳霖的母親、髮妻鍾氏毒害自己的愛妾和自己，因此對鍾佳霖的感情極為複雜，既恨母及子，可又知道是自己的骨血，因此心裡牽掛，一直派人去尋。

但自從見到鍾佳霖，他才發現自己錯了，原來父子之間的血脈相連不是想要截斷就截斷的。他以為自己不在乎子嗣，可是一見到和自己長得相像的兒子，心中常常想起一句話——這是他在世上唯一的骨血，是他生命的延續，他的一顆心就被千絲萬縷給牽絆住了。

與有些失態的清平帝相比，鍾佳霖冷靜至極，恰到好處地做出反應，有禮地把清平帝和周靈引進東廂房明間，分主賓坐下，又吩咐王春雨。「你去前院廚房，拿些碎銀子給廚娘，和她說一聲，就說我這裡來了客人，請她燒水，你沏了茶送過來。」

王春雨答了聲「是」，恭謹地退下去。

清平帝只覺得鼻子一酸，眼睛瞬間濕潤了。他的兒子，大宋朝唯一的皇子，居然寄人籬下，連來了客人沏茶，還得讓小廝賄賂廚娘才能夠要一壺開水！

鍾佳霖這時候看向清平帝，見燭光中的清平帝眼神閃了閃，似是含淚，心裡自是一愣，面上卻裝作沒看到，與周靈說起別後情形。

周靈也發現清平帝流淚，自然裝作沒看到，和鍾佳霖絮絮交談，聽他說罷成親之事，便問道：「你娘子怎麼不在宅子裡？」

鍾佳霖聞言笑了，笑容中帶著些天真。「周叔，青芷和人在延慶坊合開了一個鋪子，她去鋪子裡了。」

周靈點點頭。「青芷也不容易，你讀書科舉，全靠她經營維持。」

鍾佳霖微微一笑。「小姪若是沒了青芷，不知道現在淪落到何方呢。」

清平帝在一邊默默聽著，心裡又痛又悔，不過他一向寬以待己嚴以律人，不認為是自己貪戀權勢害了妻兒，反倒認為當年之所以把髮妻鍾氏幽禁冷宮、令她被害，是梁皇后以梁氏家族的權勢相逼，是令妃用美色誘惑，反正自己清白無比，簡直是完人。

這時候，大太監和雨在外面咳了一聲。

周靈知道這是必須離開的信號，當即便要告辭。清平帝一聽，忙道：「周靈，你不是——」

周靈從袖袋內掏出一個小小的錦匣，給了鍾佳霖。「佳霖，京城居，大不易，叔叔給你備了些見面禮。」

鍾佳霖一臉誠摯地推讓。「這怎麼敢當。」

見鍾佳霖一直推讓，清平帝有些著急，抬手在他肩膀上拍了一下。「你這孩子怎麼了？給你你就收下。」

單給銀子還不行，得趕緊讓人給阿霖準備一個好宅子。

鍾佳霖一臉為難。「趙世伯、周叔，小姪無功不受祿……」

清平帝急躁地從周靈手中拿過錦匣，放到一邊的小几上，大步往外走，口中道：「阿霖，你若是再推讓，以後我們就不認識你了。」

鍾佳霖一臉受之有愧地收下禮物，送周靈和清平帝出去。

清平帝平生第一次和兒子並肩而行，發現兒子居然比自己高了不少，心中感覺極為奇妙，腳下也變得輕飄飄的。

送走清平帝和周靈，鍾佳霖進了大門，一邊走一邊問王春雨。「你去廚房看看給娘子做的消夜怎麼樣了？」

按照大宋規矩，秀才和舉人的妻子一般都稱為娘子，因此自從青芷嫁給他，一般人稱呼青芷為鍾舉人娘子。

他擔心青芷今日在鋪子裡忙到太晚，因此特地叮囑廚房燉上雞湯，和好麵醒上，等著青芷和溫子淩回來當消夜。

王春雨答了聲「是」，直接去了廚房。

青芷與溫子淩、張寶春一直在忙鋪子裡的事。

待一切齊備，已經快到亥時，這才與張寶春辭別，步行回溫宅。

這會兒雖然已是深夜，可是延慶坊依舊熱鬧非凡，那些酒肆、茶肆、勾欄瓦舍和各種果子鋪還在營業，鋪子外面掛著燈籠，照得處處燈火輝煌，琵琶聲、月琴聲和唱曲聲交織在一起。

溫子淩護著青芷穿行在熙熙攘攘的人群中，笑道：「青芷，前面便是朱雀門外的州橋夜市，我帶妳去吃消夜吧！」

青芷早聞到了飄過來的孜然末炙羊肉香氣，早已垂涎欲滴，剛要答應，可是轉念一想，這麼晚了，哥哥怕是擔心得很，便笑咪咪地道：「子淩表哥，下次吧！下次咱們帶佳霖哥哥一起過來。」

溫子淩心裡說不清是什麼滋味，卻依舊笑容和煦，「嗯」了一聲，陪著青芷往前走。

開門的正是王春雨。

他一見是青芷和溫子淩，忙笑著行禮，道：「溫公子、娘子，廚房裡備了雞湯，醒了麵，要不要廚娘煮雞湯麵做消夜？」

溫子淩知道青芷餓了，忙不迭道：「快去吧！」

青芷想到要吃雞湯麵，腳步輕快許多，笑盈盈道：「子淩表哥，我去後面看看，一會兒過來吃麵。」

溫子淩知道青芷要去看鍾佳霖，胡亂擺了擺手。「去吧去吧！」

東廂房的門虛掩著，昏黃的燭光從縫隙裡洩漏出來，青芷知道自己和鍾佳霖住東廂房，拎起裙裾，輕快地跑了過去。

她剛要推開明間的門，門就被打開了，鍾佳霖微笑著立在門內。「青芷，回來了？」

她笑著進房，去了充作臥室的北暗間，鍾佳霖便去佈置成書房的南暗間。

青芷一進臥室，就見到床鋪都鋪好了，都是他們從家裡帶來的鋪蓋；再看妝檯，她的那些瓶瓶罐罐也都擺好了，整整齊齊的，不由笑了起來。不管是大事還是小事，哥哥總是能弄得妥當！

鍾佳霖正端坐在書案前看書，聽到青芷的腳步聲，扭頭看了過去，眼中含笑。「青芷，過來一下。」

青芷剛洗過手臉，濕漉漉的，越發清潤秀麗。

她走過去，立在書案邊。「哥哥，你陪我去前面用些消夜吧！」

鍾佳霖抬手拿了一個錦匣遞給她。「哥哥給妳的家用。」

青芷接過來，打開匣子，發現裡面是一摞疊得整整齊齊的銀票，她數了數，足足有六千兩，而且是大宋有名的票號興昌隆發行的銀票，不由呆住了，眼睛瞪得圓溜溜。「哥哥，哪裡來這麼多銀子？」

她擔心鍾佳霖被人用銀子誘惑了，上了人家的當，忙道：「哥哥，宛州鋪子裡生意很好，臘月底就能拿到分紅，咱家不缺銀子的！」

她話中的「咱家」令鍾佳霖心裡一顫，一股暖意在胸臆間漫開來。他握住青芷的手，柔聲道：「這是周靈送來的，不礙事，妳拿去用吧！」

青芷知道周靈有意栽培鍾佳霖，而他也決定投靠周靈，心裡說不清是什麼滋味。

不過她知道從前世到今世，哥哥都比她聰明得多，因此也不打算干涉，便把銀票塞回鍾佳霖手中，低聲道：「哥哥，這銀票你拿著，以後在外交際、結交朋友、拉攏人心都用得著。家用有我呢，你放心。」

鍾佳霖握緊了她白嫩柔軟又溫暖的手，輕輕「嗯」了一聲。

用罷消夜，兩人又回了後院。青芷洗罷澡，打發春燕回西廂房去睡，自己披散著潮濕的長髮去了南暗間，先在錦簾外面問了一聲，得知鍾佳霖洗罷澡在裡面讀書，這才走進去。

溫家不缺煤炭，京中的房子也生起地龍，屋子裡暖融融的。

青芷不想打擾鍾佳霖讀書，便從書架上抽了一本《前宋詞》，歪在榻上看著玩。

鍾佳霖有一陣子沒聽到聲響，抬頭一看，發現她歪在榻上睡著了，姿勢蜷曲，起身過去，小心翼翼地抱起青芷，送回了北暗間臥室。

把青芷脫了外衣塞進被窩後，鍾佳霖坐在床邊看著她的睡顏，不出也渴睡起來，索性起身拿了自己的被子，在外側睡下了。

他輕輕湊過去，把臉埋在她微微潮濕散發著玫瑰芬芳的青絲中，很快就睡著了。

夜裡風勢越來越大，北風呼呼，不知不覺就下了雪。

雪勢起初還不大，不過是小小的雪粒，落下也就化了。過了子時，漸漸大了起來，鵝毛般的大雪被北風捲著飛舞，整個京城很快就成了白雪天地。

青芷醒來後，並沒有立即睜開眼睛。

此時被窩裡暖融融的，舒服得很，她閉著眼睛往熱源處擠過去。

片刻後，她忽然意識到不對，睜開眼睛，這才發現她和鍾佳霖正額頭抵著額頭，擠在一起睡覺！

察覺兩人是各睡各的被窩，她這才鬆了口氣，往後移了移，但長髮被鍾佳霖壓住了，沒法移動，除非把他叫醒。

外面風聲呼嘯，窗紙被打得「啪啪」直響，不是下雪就是下冰雹了，一定冷得很，而床帳內溫暖舒適——不如再睡一會兒吧！

這樣一想，她又閉上眼睛，很快就睡著了。

再次醒來的時候，床上只剩下她自己，被窩也掖得很嚴實，而鍾佳霖的被子已經疊好放在一邊。

春燕進來服侍，一進門就道：「娘子，外面下了好大雪。」

青芷聞言歡喜。「這可是今年的第一場雪啊！」

她麻利地下床穿衣，一邊道：「春燕，把哥哥送我的那件大紅羽紗面雪狐領鶴氅拿出來吧！」

自從哥哥送給她，她還沒穿幾次呢，這次下了雪，正好穿上。

春燕從衣箱裡拿出那件鶴氅，抖開搭在椅背上。「這狐皮可真軟。」

青芷也笑了。「這件鶴氅，都夠買百十畝地了。」她一邊繫衣帶，一邊問春燕。「哥哥呢？」

「姑爺一大早就起來了，不讓我叫您，說讓您再睡一會兒。」又道：「表公子讓小廝槐葉來了一趟，讓等娘子起來了，去外面書房找他。」

青芷「嗯」了一聲，洗漱罷穿上那件大紅羽紗面雪狐領鶴氅，對鏡照了又照，美滋滋地出去了。

到了明間，她原本想要直接出去的，可是想想，又似乎有些牽掛鍾佳霖，便輕手輕腳走了過去，撩開南暗間門上的錦簾，探頭往裡面看。

鍾佳霖正在讀書，聽到動靜，抬頭看了過去，眼睛含笑，梨渦深深。「青芷，怎麼了？」

青芷見鍾佳霖穿著她親手做的深青色棉袍，心中很滿意，笑嘻嘻地道：「哥哥，你用過早飯沒有？」

鍾佳霖笑意加深。「都快到午時了，我自然用過了，妳快去前面吃早飯吧！」

青芷應聲，想要離開，卻有些捨不得，想了想，道：「哥哥，我等一會兒要和子淩表哥去鋪子裡，晚上才回來，午飯和晚飯你不用等我。」

鍾佳霖不是愛說甜言蜜語的人，不過點點頭，道：「春燕和春雨都帶去吧，我在家裡讀書，不用使喚人。」

青芷不由笑了。「沒事，讓春雨留家裡吧，家裡瑣事多著呢，我跟著表哥，你放心吧！」

鍾佳霖知道溫子淩做事可靠，便不再多說，擺了擺手，示意青芷去忙。

青芷見狀，知道他忙著準備會試，便帶著春燕離開了。

雪已經停了，院子裡果真落了厚厚一層雪，不過甬道早被清掃過，上面鋪設的青磚濕漉漉的，倒是不滑。

青芷跟著溫子淩步行到鋪子裡。

他們和張寶春一起商議開業事項以及去京城西郊選梅花的事；青芷又去後面院子看了看，見女工和夥計的房間裡都有暖炕，屋子裡還挺暖和，這才放下心來，帶了春燕和大夥計李月明去延慶坊買衣料了。

天降瑞雪，京城也成了白雪琉璃境界。

趙瑜閒來無事，帶了幾個清客幫閒在延慶坊的寒梅小築賞梅飲酒。

寒梅小築臨街的二樓雅間內，韓正陽、蘇沐澤等紈袴陪著趙瑜飲酒說笑，兩個還未被梳籠的清倌人正各自抱著月琴、琵琶彈奏，另有一個容色最美的清倌人立在趙瑜身側，輕扶羅袖，款擺湘裙，捏著一方大紅汗巾曼聲歌唱。

「……約定在今宵。人靜悄，月兒高，傳情休把外窗敲。輕輕地擺動花梢，見紗窗影搖，那時節方信才郎到……」

歌聲曼妙，可是趙瑜卻聽得煩躁至極，腦海中浮現青芷唱的〈佳期重會〉。

他起身推開窗子，打算透透氣。

誰知一開窗，就看到了樓下迎面走過來一個穿著大紅羽紗面雪狐領鶴氅的美麗少婦。

他定睛一看，眼睛一下子亮了，心也怦怦直跳。

第七十三章

街道上的雪已經被清掃過，堆在路邊樹下，道路倒是可以行走。

青芷饒是穿著斗篷，依舊覺得寒意襲人。

她攏緊斗篷，一邊走，一邊聽李月明說話。

大夥計李月明今年二十二歲了，身材高大，面目卻普通得很。他先前是溫東的小廝，因為做事妥當俐落，專門為溫東跑京城這邊的生意；如今溫東病倒，溫子淩接管家業，他就繼續為溫子淩辦事。

李月明常在延慶坊行走，對這裡極熟悉，引著青芷往前走，一邊走一邊介紹著四周的店鋪。「……這是御街東巷，這街道兩邊都是京城有名的酒肆、勾欄和瓦舍；再往前走到第一個十字路口，向西拐就進入了龍津橋南巷子，兩邊都是綢緞鋪和成衣鋪……」

青芷聞言，不禁好奇地打量著街道，見街邊都是臨街的二層小樓，紅漆欄杆窗櫺，頗為雅致，有些小樓的窗子開著，隱約可見裡面衣著鮮麗的男男女女。

京城一般的殷實人家，家裡請客都是要請行院的粉頭去彈唱的，青芷前世的時候，英親王府養著兩班家樂，她沒機會接觸外面的粉頭，自然也沒到這些地方逛過。

春燕聽著街道兩邊傳出的歡笑與絲竹聲，有些擔心，緊緊貼著青芷，低聲道：「娘子，這裡這樣子，會不會有壞人當街搶人呀？」

她倒是不擔心自己，只是覺得青芷生得太美，生怕戲文裡唱的惡衙內強搶民女那種事情發生。

青芷聽了，笑了起來，道：「朗朗乾坤，天子腳下，咱們安安生生走路，又沒得罪人，人家何必搶咱們？」

李月明聽了如此自信的話語，心裡頗不以為然，瞅了青芷一眼，道：「表姑娘，咱們還是小心一些吧！」

表姑娘生得太美了，也不知道是福是禍？

三個人走到了龍津橋南巷子，李月明帶著青芷和春燕開始逛綢緞鋪子。

青芷自然要貨比三家，逛第一家的時候，凡是看著差不多的綢緞，她都先問了價錢。在第二家綢緞鋪子問了又問，看了又看，一行人又進了第三家綢緞鋪子。

第三家綢緞鋪子叫慶記綢緞，瞧著鋪面排場都比第一家大得多，裡面迎客的小夥計一個個長得秀秀氣氣，個個青衣小帽，打扮得精神，青芷一進去就笑了——這才是專做女子生意的鋪子啊，哪個女子不愛看清秀少年？

她選了幾樣綢緞，開口問了價錢，發現價錢比前面那兩家都略便宜些，和宛州那邊價格差不離，便和李月明商議了下，預備在這個鋪子裡買。

招待青芷的小夥計瞧著年紀特別小，約莫十三、四歲的模樣，生得清秀細條，分明還是娃娃臉，和青芷說話時臉都紅了。

青芷給女工和女夥計選了玫瑰紅四季花緞子做褙子，玄色綢子做裙子，又選了白綾做白綾襖。

小夥計見她買這麼多，越發殷勤起來，小聲讚美著。「姑娘生得這麼好，肌膚白得似羊乳一般，最適合亮色衣料。我們樓上有上好的大紅遍地錦五彩妝花緞子，最適合姑娘這樣的……」

青芷聽了，看著小夥計羞得紅撲撲的臉，不由笑了，總覺得自己不上樓看看就對不起這個小夥計。

見李月明正看著夥計把買好的綢緞往氈包裡裝，青芷便先帶著春燕，隨著小夥計上了二樓。

二樓果真與一樓不一樣，衣料顏色更鮮亮，各種織金緞子、松江綾布和各色綢子，一幅幅高高懸在四周的架子上，垂了下來。

青芷和春燕一見，都眼睛一亮，便細細看了起來。

小夥計依舊隨著青芷講解著。

青芷看上一幅蔥白色綾布，打算給鍾佳霖做一件蔥白綾道袍，便伸手過去，輕輕撫摸著懸掛在那裡的蔥白綾。

誰知她的手剛伸過去，就被人從裡面握住了。

青芷大驚，忙往外掙，誰知那人力氣甚大，反倒把她給拽進了蔥白綾布後面。

她定睛一看，眼前這人生得斯文俊秀，不是趙瑜又是誰？

趙瑜見她一時沒反應過來，一把將青芷攬入懷中，雙臂緊緊箍著她的腰肢，嘴唇湊近她耳朵，急急道：「青芷，妳跟了我吧！妳跟了我，榮華富貴我都給妳，妳——」

他說話的時候，一股熱氣撲在青芷耳朵上，令她耳朵癢癢的，一下子反應了過來，低聲道：「我不願意。」

她一邊說話，一邊用力推趙瑜。

趙瑜抱著柔軟溫暖的身子，胸臆之間似被填滿，漲漲的，滿是歡喜，也不顧青芷的掙扎，低頭湊過去尋她的唇要吻她。

青芷大怒，抬手對著趙瑜的臉便呼了過去。

趙瑜猝不及防，被青芷拍了個正著，只聽到「啪」的一聲，左臉頰一下子沒了知覺。

可他依舊不管不顧地要親青芷。

青芷怒極，指尖對著趙瑜的臉用力撓了下去。

趙瑜死死盯著青芷，不肯躲開。

在一個又一個夢裡，青芷對自己是多麼溫柔甜蜜，是他對不起青芷，是他負了她，即使她嫁了人，他也要把她弄到自己身邊，照顧她、陪伴她……

青芷的手指用力一撓，趙瑜左臉頰上當即被撓出了三道指痕，疼得「嘶」了一聲，覺得臉頰似有液體流下，忙伸手去摸，卻摸到了一手的血！

青芷乘機掙脫，飛快地往後退。

恰在這時，春燕回過神來，衝了過來，拉著青芷就往樓下跑。

李月明正要結帳，見青芷忽然下樓，不由一驚，當即把銀票放回荷包裡，也跟著青芷和春燕跑了出去。

衝入外面熙熙攘攘的人群，青芷這才鬆了口氣，拉著春燕迅速穿行在人群中。

她一邊疾步而行，一邊竭力思索著趙瑜到底怎麼了？

前世的時候，趙瑜雖然後來娶了李雨岫，又收下了李雨岫為他納的那些姬妾，傷了她的心，可是他一直是個溫柔的男人，不至於會強迫女人，方才為何會如此下作？

想到趙瑜方才那句「青芷，妳跟了我吧！妳跟了我，榮華富貴我都給妳」，心裡一陣噁心，不由自主乾嘔了一下。

難道前世趙瑜的溫柔體貼，只是在她面前的假象，真實的他就是這麼猥瑣？

最令青芷恐懼的是，今生她和趙瑜根本沒怎麼接觸，趙瑜為何會突然對她說這樣的話？難道他也重生了？

想到這種可能，大冷的天，她背上密密冒出了一層冷汗。

她一邊疾走，一邊告訴自己，一定要冷靜！

春燕其實不知道發生了什麼事，當時她正在看一幅團花紫色緞子，發現不對勁才衝了過去，此時見青芷神情不對，也不敢問，只是緊緊跟著青芷。

娘子對她這樣好，不管發生什麼事，她總是要站在娘子這邊的。

李月明也不知道發生了什麼，不過大概能猜出來——表姑娘實在生得太美了，怕是她在樓上看衣料的時候被人調戲了。

青芷一路疾行，一直到了離芷記香膏不遠的地方，這才停下腳步。

她扭頭往來路看，確定沒有人追上來才緩緩吁了一口氣，竭力微笑，看向擔憂地看著她的春燕和李月明。「沒事，只是被一個登徒子騷擾了幾句。」

春燕剛要說話，她又道：「沒什麼事，回去後你們誰都不要提這件事。」

她不想讓哥哥擔心，也不想讓表哥擔心。對付趙瑜，她得有自己的法子。

春燕忙答應一聲，李月明也道：「姑娘放心，我不會亂說的。」

得了保證，青芷才放下心來，理了理因為疾行有些鬆散的髮髻，又低頭整理裙裾，發現裙襬濺了不少被行人踩化的雪水，斑斑駁駁的，不由嘆了口氣，知道這條裙子算是毀了。

春燕隨著青芷的視線看過去，忙道：「娘子放心，我用胰子好好洗一洗，應該可以洗掉的。」

青芷「嗯」了一聲，笑吟吟道：「咱們回去吧！」

下午還要隨著子淩表哥去城外梅園選梅花，須得回家換條裙子。

青芷又看向李月明。「月明，你去賣綢緞的那條街再看看，遠遠地換家鋪子重新買衣料，再去成衣鋪請裁縫來咱們鋪子裡吧！」

李月明答應了，目送青芷帶著春燕進了芷記香膏鋪，這才又去了龍津橋南巷子。

韓正陽和蘇沐澤在寒梅小築等趙瑜，等了半日沒等到，便尋到了慶記綢緞鋪——韓正陽是趙瑜的損友，蘇沐澤是趙瑜的清客兼謀士，他們倆和趙瑜一向親近，知道附近這家慶記是趙瑜名下的產業。

到了慶記，韓正陽熟不拘禮，見趙瑜的小廝福安在一樓，便道：「福安，你們主子呢？」

福安愁眉苦臉地指了指樓梯，韓正陽便和蘇沐澤一起直奔二樓。

二樓沒有客人，空蕩蕩的，他們一上去就看到趙瑜正站在窗前。

蘇沐澤忙道：「王爺──」

趙瑜回頭看他們，蘇沐澤的聲音一下子被截斷了，看著趙瑜臉上的三道血痕，一下子結巴起來。「王爺，您……您怎麼了？」

趙瑜面無表情，扭頭繼續看窗外。

韓正陽回過神來，忙叫了福安上來，低聲吩咐道：「去叫蘭大夫過來，讓他帶上藥箱，就說王爺的臉被人撓了。」

福安答了聲「是」，正要下去，卻被韓正陽拉住了。

韓正陽低聲問：「王爺到底怎麼回事？」

蘇沐澤也盯著福安，等著他的回答。

福安看了看趙瑜，見他立在窗前，背對這邊，不知道在做什麼，便湊近韓正陽和蘇沐澤，壓低聲音道：「韓公子、蘇先生，王爺剛才非要和宛州那個虞姑娘說話，這是被虞姑娘撓的。」

韓正陽聞言，心中一驚，看向蘇沐澤。

蘇沐澤卻不動聲色，抬手在福安肩上拍了拍，低聲道：「去吧！」

趙瑜站在窗前，望著對面的屋頂。

京城的民房統一都是黛瓦粉牆，對面屋頂上落了厚厚一層雪，屋頂和牆都是一片白，瞧著一片蒼涼，就像他此時的心。

他其實弄不清自己剛才為什麼會那麼衝動，做出那麼傻的事、說出那麼傻的話？

想到自己方才做出的事，說出的話，他的臉一陣熱辣辣，忍不住抬手搧了自己一耳光。

一見到虞青芷，他就有些控制不住自己。

自從第一次遇到她，他便不停地夢到她。在夢裡，他與虞青芷初遇，像個毛頭小子一樣對她一見鍾情，不由自主地跟著她，從人販子手裡救了她，把她帶回京城，帶進王府，與她長相廝守……

如今只要一睡著，他就會夢見虞青芷。

在夢中，她已經成了他的側妃，與他琴瑟和諧……可是在現實中，虞青芷怎麼就嫁給那個叫鍾佳霖的窮酸書生了呢？

青芷先去鋪子後院，繼續教那些女工製作香脂、香膏的技術。

眼看著快到中午，她便要帶著春燕回去。

溫子淩正好和李月明一起帶了裁縫回來，見青芷要走，忙讓李月明帶著裁縫去給女工和夥計量體裁衣，自己和青芷一起回去。

兄妹倆不知不覺就走到了溫宅。

一進大門，青芷就看到了小廝柳葉和兩個陌生小廝在門房裡烤火，便笑著和溫子淩說道：「子淩表哥，怕是有客人來拜訪哥哥。」

柳葉聽到外面的聲音，忙笑著起身行禮。「大公子、表姑娘。」

行罷禮，柳葉又介紹兩個小廝。一個十七、八歲的是王治的小廝煙波，另一個十五、六歲，生得虎頭虎腦的，是趙青的小廝趙四兒。

待煙波和趙四兒都行了禮，柳葉笑嘻嘻地道：「王大人和趙大人都得了朝廷恩典，奉詔入京面聖呢！」

溫子淩聞言，心中一驚，當即看向青芷。

青芷也是吃驚，四目相對，都看出了對方眼中的驚訝，面上卻是不顯。

她吩咐春燕。「春燕，用玉青瓷碟子裝幾樣細巧茶點送過去。」

春燕答了聲「是」，自去準備。

溫子淩和青芷回了前院正房。

在堂屋坐下之後，溫子淩看向青芷，低聲道：「青芷，不知道是不是我想多了，佳霖進入縣學讀書，縣學先生中就多了一位前禮部尚書王治和前科的武狀元。而佳霖一離開縣學到京城赴試，王大人和趙大人就被朝廷召回京城候見……」

青芷也覺得異常，沈吟一下，輕輕道：「表哥，也許是巧合？」

她垂下眼簾思索。她記得前世的王治是李雨岫之父李泰的政敵，先前也聽蔡羽和鍾佳霖閒談中提到，趙青是滄州節度使趙崢的兒子，因毆打了貴妃娘娘的親弟弟，被奪了功名。

本朝的貴妃娘娘姓周，是趙瑜的嫡親表姊。

一直培養鍾佳霖的周靈雖然也姓周，卻和外戚周氏並非一脈，而且周靈是清平帝的親信。這樣看來，不管是周靈、王治還是趙青，其實都身在趙瑜的敵對陣營，而如今這些人在接觸鍾佳霖……

青芷把這些線索集中在一起，抽絲剝繭想了一遍，得出了結論——以周靈為主的陣營在拉攏鍾佳霖。

想到這裡，她卻不知道是福是禍？

要知道，前世她被毒死前，趙瑜可是最終的勝利者……

青芷深吸口氣，讓自己怦怦亂跳的心穩下來——前世的哥哥因為她，投入到了趙瑜的陣營，為趙瑜四處奔走，立下大功。今世的哥哥卻沒有投靠趙瑜，哥哥那麼厲害，這一世應該也與前世不同。

想到這裡，青芷放鬆下來，抬眼看向溫子淩，見他正雙目炯炯地看著自己，不由笑了，輕輕道：「表哥，王大人和趙大人都是英親王的政敵，他們和周靈是同一陣營。」

溫子淩一聽，當即笑了起來，也是鬆了口氣的模樣。「既然是周大人的人，我去見一見吧？」

上次為了救溫子涼，經鍾佳霖引薦，他已經投靠了周靈，既然這兩位大人都和周大人同一陣營，自然要去見一見了。

青芷抿嘴笑了。「你去吧，我吩咐人準備酒菜。」

到了此時，客人還沒有離開，自是要留下用午飯。

溫子淩離開之後，她叫了張允過來，遞給他一錠五兩重的小銀錁子，吩咐道：「我記得上次過來，表哥從附近的西湖酒樓訂了一個席面，是清淡的杭州菜，味道甚好，你去一趟，揀好的再訂一個吧！」想了想，又道：「西湖酒樓裡有狀元紅酒，也取兩罈過來。」

張允忙道：「表姑娘，用不著這麼多銀子。」

青芷笑了，因知張允是溫子淩的親信，便低聲道：「今日的客人是朝廷官員，對表哥和哥哥都很重要，酒菜都揀好的點，不要吝惜，剩下的當你的跑腿費。」

張允會意，收起銀子，自去置辦。

溫子淩到了後院，一繞過影壁就看到王春雨正和趙青的親隨葛五立在廊下，忙笑著上前道：「佳霖在見客嗎？」

鍾佳霖正在明間與王治、趙青密談，聽到外面傳來溫子淩的聲音，當即道：「是內子的姑表兄長溫子淩。」又道：「如今投到了周靈周大人門下。」

趙青一聽就明白了，看向王治。「世伯，溫子淩是宛州有名的富商，如今羊山北麓的煤礦和宛州有名的玉青瓷都是他的產業。」

王治聽了，捻鬚而笑，道：「既然如此，佳霖，請溫公子進來敘話。」

他們既是同一陣營，要支持鍾佳霖成就大事，所需銀兩可不是一個小數目，須得尋一些錢袋子。

溫子淩進去之後，先是滿面春風團團一揖，與眾人見罷，這才坐下。

他交談了一會兒，便發現在座三人中，王治和趙青隱隱都以鍾佳霖為主，便記在心中觀察，與眾人言笑晏晏，很快就融入進去。

眾人正談得投機，王春雨進來通稟。「娘子已經把酒菜準備好了，現在擺嗎？」

鍾佳霖聽了，見青芷體貼自己，眼中漾起笑意。「既然備好了，現在擺吧！」

王治在一邊看了，心裡不由咯噔一聲。

鍾佳霖娶妻之事，他不便干涉，心中想的是等有朝一日鍾佳霖奪得帝位、登上大寶，自會三宮六院廣納妃嬪，憑藉著他的擁立之功，後宮總會有女兒王盈之的位置。

但就如今的情形看來，鍾佳霖可是真心喜愛結髮妻子虞氏啊！

第七十四章

客人離開之後，青芷才和出來送客的鍾佳霖一起回了後院。

一進明間，鍾佳霖就坐下來，蹙著眉發呆。

見他俊臉微紅，眼睛水汪汪的，分明是吃了酒的模樣，青芷便讓春燕把提前準備好的醒酒茶送來，倒了一盞奉過去。「哥哥，醒酒茶。」

鍾佳霖瞅了她一眼，眼神瞬間變得柔弱，聲音微啞。「青芷，我的手有些軟……抬不起來……」

青芷沒想到鍾佳霖居然醉得這麼厲害，忙走到他身側，一手扶著他，一手端著茶盞餵他喝了。

喝了醒酒茶，鍾佳霖覺得好受了些，卻繼續裝柔弱。「青芷，我的頭還有些難受……」

她當即扶起他，道：「哥哥，你先回房躺下，我拿熱手巾給你敷敷，睡一覺起來就好了。」

鍾佳霖依偎著她進了南暗間臥室，在床邊坐下。

青芷吩咐春燕去準備熱水和潔淨手巾，彎腰開始解鍾佳霖的腰帶。

此時的她距離鍾佳霖很近，近到他能夠聞到她身上溫暖的馨香和淡淡的茶香。

青芷的手在他腰間忙碌著，雖然隔著厚衣物，可是所觸之處，陣陣酥麻。

鍾佳霖閉上眼睛，竭力放鬆自己。

她解開了腰帶，掛在衣架上，又服侍著鍾佳霖脫下袍子。待他身上脫得只剩下白綾中衣褻褲，她才直起身子去解鍾佳霖的髮帶。

髮帶一解開，滿頭烏髮就如瀑布般披散下來。

青芷伸手撫了撫，感覺他的頭髮很順滑，便湊過去聞了聞，果真嗅到了淡淡的薄荷清香。

她不禁笑了。「哥哥，你是用薄荷香胰子洗頭髮吧？看來還不錯，若是我能製出專門用來洗頭髮的香胰子就好了……」

此時她正立在身前，鍾佳霖一睜開眼睛，發現近在咫尺的正是她隆起的胸部。

因為距離太近，他似乎嗅到了她身上散發著的少女芬芳。

青芷正在擺弄鍾佳霖的頭髮，忽然發現異常，低頭一看，忙道：「哥哥，你怎麼流鼻血了？」

她順手拿了自己的帕子遞過去。

鍾佳霖接過帕子，含混地道：「屋子裡生著地龍，有些乾燥了。」

青芷一邊照顧鍾佳霖，一邊思索。其實她也怕屋子裡因為生著地龍太乾燥，還特地擺了好幾盆用水養著的水仙。看來還是不夠啊，一會兒乾脆端一盆水放著吧……

春燕端著熱水過來的時候，就見鍾佳霖只著中衣坐在床邊，手裡拿著帕子捂著鼻子，瞧著狼狽得很，和他平時清雅高貴的模樣一點都不搭，不由好笑，忙道：「娘子，水盆放哪裡？」

青芷見鍾佳霖垂著眼簾，一臉委屈模樣，忙道：「放這裡吧！」又道：「這裡有我就行，妳回去歇一會兒，下午咱們還要去城外梅園呢。」

春燕出去後，青芷從熱水裡撈出手巾，擰得半乾，開始幫鍾佳霖擦拭。

待把他收拾妥當，青芷又服侍他躺下，蓋好被子就要離開，誰知剛要走，卻發現自己根本走不開——鍾佳霖的手正捏著她的裙子呢！

青芷見他閉著眼睛躺在那裡，嘴唇緊緊抿著，彷彿在賭氣，如小孩子一般，心裡不由自主軟了下來，柔聲道：「哥哥，你喝醉了難受，想讓我陪你？」

鍾佳霖睜開眼睛看著她，輕輕「嗯」了一聲。

青芷便道：「好，你先睡吧，我在床邊躺一躺。」

鍾佳霖往裡移了移，讓她和衣在床側躺下。

外面陰沈沈的，屋子裡也是光線黯淡。

青芷躺在床外側想事情，旁邊鍾佳霖的體溫隔著被子不斷散發過來，暖了她，令她昏昏欲睡。

她本來在想該如何避開趙瑜的騷擾，誰知還沒想出法子，她就迷迷糊糊進入了夢鄉。

鍾佳霖等青芷睡熟，起身輕手輕腳地脫去青芷的外衣，用被子裹住她，挨著她閉上眼睛，很快就睡熟了。

青芷在睡夢間不由自主地靠近熱源，擠到了鍾佳霖懷裡，找了個舒服的位置和姿勢，睡得更熟了。

溫子淩中午也飲了幾杯酒，喝了些醒酒茶便睡下了。

睡醒後，已經是申時一刻，該出發去城外梅園選看梅花了，溫子淩便吩咐小廝槐葉。

「你去後院看看表姑娘，就說申時三刻出城去看梅花，讓她準備一下。」

他這次進京，除了張允這個親隨兼夥計之外，還帶了槐葉和柳葉兩個小廝。這兩個小廝年紀太小，不堪大用，溫子淩便讓槐葉在家侍候茶水，而讓柳葉在門房裡看門回話。

槐葉答應了，一溜煙去了後院。

春燕聽到敲門聲來應門，聽了槐葉的話，便道：「你先等一會兒，我去叫娘子。」

她去了北暗間，發現青芷不在，這才意識到娘子應該是在南暗間與姑爺一起歇下了，臉色一時有些紅。

平時小倆口各住各的房間，她習以為常，這會兒才意識到他們夫妻睡一塊兒才是正常，先前倒是有些怪怪的。

沈吟片刻，春燕站在南暗間簾子外面，輕輕叫了聲「娘子」。

青芷睡得沈，先醒的反倒是鍾佳霖。

他睜開眼看了看窩在自己懷裡的青芷，心裡異常滿足，一股暖洋洋的氣息充溢全身，舒服得很。

他攬緊放在青芷柔軟腹部的手，又閉上眼睛。

春燕叫了兩聲沒叫醒青芷，只得提高音量。「娘子，該去城外看梅花了。」
青芷終於醒了過來。
一醒來，她就看到了近在咫尺的鍾佳霖，不禁吃了一驚。
鍾佳霖睡得正香，床內昏暗，越發顯得他的臉白皙如玉；再加上身材高眺，即使躺在那裡，也顯得身姿好看。
青芷看了一會兒，忍不住伸手去摸鍾佳霖的臉。
哥哥的五官原本有些過於秀氣，可是鼻梁挺直，令整張臉又顯得陽剛起來。
她又欣賞了一會兒，才抬手輕輕把鍾佳霖放在她腰間的手拿走，輕手輕腳地起床。
坐在妝檯前梳頭的時候，青芷回想著。前世的她和哥哥雖然親近，卻也未曾親近到共睡一床的地步，這一世是如何走到這一地步的呢？
不過她從來不是愛鑽牛角尖的人，想不通就先不想，說不定何時機緣巧合就想明白了呢！
梳妝罷，她穿上桃紅錦袍，拿了條素白裙子繫上，又穿上鍾佳霖給她的那件大紅羽紗面雪狐領鶴氅，起身出去了。
這時，鍾佳霖悄悄睜開眼睛，看著青芷的背影，眼神溫柔。
如今青芷的好衣服還是太少，眼看著要過年了，得給青芷再買些好衣服……
屋子裡太溫暖，一出房門，青芷便覺得寒氣逼人，臉被寒風颳得都有些疼了。
她與春燕說著話，一邊往前院走去。

溫子淩見了青芷，見她睡得面若桃花，眼若春水，笑了起來。「妳這時候睡，晚上可是要睡不著了。」

轉念又忽然想起青芷怕是和鍾佳霖一起睡的，心裡一陣酸澀，情緒頓時低落下來。

青芷倒是無所謂，笑道：「睡不著我正好起來做針線。」

快過年了，她預備給哥哥再做件棉衣。

兄妹倆帶著春燕和張允一起上了馬車，往西而去。如今他們在京城新開的這家芷記香膏，生意越來越好，有些供不應求，須得早些選好貨源，開始製作新的貨物。

在車上，青芷和溫子淩談起在京城開新分店的事。「子淩表哥，得再買些人過來，我現在開始帶著她們，到了明年春天就差不多可以上手了，到時候正好咱們新店開張。」

溫子淩記在心裡，道：「明日我就讓李月明去辦這件事。」

張允初到京城還不熟悉，這樣的事還是交給李月明好些。

青芷點點頭，道：「我明日再和李月明說一下具體的要求。」

英親王府外書房的暖閣內，韓正陽和蘇沐澤正陪著趙瑜飲酒。

趙瑜的臉上掛著三道紅痕，已經抹過藥了，可是瞧著依舊有些嚇人。

韓正陽與趙瑜從小一起長大，感情非同尋常，見狀便道：「王爺，你臉上的傷不會留疤吧？」

趙瑜端著水晶酒盞，酒盞裡淺色的酒液微微蕩漾。他端起酒盞一飲而盡，抿了抿唇。

「蘭大夫說沒事，抹了藥將養幾日就好了。」

蘇沐澤抬眼看向趙瑜。「王爺，您找個藉口別去上朝了，這模樣不能讓陛下看到。」

韓正陽忙道：「正是正是！這人多嘴雜的，人家看了你的臉，不知道要傳出什麼話呢！」他恨恨道：「虞青芷那小娘兒們著實可惡，我們——」

趙瑜掃了他一眼。

韓正陽當即會意，端起水晶酒盞，藉著飲酒把話題岔開了。

趙瑜才看向蘇沐澤，道：「沐澤，你替我去見客吧，就說我偶感風寒，正在休養。」

蘇沐澤知道趙瑜是要支開自己，好與韓正陽說話方便，並不點破，交代了一句便告辭離開。

韓正陽起身立在窗前，待看到蘇沐澤帶著小廝走得遠了，才轉身走回桌前坐下，道：「王爺，你既然喜歡那虞青芷，咱們就派人埋伏在她必經之處，神不知鬼不覺把她給弄過來，關在僻靜之處，到時候你想怎麼玩就怎麼玩——」

「正陽！」趙瑜聽著韓正陽嘴裡不乾不淨，說什麼玩不玩的，頓時覺得褻瀆了虞青芷，刺耳至極，當即低喝一聲，打斷了韓正陽的污言穢語，又接著道：「別用這樣的口氣說她。」

韓正陽一時錯愕。他和趙瑜在女色一事上一向狼狽為奸，私下裡這樣說話慣了，沒想到趙瑜會這麼看重虞青芷。

他瞪大眼睛打量著趙瑜，半日方道：「你……你不會是來真的吧？」

趙瑜心煩意亂，拿起酒壺斟了一盞，一飲而盡。過了一會兒方道：「蘇沐澤得到消息，周靈昨夜偷偷去了溫宅。」

韓正陽蹙眉。「溫子淩不是投到周靈那裡，成了周靈的走狗嗎？周靈親自去見溫子淩，也不是不可能呀。」

趙瑜垂下眼簾，道：「今日上午，剛趕到京城的王治和趙青也一起去溫宅了。」

韓正陽眨了眨眼睛。「他們在南陽縣學待過，應該是去見學生鍾佳霖。」

可趙瑜也說不清怎麼回事。

他手下的人並沒有特別關注鍾佳霖，是蘇沐澤一直派人跟蹤周靈，才發現周靈居然去溫宅拜訪。

堂堂朝廷一品大員去拜訪一個小地方來的商人，實在詭異，蘇沐澤這才把消息報到了趙瑜這裡。

趙瑜下意識總覺得這些事的癥結，應該就在不顯山不露水的鍾佳霖身上。

他端著酒盞沈吟著。「發生了今日之事，咱們這時候動虞青芷，有些打草驚蛇……再等等吧，找個合適機會。」

韓正陽點點頭，道：「我都聽你的。」

自小和趙瑜在一起，都是趙瑜出主意得好處，而他聽吩咐背黑鍋，早就習慣了。

晚上，韓正陽回到韓府，見夜深了，便沒有去給母親請安，打算回書房去胡亂歇一夜，明早起來再去見父母。

去。

誰知他剛叫了侍妾過來伺候，小廝就來回稟，說韓夫人的大丫鬟彩雲奉夫人之命叫他過去。

韓正陽事母甚孝，當即起身往內院去了。

韓夫人叫了韓正陽過去，抬手在兒子腦袋上敲了一下，恨鐵不成鋼地道：「你這孩子，一天到晚在外面瞎跑！」又道：「你去陪陪你媳婦兒，早些讓她給我生個孫子，我隨你去外面玩！」

韓正陽喜歡的是風月場上的風流娘兒們，不喜歡妻子嚴氏的大家閨秀作派，可是迫於母命，只得回東偏院去見妻子。

嚴氏今日在芷記香膏買了不少胭脂水粉、香膏眉黛回去，正在房內對鏡試用，得知丈夫歸來，當即起身歡喜迎接。

俗話說「燈下看美人，尤勝白日十倍」，再加上嚴氏今日細細妝扮過，韓正陽一進來，就著白紗燈一看，直覺嚴氏今日鮮豔嫵媚，便湊近聞了聞，一股玫瑰芬芳沁人心脾，心中有幾分喜歡，便摟著嚴氏親了個嘴，調笑道：「今晚怎麼這麼好看？」

嚴氏一時有些害羞，便把今日去芷記香膏的事說了，又道：「原來芷記香膏的老闆娘，就是素梅的閨中好友虞青芷。素梅得知她來了京城，別提多歡喜了，還說要請虞青芷過來相會呢。」

韓正陽聞言，眼睛早亮了起來，心道：踏破鐵鞋無覓處，得來全不費功夫，王爺正在發愁，我卻沒想到表妹這條線……

他心裡謀劃著，卻也沒閒著，手裡摸著嚴氏，嘴巴湊到嚴氏唇上頸上胡亂吻著。

「嗯，家裡有些不方便，妳何不跟表妹說一聲，在王爺運河邊的梅莊請客？天氣冷，王爺又不去那個莊子，這幾日梅花盛開，到時候妳們倆可以陪著虞姑娘賞梅花、烤鹿肉、喝果酒，開心一日，讓表妹散散心。」

嚴氏被丈夫揉搓得渾身都軟了，自然是答應下來。

韓正陽又交代一句。「別說是王爺的莊子，就說是借妳娘家親戚的莊子。」

運河邊的梅莊是趙瑜私下裡買的別莊，一般人不知道梅莊的真正主人，到時候把虞青芷灌醉，扶到房裡休息，王爺悄悄進去，睡了虞青芷，她又能怎麼樣？被王爺拿住把柄，她只能乖乖就範……

選好梅花之後，因為主人的盛情邀請，青芷和溫子淩留下品茶。

飲茶談天的時候，梅園主人說起了自己的梅花盆景，驕傲之情溢於言表。

青芷聽了很感興趣，便請梅園主人引著去看。

如今正是寒冬，滴水成冰，放盆景的院子裡放著成排的木架，上面擺著無數形態各異的梅花盆景，晶瑩剔透的花瓣在寒風中瑟瑟顫抖，令人心生憐惜。

青芷一見就喜歡，便有心選購一盆，拿回家擺在鍾佳霖房間裡。

梅園主人生得又高又胖，瞧著像是屠夫，其實內心文秀，微微一笑道：「些許微物，不必掛齒，虞娘子拿去隨便賞玩吧！」

青芷禮讓再三，最後見梅園主人實在堅決，加上溫子淩也開口讓她收下，只得收了下來。

回城路上，溫子淩見青芷一直看梅花盆景，不禁笑了，溫聲道：「既然如此喜歡，為何不多選幾盆？」

青芷笑盈盈道：「表哥，你以為我不知道這梅花盆景的價錢？一盆都不便宜了，何況幾盆。」又道：「再說了，人家送我一盆梅花盆景，怕是想要籠絡咱們，以後長長久久做生意。若是我獅子大開口要好幾盆，羊毛出在羊身上，早晚還是給咱們的梅花裡動手腳。」

溫子淩見她小小年紀，做生意如此通透，忍不住伸手要去揉她頭髮，誰知伸手過去，發現她梳著婦人髮髻，悄悄嘆了口氣，不著痕跡地把手伸回來，道：「青芷，妳和佳霖商議一下，若是想要在生意場上繼續發展，佳霖也同意的話，以後我帶著妳，咱們兄妹倆一起做生意。」

青芷聞言，兩眼亮晶晶地看著溫子淩，雙手合十。「表哥，你太好了！」她笑咪咪地道：「我回去就和哥哥商議。」

鍾佳霖在南暗間溫書，聽到外面傳來青芷的聲音，聽著像是指揮人抬東西進來，便起身去迎。

青芷指揮著柳葉和槐葉把梅花盆景抬過來，看到鍾佳霖過來，笑嘻嘻地道：「哥哥，我送你一個禮物。」

鍾佳霖微微一笑，灑然地拱了拱手。「多謝多謝。」

青芷笑咪咪的。「不客氣、不客氣。」

見兩人煞有介事地互相客氣著，春燕噗哧笑了起來，道：「姑爺、娘子，別互相謙讓了，外面好冷，讓柳葉和槐葉早些把盆景抬進來吧！」

青芷上前拉住鍾佳霖的手，和他一起看著兩個小廝抬盆景進去。

柳葉和槐葉把盆景擺在書房旁邊的木架上，這才退下去，春燕也離開了，屋裡只剩下青芷和鍾佳霖。

青芷不知為何心跳得忽然有些快，忙笑道：「哥哥，你繼續溫書吧，我回房歇息一會兒。」

鍾佳霖立在書案前，看著梅花盆景，心中微微發漲。青芷有什麼好的都想送給自己，明明她自己很喜歡梅花盆景，卻還是要擺在他這裡……

第二天上午，鍾佳霖正與來訪的徐微和蔡羽研究策論，王春雨從外面回來了，因為走得急，大冷的天居然出了一層汗。

見三人正談論功課，王春雨便洗手，送了開水進去，給三人的茶盞裡續了水。

這時，鍾佳霖看向王春雨，王春雨微微頷首，他便知道自己交代的事情辦成了。

蔡羽和徐微一直待到晚上，留下用了晚飯才離開。

他們離開之後，青芷才回來。蔡羽和徐微畢竟是男客，她還是要迴避一二的。

鍾佳霖接過青芷遞來的清火蓮心茶，啜飲一口，苦中帶甜，便又飲了一口。

青芷笑嘻嘻地道：「哥哥，我怕你嫌苦，特地加了槐花蜜。」

鍾佳霖端著茶盞，看向青芷。「青芷，我已經讓春雨找好了宅子，距離這裡不遠，明日上午我陪妳去看看吧！」

他又飲了一口蓮心茶。「住在子淩表哥這裡，一則打擾表哥，二則也有些不方便。春雨尋的那個宅子和表哥這處宅子大小差不多，也是分前院、後院，到時候咱們住在後院，前院用來見客。」

他是常常有客人的，青芷要迴避，也捨不得讓她長久如此。

青芷聽了，心裡略微有些不捨，卻也知道他的安排是最妥當的，便點點頭，道：「我都聽哥哥的。」她坐了下來。「哥哥，春雨尋的宅子是租的還是典的，需要多少銀子？」

她一邊問，心裡卻在計算著自己手裡的銀子，預備拿出來付帳。

鍾佳霖聞言，笑了起來，伸手拔下她綰髮的簪子，解了她的髮髻，用手捋著長髮，口中道：「這座宅子是周靈借給咱們住的，一兩銀子都不用花。」

青芷看向鍾佳霖，盈盈雙眼中滿是擔心。「哥哥，周大人一直施恩於你，將來會不會要你做你不想做的事？」

鍾佳霖知道青芷關心自己，梳著她的長髮，微微沈吟，道：「妳放心，我心裡有數。」

青芷感覺被鍾佳霖按摩得麻酥酥的，身子也有些發軟，只道：「哥哥，你要小心些……」她仰首看向鍾佳霖。「要知道，你可是我的依靠。」

鍾佳霖「嗯」了一聲，笑著捏了捏她的耳朵。

青芷耳朵很敏感，頓時身子不由自主地顫了下，忙道：「哥哥，明年春天你若考中進士，我還想跟著子淩表哥做生意，可以嗎？」

鍾佳霖看著青芷，沒作聲。

他自然是不想青芷拋頭露面，更不想她一直跟著溫子淩做生意，可他知道青芷是真的喜歡做生意……

正在這時，外面傳來春燕的聲音。「姑爺、娘子，柳葉剛才送來一張帖子，是祁姑娘派人送來的。」

第七十五章

青芷聞言歡喜，忙站了起來。「拿進來吧！」

她這兩天實在太忙，明明知道素梅還在韓府，原本打算尋個時間派人送拜帖去韓府的，如今她先派人送帖子過來，實在太好了！

青芷看罷帖子，喜孜孜看向鍾佳霖。「哥哥，素梅明日上午過來看我！」

鍾佳霖對女孩子間的這些交往沒興趣，便道：「我明日正要出去與蔡羽、徐微在三清觀會文，然後去看新宅子，晚上才回來，妳在這裡會客吧！」

青芷笑著點點頭，默默計劃著明日如何招待祁素梅。

她只有兩個手帕交，一個是同村的荀紅玉，另一個便是祁素梅，她對荀紅玉和祁素梅的感情自然非同尋常。

第二天一大早，鍾佳霖就帶著王春雨出去了。

青芷用罷早飯，吩咐春燕拿銀子去外面買了幾樣精緻茶點，便在明間裡一邊做針線，一邊等待祁素梅。

她剛縫了幾針，門房的柳葉就進來回稟，說祁姑娘和韓少夫人到了。

青芷忙放下針線，理了理衣裙，便帶了春燕出去迎接。

祁素梅和嚴氏乘坐的馬車正等在二門外，見青芷過來，祁素梅和嚴氏扶著丫鬟下車，彼此見禮。

嚴氏打量著青芷，見她約莫十四、五歲模樣，生得極為美麗窈窕，一邊和祁素梅一起隨著青芷去內院。

脫去外面的斗篷後，賓主在東廂房明間落坐。

青芷吩咐春燕擺上茶點，解釋道：「我是陪我哥哥來京城參加會試的，這是我表哥的宅子，我和哥哥暫且借住在這裡，已經另尋了宅子，大約過幾日就要搬走。」

祁素梅發現青芷梳了婦人髮髻，忙道：「妳和妳哥哥……成親了？」

青芷有些不好意思，臉頰微紅地道：「我爹娘作主，把我和哥哥的婚事給辦了……」

祁素梅聽了，心裡也說不清什麼滋味，有羨慕，有歡喜，有悵然……真是百味陳雜。她嘆息了一聲，道：「妳哥哥待妳很好，妳嫁給他是最合適的，妳爹娘很疼妳……」

青芷端起茶盞，含笑奉給嚴氏，與嚴氏絮絮說了一會兒話，然後笑盈盈地看向祁素梅。「如今我來了京城，妳若是願意就多過來，我陪妳說話。」

嚴氏忙看向祁素梅。「素梅，青芷是妳好友，她來了京城，咱們正該盡地主之誼。我親戚家在城外運河邊有個莊子，裡面梅花正開，咱們不如選個時間請青芷去賞花吧！」

祁素梅微微頷首。「嗯，這件事就拜託嫂嫂了。」她又看向青芷。「妳還記得蔡翠嗎？」

青芷笑了。「我怎麼可能忘記蔡翠？我們可是一個村子的。」

「她如今嫁給在延慶坊開茶葉鋪的張大郎，就住在張記茶葉鋪的後面，生活很安逸。自從我來京城，她也看了我幾次，這次咱們去運河莊子賞梅，也給她下個帖子吧！」

青芷想起蔡翠，只道：「我和她也是很久沒見了，見見也不錯。」

此時，新晉皇商張記茶行的當家娘子蔡翠坐了馬車，帶著貼身丫鬟篆兒往韓府後巷而去。

篆兒看著打扮得千嬌百媚的蔡翠，忍不住低聲道：「姑娘，那韓公子可不是什麼好人，您幹麼要同他來往？」

蔡翠垂下眼簾，撥弄著右腕上的翡翠鐲子，淡淡道：「沒有他，咱們張記茶行怎麼成皇商？咱們的家業從哪兒來？」

因為韓正陽，如今張記茶行成了皇商，生意興隆，財源廣進，而她的體己也翻了好幾倍。

蔡翠瞅了篆兒一眼。「我同他的事，妳可要小心些，切勿讓家人知道。相公的性子妳是知道的，雖然綿軟，可是嫉妒心卻強。」

篆兒皺著眉頭。「姑娘，我是您的人，自然站在您這邊了，您放心吧！」

馬車進了一條幽深的小巷，在巷子最深處一戶人家的門前停下來。這戶人家的門前種著一株女貞。

篆兒先下車，敲了敲門。

片刻之後，有個婆子打開門，探頭往外看，見是篆兒，眉開眼笑道：「是篆兒呀，快請娘子進來吧！」

蔡翠在臥室裡坐了約莫一盞茶工夫，外面就傳來一陣急促的腳步聲，她知道是韓正陽來了，抿了抿嘴唇，嫵媚一笑……

篆兒與看守宅子的劉嬤嬤在廚房吃酒。

篆兒斟了一盞酒，遞給劉嬤嬤，試探著問道：「嬤嬤，公子這些日子有沒有帶別的女人過來？」

劉嬤嬤是韓正陽的奶娘，對他忠心耿耿。

她接過酒盞，仰首一飲而盡，挾了一塊紅燒肉美滋滋地吃了，這才道：「怎麼，我們少夫人都不管公子與外面的女人來往，難道蔡娘子打算替我們少夫人管管？」

篆兒鬧了個大紅臉，低頭挾了塊脆藕片吃了，不再多問。

正房臥室內鏖戰正酣，待喘息聲平復下來，韓正陽一邊撫摸著光溜溜的蔡翠，一邊道：「三日後運河莊子的賞梅會，拙荊給妳下帖子沒有？」

蔡翠依偎在他懷裡，顫聲道：「尊夫人下午就派人送了帖子給我，我問了送帖子的人，似乎虞青芷也要去？我聽說她如今嫁給了鍾佳霖，成了舉人娘子。」

韓正陽「嗯」了一聲，湊近蔡翠，附耳低低說了一段話。

蔡翠聽著聽著，越發心驚，喃喃道：「鍾佳霖畢竟是我弟弟的至交好友……」

韓正陽「嗤」地笑了聲，含住她的耳垂舔了舔，嘻笑道：「男女之間不就那點事……英親王的床上手段，妳不是見識過？若是他弄了虞青芷，虞青芷怕是要離不得他了，到時候說不定還感謝妳這大媒人，給妳一份大禮呢！」

蔡翠默然，身上方才出的汗變得涼絲絲的，渾身黏膩冰冷，難受得很。

虞青芷可不是她，若是被英親王趙瑜玷污了，怕是要活撕了趙瑜！

可是想到鍾佳霖居然娶了虞青芷，她心裡就堵得慌。

如果虞青芷被趙瑜玷污了，鍾佳霖還會喜歡她嗎？

她可真是想知道，那就拭目以待吧！

想到這裡，蔡翠一雙水汪汪的杏眼瞟向韓正陽，聲音媚得似要滴出水來。「我若是幫了你的忙，你給我什麼好處？」

韓正陽伸手在蔡翠身上捏了捏，笑了。「小妖精，妳要什麼我就給妳什麼，只要我能辦到……」

鍾佳霖帶著青芷去看新宅子。

青芷被他拉到馬車前面，一直到坐進馬車裡，才笑道：「哥哥，新宅子很遠嗎？還得坐馬車過去？」

鍾佳霖伸手握住青芷，發現她的手有些涼，便握著按摩了幾下。「遠倒是不遠，若是步行，從子淩表哥的宅子過去，一刻鐘之內一定能到，不過我怕妳冷，還是乘車吧！」

他又摸了摸青芷的臉頰，發現也有些涼，便用手去捂青芷的臉。

鍾佳霖畢竟是少年，血氣正旺，雙手乾燥溫暖，青芷索性閉上眼睛，讓鍾佳霖給她暖臉。

看著青芷嬌嫩如玫瑰花瓣的嘴唇，鍾佳霖一時心神激盪，忍不住湊近，輕輕觸了觸，又閃電般地離開了。

青芷驀地睜開眼睛。她覺得自己的嘴唇似乎被一個柔軟溫暖的物事給碰了。「哥哥，剛才——」

鍾佳霖俊臉微紅，不敢看青芷。「剛才怎麼了？」

啊，青芷的嘴唇好軟、好香啊！

青芷若有所思地盯著鍾佳霖的嘴唇。

哥哥的嘴唇是所謂的仰月唇，嘴角向上如上弦月，嘴唇嫣紅，好看得很。而且她知道哥哥嘴唇的滋味……

鍾佳霖被她看得臉頰熱熱的，紅著臉道：「青芷，妳看我做什麼？」

青芷嫣然一笑，伸出食指在他唇上抹了抹，然後舉到鍾佳霖面前，笑容狡黠。「哥哥，你唇上有香膏。」她作勢聞了聞。「嗯，是咱們芷記香膏特製的玫瑰香膏。」

鍾佳霖索性裝死，閉上眼睛靠在椅背上，就是不搭理她。

青芷不由笑了起來。

這時候，馬車停了下來。

鍾佳霖紅著臉下車，想了想，又轉身，伸手扶青芷下來。

春燕忙把青芷的斗篷遞過去，鍾佳霖接過，默不作聲地幫她披上，又把繫帶綁好，這才牽著她的手進了前面的紅漆大門。

大門雖然新油過，看著很新，卻不顯眼。

進了大門，繞過影壁，青芷發現眼前是個寬闊平整的院落，比溫宅的前院要大一些，院子裡種了幾株花木，甚至有一株盛開的臘梅。

院子裡鋪著青磚地面，瞧著一塵不染，甚是整潔。正房和東西廂房半新不舊，也很齊整。

鍾佳霖引著青芷把前院看了一遍，道：「咱們若是搬進來，以後我讀書、見客都在這裡，妳要見客的話，就在內院好了。」

青芷見屋子裡家具都是現成的，收拾得潔淨清雅，便點點頭，隨著鍾佳霖去了內院。

內院結構與外院相同，家具卻更貴重一些，都是黃花梨木材質。

青芷看了一遍，心中很滿意，笑盈盈地看向鍾佳霖。「哥哥，這下你欠的人情可是很重了。」

鍾佳霖渾不在意。「妳不用理會，有我呢。」

他不怕欠周靈人情，他欠得越多，周靈就越放心，對他的支援就越盡心。

看罷內院，鍾佳霖又道：「後面還有一個小小的花園，我帶妳去看看吧！」

他牽著她進了內院與後花園之間的月亮門。

青芷很雀躍，待看見花園的全貌，簡直歡喜極了——這花園可不能算是小花園！

雖然是冬日，處處寒山瘦水、枯藤老樹，可是假山亭臺、小橋流水，頗有幾分蕭瑟之美。

見她喜歡，鍾佳霖自是開心，牽著她行到一株白梅前，開口道：「青芷，先前妳問我，願不願意妳一直跟著子淩表哥做生意，我很認真地考慮了。」

青芷心中忐忑，抬眼看向鍾佳霖，雙手不由自主捏住他的手。

鍾佳霖凝視著她的眼睛，鄭重道：「青芷，妳若是喜歡，我同意妳跟著子淩表哥做生意，不過我有個條件。」

青芷聞言，心猛地跳了一下。「哥哥，什麼條件？」

鍾佳霖視線下移，盯著她嬌嫩的唇，聲音驀地變得沙啞起來。「我的條件是，妳可以繼續做生意，但是無論我到哪裡去，妳得跟著我去哪裡。」

青芷的笑容漸漸在臉上漾開。「哥哥，你的意思是將來你考中進士，外放做官，我須得跟著你赴任，對不對？」

鍾佳霖心中之意被青芷說透，頓時俊臉微紅，微微咳了一聲，道：「嗯，我就是這個意思。」

他願意給青芷自由，讓她做她喜歡的事情，可是有一條底線，這條底線就是青芷不能和他分開。

他想永遠陪伴青芷、保護青芷。

青芷心中歡喜，笑容越發燦爛起來，答了聲「好」，然後向前半步，攬住鍾佳霖勁瘦的腰，臉埋進他的胸前，喃喃道：「哥哥，我好開心呀……」

她真的好開心！

前世的她跟了趙瑜，處處受限，委曲求全；這一世跟著哥哥，真是開心自由快樂。

想到這裡，她越發開心，抱緊鍾佳霖。「哥哥，你真好。」

鍾佳霖被她緊緊抱著，溫香軟玉在懷，心怦怦直跳，而某處也有了反應。

他畢竟才十六歲，還不習慣身體的這種反應，自己先嚇了一跳，忙不著痕跡地推開青芷，偏過身子，竭力轉移心思以平復身體的反應。「宅子裡家具基本齊備了，衾枕、被褥、擺設等等，我想著得按照妳的喜好來，便沒有讓人收拾。」

青芷美滋滋地道：「嗯，我這幾日有空就過來收拾。不過，哥哥，咱們若是搬進這宅子，人手怕是不夠……」

鍾佳霖想了想，道：「都需要什麼人，妳寫個單子給我，我來安排。」

青芷點點頭，答應了下來。

晚上回到溫宅，兩人從柳葉那裡得知溫子淩已經回來，正在外院堂屋喝茶，就直接去了堂屋。

溫子淩今日出去應酬，不免飲了些酒，正喝茶解酒，見鍾佳霖和青芷進來，笑著起身迎接。「快進來吧！」

鍾佳霖坐下陪溫子淩聊了一陣子，這才進入正題，說起找到宅子的事。

溫子淩一聽，當即看向青芷，心中很不捨。「自家親戚，住在一起多方便，何必搬出去？」

青芷忙道：「表哥，這是周大人借給哥哥的宅子，不好拒絕的。」
溫子淩聞言，眨了眨眼睛。「宅子大嗎？」
他好想也跟著搬進去啊！
青芷一看他的表情，就猜到他在想什麼，笑咪咪地道：「子淩表哥，你可以跟著我們一起搬過去住啊！」
鍾佳霖抿嘴笑了。
溫子淩想了想，理智最終戰勝了感情，悻悻道：「算了，我應酬太多，住你們那裡也不方便。」
青芷頓時笑了起來。
和溫子淩又聊了一會兒，談了些生意上的事，她和鍾佳霖便回內院了。
聽說祁素梅邀請她去運河莊子賞梅散心，因為是女子聚會，鍾佳霖不好跟著，便道：「那日讓春雨和春燕都跟過去吧！」
饒是安排了王春雨和春燕跟著，他還有些不放心，默默考慮著。
轉眼間便到了約好的那日。
青芷一大早起來，用罷早飯，便和春燕一起在臥室裡挑選衣服首飾。
韓府是朱門高戶，往來的人家非富即貴，青芷知道這些貴人最是勢利，擔心自己穿戴不妥被人小瞧，因此一反常態，用心準備。
春燕把幾樣貴重些的首飾都拿出來，擺在妝檯前讓青芷挑選。

剛剛妝扮罷，青芷和春燕正要出去，外面便傳來一陣腳步聲，接著就是鍾佳霖的聲音。

「青芷，收拾好了嗎？我給妳帶了個人回來。」

青芷掀開錦簾走出去，見他帶了一個青襖白裙的女孩子進來，心中詫異，看了過去。

「哥哥。」

鍾佳霖只道：「青芷，這是霜月，我從周大人那裡借來的，妳今日出去帶上她吧！」

青芷好奇地打量這個叫霜月的女孩子。霜月肌膚甚是白淨，身材不高不矮，雖然稱得上清秀，卻有些普通。青芷看了她好幾眼，腦子裡還沒記住她的模樣。

待鍾佳霖介紹了自己，霜月微微一笑，上前一步，屈膝行禮。「霜月見過娘子。」

青芷看了哥哥一眼，知道他是關心自己，便笑咪咪地道：「霜月，那妳今日就跟著我出門吧！」

霜月恭謹地答應了。

這時外面傳來王春雨的聲音。「娘子，馬車準備好了。」

春燕忙把手臂上搭的大紅羽紗面雪狐領鶴氅展開，幫青芷穿在身上。

青芷只有這一件鶴氅，如今天冷，出門都穿這件。

鍾佳霖看在眼裡，記在心裡，送她們一行人出去。

一直到馬車駛得看不見了，他才看向剛才悄無聲息走來的青衣小廝，從袖袋裡掏出一張疊得整整齊齊的紙遞過去。「就按單子上寫的配人吧！」

那青衣小廝答了聲「是」，收好單子，拱手行了個禮，匆匆離開了。

青芷的馬車出了城，一直駛到城西的白楊堤才停下來——這是祁素梅和青芷約好會合的地方。

那裡果真停著一輛馬車。

青芷的車一停下來，那馬車的車門就開了。

祁素梅扶著溫書下車，也擠到了青芷的馬車裡。「我表嫂和蔡翠昨日就一起去運河莊子了，咱們直接過去就行。」

馬車沿著白楊堤向前行駛。

白楊堤內便是運河，運河兩岸全是達官貴人的莊子，高高的院牆擋著運河，青芷從車窗往外看，什麼都看不到，不免有些失望。

祁素梅笑著安慰她。「京城是這個樣子的，即使是城外的別業或者莊子，牆也都修得比兩個壯漢摞起來還高，生怕外人瞧見裡面的情景。」

青芷雖然能理解，卻有些不平。「咱們大宋的好地方都被有錢有勢的人圈起來了，就連很普通的運河也被遮擋得嚴嚴實實，普通人想看一眼都難……唉。」

她畢竟是活過一世、見了不少世面的人，知道大宋立國幾百年了，土地兼併極為嚴重，貧富分化愈演愈烈，表面上的盛世其實掩藏著危機。

祁素梅見她如此，不由笑了，攬著她道：「有錢有勢的確是可以為所欲為的，我的妹妹，難道妳還想達則兼濟天下？」

青芷腦海中忽然閃過一句唐詩——「他年我若為青帝，報與桃花一處開」，有朝一日，她若有了能力，一定要改變這種局面！

馬車一駛進莊子，青芷便聞到了一股淡雅梅香。

祁素梅介紹道：「這個莊子我曾來過一次，是跟著表哥、表嫂過來散心的。莊子裡有個溫泉院，裡面有好些溫泉池子，到時候咱們一人一個池子泡著。」

青芷想像了一下，也笑了。「好。」

此時，趙瑜正在溫泉院最裡面的房間坐著，韓正陽自是陪著他。

趙瑜昨夜沒有睡好，臉色蒼白，越發顯得眉目濃秀，只是有些病態。

房間裡生著地龍，有些太熱了，他想起青芷，頓時有些口乾舌燥，便輕咳了一聲，道：「水。」

旁邊侍候的小廝忙端起水晶壺，倒了一盞溫水奉給趙瑜。

趙瑜喝了口水，看向韓正陽。「都快中午了，她怎麼還沒到？」

韓正陽正要答話，外面傳來小廝的聲音。「公子，客人來了，少夫人陪著他們呢！」

趙瑜原本懶洋洋地倚在錦椅靠背上，聞言背脊立即挺直，心怦怦直跳——青芷來了！

第七十六章

韓正陽從來沒見趙瑜這樣子過，道：「王爺，這次與先前不同，一定要憐香惜玉，讓那雌兒欲罷不能，以後王爺就可以予取予求了。」

趙瑜沒說話，心裡卻道：我對她怎麼可能粗暴？

在夢裡，他對虞青芷也是輕憐蜜愛，溫柔得很，只是夢裡的她也是溫柔和順，為何現實中的她如此野蠻粗暴？

趙瑜抬手摸了摸自己臉頰上的指痕。

上次被她撓的指痕，雖然經過療治早就好了，可是細摸的話，還是能夠摸到疤痕。

不過趙瑜也覺得奇怪，若是別的女人敢撓他，怕是早被弄死了，可是虞青芷撓了他，他的心情卻有些怪異，有埋怨、有惱怒，就是沒有怨恨。

進了溫泉院，青芷不禁嘆為觀止。

這座溫泉院並不是北方典型的四合院，而是樓閣重重、廊腰縵回，極為精巧華美，再加上時時氤氳的裊裊白霧，猶如天上宮闕，即使是皇帝的嵩山溫泉行宮，也不過如此了。

看來嚴氏的娘家很富貴啊，居然有這樣的運河溫泉莊子！

引路的丫鬟帶著青芷和祁素梅沿著曲廊行走著，不知道走過了幾重樓閣，終於在一個寶瓶門前停下來。「我們少夫人和蔡娘子就在這裡候著鍾娘子和表姑娘。」

她話音剛落，只聽一陣衣裙的窸窣聲傳來，青芷抬眼一看，卻見嚴氏和蔡翠連袂而來，身後跟著好幾個丫鬟、婆子。

彼此見禮罷，青芷打量著蔡翠，見她滿頭珠翠、衣飾華貴，越發顯得鮮豔明媚，分明是一個豔若桃李的少婦了。

蔡翠也打量著青芷。

還以為虞青芷成親之後，應該會變成一個小婦人，誰知還是一副青澀模樣，美則美矣，毫無風韻！真不知道英親王看中了她什麼，居然如此處心積慮要弄到她！

不管彼此心中如何想，面上卻都滿面春風熱情得很，談笑著一起進了這處院落。

院子裡有一棟小樓，青芷等人進了小樓，分賓主在錦榻上坐下來。

閒聊了一會兒，蔡翠把話題引到溫泉上。「這個莊子裡每個院子的樓後都有露天溫泉，我昨晚泡在溫泉池裡，看著滿天繁星，真是有意趣呢。」

祁素梅點點頭。「正是如此。我去年來了一次，記到了如今。」

青芷聞言，也很感興趣。「既然如此，我可要借光泡一泡溫泉了。」

用罷午飯，嚴氏親自引著青芷和祁素梅去看她們的院子。

青芷發現自己和祁素梅並沒有住在一個院子裡，不由狐疑，便笑攬著祁素梅，道：「嫂嫂，我不想和素梅分開。」

祁素梅也捨不得青芷。「我和青芷住一起吧！」

蔡翠眼神閃爍了一下，笑道：「瞧妳們倆親熱的，難道妳倆要一起脫光了泡溫泉？」

青芷的大眼睛清澈異常。「我們都是女子，怕什麼？」

蔡翠心裡惱恨她破壞計劃，故意掩口一笑。「妳不怕人家說妳們倆有磨鏡之好？」

青芷正要說話，誰知祁素梅握住她的手，笑吟吟道：「我不怕。」

蔡翠見狀，只得笑道：「隨妳們吧！」

青芷和祁素梅果真一起住進了行雲閣。

住進之後，她倆換了衣服，便又出去陪嚴氏和蔡翠遊園。

如今正是寒冬，外面寒風凜冽，可是莊子裡大概是因為溫泉的緣故，一直暖融融的，一點都不冷，連斗篷和鶴氅都用不著穿。

晚宴依舊在嚴氏居住的小樓舉行，菜餚精緻美味，酒是上好的薄荷酒，酒盞也是西域進貢的水晶盞。

蔡翠斟了一盞酒，端在手裡，走到青芷面前。「青芷，沒想到咱們竟然在京城相逢……離開宛州遠赴京城之後，想起故鄉的往事，我心裡很惆悵，可是故鄉卻再難回去。好在妳來了京城，從此以後我又多了一個能來往的人。」

青芷凝視著她的眼睛，卻沒看出什麼來。

蔡翠端起自己手裡的水晶盞——薄荷綠的酒液在水晶盞中蕩漾，真是美不勝收。她微微一笑，仰首一飲而盡。「青芷，我們以後彼此照應，做好姊妹吧！」

說罷，她親自斟了一盞薄荷酒，遞給青芷。

青芷心中狐疑，不敢飲蔡翠斟的酒，故意道：「翠姊姊，妳飲夠三杯，我再飲不遲。」

她說著話，又把水晶盞遞到蔡翠手裡。

蔡翠微一遲疑，接過水晶盞一飲而盡。

捨不得孩子套不著狼，也罷，反正也不是毒酒！

這次夜宴上，青芷縱然小心翼翼，還是飲了一口酒。這薄荷酒甜涼順滑，後味甘甜，似乎沒有什麼不妥，可是沒多久就有些上頭。

蔡翠此時暈暈乎乎的，卻一直注意著青芷，見她眼睛濕潤起來，便知藥勁開始上來了，趕緊道：「咱們都有了酒意，各自回去泡溫泉醒酒吧！明日就要離開，再不泡可就沒有機會了。」

青芷和祁素梅回到行雲閣，脫去衣服，用大絲巾裹著身子，去了樓後溫泉池泡溫泉。

行雲閣的溫泉池子是一個橢圓形大池子，青芷和祁素梅待丫鬟離開之後，這才去掉身上裹的大絲巾，小心翼翼進了霧騰騰的溫泉池子。

一進池子，青芷舒服得嘆息了一聲。「好舒服啊！」

祁素梅今日多飲了幾盞酒，頭暈目眩，身子靠在池壁上，笑吟吟道：「嗯，真的好舒服。」

青芷抬頭看向夜空，果真是漫天繁星，如一粒粒西域白石嵌在黑絲絨上，美得令人心悸。

這時候，一陣腳步聲由遠而近。

青芷扭頭一看，裊裊霧氣中，一個青衣白裙的女子端著托盤走過來，正是霜月。

霜月走到她身旁，屈膝蹲下，柔聲道：「娘子，奴婢給您準備了醒酒茶。」

青芷接過醒酒茶一飲而盡，吩咐霜月。「服侍祁姑娘也喝一盞醒酒茶。」

祁素梅也接過醒酒茶喝下，又陪了青芷一會兒。

她今晚飲了不少酒，此時眼睛都睜不開了，說著就睡著了，整個人就往池子裡滑。

青芷反應快，忙伸手去拉她，誰知霜月反應更快，身子一探，整個人滑向溫泉池，如魚一般躥了出去，很快就把祁素梅給救了回來。

祁素梅嗆了水這才醒了。「剛才睡著了……」

青芷忙吩咐霜月扶她回去，又交代道：「我再泡一會兒，半個時辰後妳再過來。」

她想再泡一會兒溫泉，也好好想一下以後的生活和生意。

霜月答應了，扶著渾身發軟的祁素梅離開。

青芷閉著眼睛靠在池壁上，默默想心事。

溫泉熱得恰到好處，令她的肌膚微微發麻，而夜間的空氣清冷卻不寒冷，很是舒適。

她細細感受，聽到運河上的濤聲，嗅到空氣中氤氳的梅香，建造出這個溫泉莊子的人，實在太會享受了……

她有了一個念頭。

這樣的溫泉，基本都被達官貴人壟斷，一般的富戶即使有錢也享受不到。若是她和子淩表哥建一座這樣的溫泉莊子，對外開放經營，應該能賺不少銀子……

她正沈浸在自己的思緒中，忽然間，眼睛被人從後面捂住了。

她身子一僵。難道是素梅和她開玩笑？

青芷正要說話，卻察覺出不對——捂住她眼睛的手心有一層薄而堅硬的繭子，應該是長期習武的人特有，素梅手心嬌嫩柔軟，哪裡會有這樣的繭子？

她正要做出反應，身後那人「嗤」的一聲輕笑，灼熱的呼吸噴在她的耳朵上，麻酥酥的。

青芷這下子知道是誰了，也不吭聲，深吸一口氣。

趙瑜沒想到自己能看到玉人入浴的畫面，捂住青芷眼睛的雙手鬆開，漸漸往下滑……

青芷忍著奇怪的感覺，在趙瑜的手滑到她胸前的瞬間，雙手抬起，分別握住趙瑜的雙手，用力一甩，借力使力，把趙瑜給甩到溫泉池中——她可是記得清清楚楚，趙瑜是個不會水的旱鴨子！

誰知他早有防備，剛落水就四肢並用，死死纏住了她。

青芷這才發現趙瑜身上只穿著薄薄一層素白絲綢袍子，一入水中，素白袍子透明一般地緊貼在他身上，而他的身子緊貼著她，隔著薄薄的絲綢散發著熱度，最要命的是，他已經有了反應！

青芷看了一眼自己曾經愛得要死的面孔，見他臉上濕漉漉的，正微笑看著自己。

她心中恨極，卻抬手撫摸趙瑜的臉，聲音低而溫柔。「你這是做什麼？有什麼話我們不能好好說？偏偏做這些不入流之事……」

趙瑜被她摸得麻酥酥的，一時失神，怔怔凝視著近在咫尺的她。「青芷，我想妳……」

青芷瞅準機會，笑得柔美，卻閃電般地抬起膝蓋頂向趙瑜的脆弱之處。

溫香軟玉在懷，趙瑜幾乎懷疑自己在作夢，正在傾訴，還沒來得及做出反應，隨著一下重擊，劇痛一下子擊中了他。

青芷用力去推趙瑜，誰知他疼到無法呼吸，卻依舊死死纏著她。她只得提著趙瑜上了岸。

把趙瑜的雙手雙腳用衣帶綁好之後，她又拿了絲帕塞進趙瑜嘴裡，這才裹了大絲巾，抄起趙瑜，去了前面小樓。

春燕和溫書都睡下了，只有霜月還在一樓等著伺候青芷。

見青芷抱著一個濕淋淋的男子過來，霜月簡直目瞪口呆，忙起身。「娘子……這……」

青芷扯著趙瑜進了霜月的臥室，把趙瑜放在床上，展開錦被蓋上，這才看向霜月。「咱們上當了，妳隨著我去做件事。」

霜月早得了吩咐，要事事聽從青芷，當即答應一聲，道：「娘子，我先伺候您穿衣服吧！」

青芷「嗯」了一聲。

她走到床邊，彎腰盯著趙瑜，輕輕道：「趙瑜，我現在去尋一把鋒利些的匕首，等會兒我過來閹了你。」

趙瑜想說話，可是手腳被綁著，嘴裡塞著東西，只能徒勞地掙扎著。

嚴氏熟睡中被丫鬟給搖醒。「少夫人，虞娘子在外面要見您。」

至於另一頭，夜間的溫泉院萬籟俱寂，只有濤聲隱約傳來，越發襯得蔡翠的臥室熱鬧非凡。

蔡翠騎在韓正陽身上，拿起酒壺喝了一口，低頭餵給韓正陽，嬌笑道：「我的韓大人，答應我的鹽引可不要忘記了。」

韓正陽醉醺醺地躺在那裡，臉色酡紅，聲音沙啞。「放心吧，王爺剛許了我兩淮巡鹽御史……」

蔡翠聽了，使出渾身解數，越發妖嬈起來。恰在銷魂之際，忽然一聲巨響，似乎是有人踹開門，隨著篆兒的一聲驚呼，一陣雜亂的腳步聲由遠而近。

蔡翠和韓正陽齊齊看過去，恰好看到了帶著一群丫鬟、婆子和小廝衝進來的嚴氏。

嚴氏氣得雙眼含淚，指著光溜溜地糾纏在一起的蔡翠和韓正陽。「給我打！打死這對不知廉恥的狗男女！」

這些丫鬟、婆子和小廝都是她的陪嫁，自然都聽她的，當即揮舞著棒子就衝了上去。

韓正陽最愛的人自然是他自己，見嚴氏盛怒之下，居然讓下人毆打自己，忙推開蔡翠向外衝。

這些下人雖然是嚴氏的人，聽嚴氏的吩咐，卻也不敢真的打死自家姑爺，因此虛晃了幾下擋住韓正陽，卻不放他離開。

韓正陽被下人糾纏住，眼睜睜看著棍棒如雨般打在蔡翠白嫩綿軟的身子上，忙道：「好了！難道要出人命才行？」

嚴氏也怕真出了人命，這才抬手道：「都停下來吧！」

她看向韓正陽，眼中怒火熊熊。「韓正陽，你做的好事——」

韓正陽揮了揮手，吩咐下人們都退下，這才上前摟住嚴氏。「阿蕊，妳聽我說……」

青芷回了行雲閣。

和祁素梅說清來龍去脈後，她柔聲道：「素梅，妳先回妳表嫂那裡等著，妳表哥不會把妳怎麼樣的。」

祁素梅如今心亂如麻，只得聽青芷的，帶著溫書離開了。

青芷帶著霜月回了房間。

趙瑜被捆得難受，正在掙扎，聽到門被人打開的聲音，一下子不敢動了。

青芷走到床邊，從袖袋裡拿出一支白鐵梅花簪，輕輕一拔，就變成了一把鋒利的匕首，鋒刃在燭光中閃閃發光。

趙瑜心下大懼，生怕虞青芷閹了自己，當即掙扎起來。

青芷右手握著匕首，左手掀開錦被，口中道：「匕首雖然小，不過多割一會兒的話，還是能把那處惹禍根源給割下來的。」

趙瑜臉色蒼白，臉頰上密布著汗珠，身子瑟瑟發抖。

青芷好整以暇地在床邊坐下，把匕首在趙瑜濕漉漉的浴衣上蹭了蹭，口中道：「先割了那惹禍根源，然後再剜出那兩顆蛋，以後大宋就多了個太監王爺，倒也可記入史冊。」

趙瑜簡直快要嚇得尿了，乾脆閉上眼睛不敢再看。

霜月早認出了這位英親王，心道：英親王和大人纏鬥多年，極為陰險狡詐，沒想到撞到了虞娘子，卻被虞娘子玩弄於股掌之間……

青芷情知自己不能真的閹了趙瑜。自己出了事，勢必會連累鍾佳霖，因此千方百計恐嚇趙瑜，好讓趙瑜對她產生恐懼之心，不再覬覦她。

她清楚趙瑜的軟肋，又把匕首湊到趙瑜的臉上，輕輕抹了幾下，口中道：「挺俊俏的臉，若是劃了幾刀，一定很精采。」

冰冷的刀刃在臉上滑動，趙瑜簡直是死的心都有了。

想起夢中青芷對自己的溫柔體貼，而現實中的她如惡魔一般糟踐自己，他心裡簡直要委屈死了，心裡一陣酸楚，眼淚奪眶而出。

青芷沒想到自己居然把趙瑜給嚇哭了，簡直是五雷轟頂——前世的趙瑜可不是這樣子啊！

她想了想，吩咐道：「霜月，妳去叫春燕過來，把英親王打扮成姑娘家。」

韓正陽好不容易安撫住嚴氏，忙叫了自己的親信和趙瑜的隨從，急匆匆往行雲閣去了。

他一進樓門，便發現樓內燈火通明，虞青芷打扮得整整齊齊，正攬著一個紅衣美人坐著。

韓正陽定睛一看，認出這妝容精緻的紅衣美人正是趙瑜，整個人一下子懵了。

趙瑜背後被青芷用匕首抵著，只得開口吩咐道：「都退下吧，叫虞娘子的人備好馬車，我要親送虞娘子離開。」

馬車飛快行駛在白楊堤上，充當車夫的王春雨把馬車趕得飛快。

車廂內，青芷攬著雙手被綁的趙瑜端坐著，春燕和霜月坐在對面的倒座上。

青芷湊近趙瑜，低聲道：「趙瑜，陛下最討厭男子塗脂抹粉，男扮女裝，你若是再敢騷擾我，我就把今日之事張揚出去。」

趙瑜冷笑一聲，閉上眼睛不看她。

一想到青芷對他如此絕情，他心裡就陣陣難受，別的什麼都顧不得了。

不過轉念一想，他也知道青芷既沒有真的閹了自己，又沒有乘機弄死自己，只是恐嚇自己，也算是手下留情了。

這樣一想，他內心真是千迴百轉，複雜至極。

這時，天已經大亮了。

一直到了城門外，青芷才把趙瑜放下馬車，讓王春雨趕著車快馬加鞭地離開。

她從車窗往後看了一眼，見追過來的王府隨從迎上趙瑜，這才放下心來。

趙瑜若是真的死了，那她可是要連累哥哥了，所以只能警告趙瑜，而不能真的讓他死。

接下來這幾日，青芷自己不出門，也不讓鍾佳霖出門。

鍾佳霖早從霜月那裡知道了在溫泉莊發生的事，口中不說，心中大恨，可惜此時力量不夠，便暗自記在了心裡。

過了好幾日，青芷發現趙瑜那邊毫無報復的動作，這才放下心來。

朝廷已經公布了明年春天會試的主考官人選，正是前禮部尚書王治、鍾佳霖的恩師，因此青芷也不擔心趙瑜在會試上給鍾佳霖使絆子。

時光飛逝，很快就要過年了。

鍾佳霖和青芷的新宅子已經由霜月出面佈置好，內外侍候的人也都安排妥當，青芷便尋了個黃道吉日搬家。

搬家這日，鍾佳霖的同窗好友都帶著禮物前來恭賀喬遷之喜，溫子淩也帶著手下的掌櫃和大夥計過來；嚴氏也陪著祁素梅來了，在裝飾一新的鍾宅熱鬧了整整一天。

嚴氏告訴青芷，蔡翠被打得臥床不起，韓正陽已經答應不和蔡翠來往。

青芷想起蔡翠的手段和韓正陽的好色，心裡並不相信，卻也不說穿，含笑陪著嚴氏和祁素梅聊天。

嚴氏又說起了英親王。「我叫了跟著相公的小廝問的，似乎經歷了那一晚，王爺好像得了什麼病症，再不近女色了……」

青芷心中暗笑。

那夜趙瑜箭在弦上，被她嚇萎，以後估計要消停一段時間了——

第七十七章

除夕之夜，慈寧宮舉辦宮宴，太后端坐在寶座上，清平帝與梁皇后帶領眾妃嬪，連同各親王、親王妃向太后行了大禮，這才各自入座。

清平帝一邊是梁皇后，一邊是寵妃李令妃和許淑妃，另有幾位得寵妃嬪環繞，倒也熱鬧。

他看向對面坐著的幾位親王，除了幼弟趙瑜之外，其餘幾位親王都是兒女環繞，看著令人眼熱。

見到此情此景，清平帝心裡頗有些落寞，便想起自己唯一的子嗣。佳霖這會兒不知道在做什麼？是在秉燭夜讀，還是與虞氏飲酒熬年？

想到鍾佳霖居然娶了農女出身的青芷，清平帝心中一陣不滿，端起碧玉盞抿了一口酒。

梁皇后見了，端莊一笑，湊近清平帝，伸手拿去清平帝手中的碧玉盞，溫聲道：「陛下，太醫交代了，您可不能再飲了。」

清平帝看向梁皇后，眼神有些恍惚。他當年就是為了這個女人，弄得和阿錦夫妻反目，和佳霖父子陌路？

他閉上眼睛，在微微的暈眩中回憶前事，卻發現自己當年雖然喜歡梁皇后的溫柔，可是更喜歡梁皇后父兄身後的滔天權勢……

就像撕破臉時，阿錦罵他的——趙琛，你可真是利慾薰心心漸黑！

一股熟悉的劇痛再次襲來，清平帝眉頭皺了起來。

罷了，明日的元旦大朝會就讓趙瑜主持吧！

他打算去看看阿錦，這麼久沒去，她墳上的荒草怕是要遮住墳墓了。

如果能把佳霖帶去，想必阿錦會更開心一些……

李令妃見清平帝眉頭緊鎖，知道他又犯了頭風，便起身走到清平帝身後，一邊為他按壓頭部，一邊道：「陛下，妾身哪裡按得不舒服，您要告訴妾身。」

清平帝「嗯」了一聲。

除夕夜宴散後，清平帝沒有陪伴梁皇后，也沒有召幸妃嬪，而是獨自乘坐輦車回了崇政殿。

梁皇后端坐在西洋大妝鏡前卸妝。她的寢殿內放著無數的水晶燈，照得整座寢殿如同神仙住處。

梁皇后的親信太監尹志明走了進來，湊近她。「娘娘，陛下方才乘了油壁小車，微服出宮了。」

梁皇后拈著紅寶石耳墜的手指凝在那裡，片刻後冷冷道：「讓人繼續跟著，務必要弄清楚陛下去了何處。」

尹志明答了聲「是」，自去安排。

此時，剛回到王府的趙瑜也得到了密報——清平帝夤夜微服出宮了。

向趙瑜回話的正是他的謀士蘇沐澤。「王爺，陛下乘坐的油壁小車繞了無數圈子後，最終停在鍾宅大門斜對面。周靈親自下去敲門，可是半日無人應門，周靈便又上了油壁小車。」他沈吟一下，抬眼看向趙瑜。「接下來這輛油壁小車沒有繞路，直接去了城西葉家湖邊的槐樹庵。」

趙瑜正在洗臉。

他用絲巾拭去臉上的清水，才道：「皇兄應該是去槐樹庵悼念他那倒楣的前妻了。」

蘇沐澤知道清平帝在潛邸時是有妻子的，那妻子卻不是如今的梁皇后，其餘所知不多，便挑眉看向趙瑜。「請王爺為蘇某解惑。」

趙瑜把絲巾遞給侍候的小廝，在小廝的服侍下穿上錦袍，這才揮了揮手。

侍候的小廝齊齊行了個禮，魚貫而出。

侍房裡只剩下自己和蘇沐澤，趙瑜才道：「皇兄在潛邸時並不得寵，父皇從來沒有考慮過他，不過他為了權勢，廢妻為妾，另娶了梁氏之女為妻，納了江氏的外甥女李氏為妾，最終在梁氏和江氏的支持下得了帝位。他那位前妻鍾氏被打入冷宮，恨極了，給皇兄下了毒要同歸於盡；誰知鍾氏最後死了，而皇兄居然被救了回來。」

想起前塵往事，趙瑜俊秀的臉上流露出一片悵惘。

同樣的局面若是放在他面前，他也會做出與皇兄一樣的選擇；梁氏權傾朝野，江氏手握兵權，而鍾氏出身寒微，注定要被犧牲。

轉念一想，趙瑜想起夢中情形——若他的妻子是青芷呢？他會不會做出同樣的選擇？

趙瑜心中一團亂，用力搖搖頭，開口吩咐蘇沐澤。「繼續監視，務必要查清鍾佳霖與周靈的關係。」

他腦海中浮現出鍾佳霖的模樣，總覺得莫名的熟悉。

蘇沐澤答了聲「是」，又道：「王爺，今日送年禮，梁府、江府和李太傅府上都是一等。」

趙瑜點點頭。「宮裡的梁皇后和李令妃那邊，就按照擬好的禮單送吧！」

蘇沐澤答應了。「正月十五元宵節是李太傅的千金李姑娘的生辰，王爺您要不要去親自到場恭祝芳辰？」

趙瑜起身走到窗前，伸手推開雕花窗，靜靜看著在寒風中盛開的紅梅，片刻後道：「自然是要去的，不去怎麼表明我的誠意？」

今年，溫子淩也在京裡過年。

他提前請了京城有名的和風細雨樓的大廚來家中，治出一桌豐盛至極的年夜飯，請鍾佳霖和青芷夫妻過來一起熬年。

酒過三巡，溫子淩起身拿了帳本過來，笑咪咪地要青芷和他一起看帳。

青芷知道溫子淩是要給她分紅，當即眉開眼笑，和溫子淩一起看起帳本。

表兄妹倆計算很快，閱讀得也快，很快就看完了帳本。

宛州的芷記香膏鋪，青芷得到的分紅抹去零頭，一共二千二百兩；京城的芷記香膏鋪得到的分紅抹去零頭，一共二千五百兩。

青芷手裡拿著一摞銀票，簡直要癡了。「天啊，居然這麼賺錢！我就這樣掙了四千七百兩白銀？」

溫子淩和鍾佳霖見了她的財迷模樣，不禁相視一笑——青芷實在好可愛啊！

她把銀票收起來，端起酒盞飲了一口，這才和溫子淩說起想開溫泉莊子的事。

溫子淩仔細聽了，也覺得大有可為，笑道：「過完年我就讓人去活動，要麼咱們買個溫泉莊子自己改造，要麼咱們自己去尋找溫泉，雙管齊下，趕明年秋天前把溫泉莊子開起來。」

青芷大喜，端起酒盞又要飲，卻被鍾佳霖給奪過去。

鍾佳霖微笑道：「青芷，妳已經飲了好幾杯了。」

青芷今日實在興奮，特別享受飲酒後微醺的感覺，索性起身站在鍾佳霖身後，雙臂環著他撒嬌。「哥哥，讓我再吃三杯，我吃三杯就不吃了。」

鍾佳霖被她揉搓得無可奈何，只得又讓她飲了三杯。

三杯酒下肚，青芷果真暈了。

鍾佳霖一臉無奈，一把抱起她，道：「唉，青芷這淘氣包！表哥見笑了。」

溫子淩看著鍾佳霖抱著青芷，心裡酸楚，卻只能道：「佳霖，你和青芷的房間還都保留著，我一直讓人打掃收拾，你帶她回內院休息吧，明日一早咱們一起去太平山燒香。」

太平山是京城西城的一座小山，山上有間太平寺，京城商人都是大年初一這日進寺燒香，據說很靈驗，他和青芷早說好要去燒香了。
鍾佳霖抱著青芷離開之後，溫子淩獨自坐在那裡吃悶酒。
他知道青芷已經出嫁，他不能再念著青芷了，可是人的心又不是鐵石做的，哪裡能輕易改變？
還不如繼續像如今這樣，默默照顧她……
鍾佳霖抱著青芷進了內院，臉上忽然有些涼，抬眼一看，發現天上居然飄起了雪花。
他抱緊青芷，進了東廂房。
把青芷放在床上後，鍾佳霖正要叫春燕來服侍，誰知春燕居然沒有進來。
他頓了頓，誰知一轉身，就聽到了青芷在醉夢中喃喃自語。「哥哥，我好開心……哥哥，我要保護你……」
鍾佳霖一下子似被定在了那裡，怔怔看著躺在床上扯衣領的青芷——屋子裡生著地龍，過於溫暖，再加上喝了酒，她大概是熱得難受……
青芷正在作夢。
她夢見自己被趙瑜給捉住，用繩索綁了起來。
夢裡她拚命掙扎著，大聲叫鍾佳霖來救她。「哥哥，快來幫我解開！哥哥！」
聽到青芷那句「哥哥，快來幫我解開」，鍾佳霖所有的堅持都土崩瓦解，他快步走過去，伸手去解青芷的衣帶。

解開衣帶後，看著她嬌憨的睡顏，他不禁笑了，伸手捏了捏她的臉頰，彎腰在她唇上輕輕吻了一下，然後把她的外衣一層層脫掉，只餘下白綾中衣和褻褲，掀開錦被蓋在她身上。

他自然是想要青芷，可是青芷才十五歲，他不願意嚇著她，還是慢慢來吧！

青芷如小狗一樣地蹭了蹭，很快就蜷縮成一顆球，繼續呼呼大睡。

鍾佳霖不放心，洗漱罷就拿了鋪蓋鋪設在窗前的榻上，在外面簌簌的落雪聲中，很快也睡著了。

大年初一一早，待青芷醒來，鍾佳霖早出去了。

春燕和霜月進來侍候青芷。

年前青芷置辦全家的過年衣物，春燕和霜月也得了嶄新的衣裙和首飾，今日都穿戴上了，齊齊整整地進來侍候。

青芷見霜月手裡還拿著一個紅綢包袱，隨口問道：「咦？這是什麼？」

霜月不愛說話，抿嘴笑了笑。

春燕接過包袱，解開後讓她看。「娘子，您看這是什麼？」

青芷走過去一看，發現裡面是一件嶄新的玫瑰紅緞面貂鼠皮襖。

她的心跳得有些快，伸手摸了摸，皮毛光滑柔順，手心痲酥酥的。

霜月笑咪咪地立在一邊看。

「娘子，這是姑爺給您置辦的，一直沒做好，昨日才送過來，好歹趕上了大年初一穿。」

青芷撫摸著這件貂鼠皮襖，想起鍾佳霖一向簡樸，有點銀子都花在她身上，心裡一陣甜蜜，當即笑盈盈地道：「今日不是要去太平寺燒香嗎？我還是快點梳洗吧！」

大年初一早上是要放爆竹的。

鍾佳霖和溫子淩立在溫宅大門外，含笑看著柳葉和槐葉兩個小廝放爆竹。

在火藥的幽微氣息中，青芷輕淺的腳步聲由遠及近。

他們都聽出來了，不約而同扭頭看向青芷。

青芷臉上原本就帶著笑，見他倆同時扭頭，笑容更加甜美。「餃子煮好了，表哥、哥哥，快進來吃餃子吧！」

依宛州風俗，大年初一早飯是要吃餃子的。

溫子淩打量著青芷。大概是不想引人注目，她平時穿戴偏樸素，今日穿著嶄新的玫瑰紅緞面貂鼠皮襖，髮髻上插戴赤金鑲嵌紅寶石玫瑰釵，耳墜也是紅寶石耳墜，越發顯得美麗華貴。

鍾佳霖走上前，不著痕跡地擋住溫子淩的視線，攬著青芷向大門走去。「早些用了早飯，早些出發吧！」

半個時辰後，青芷帶著春燕和霜月坐在馬車裡，鍾佳霖、溫子淩和充當嚮導的李月明騎馬護車，一行人出發往城西方向而去。

到了太平山下，青芷扶著霜月下了馬車。

李月明提前過來安排好了，馬匹和馬車都安置在山下湖邊的一戶人家裡。

青芷是第一次到這裡，很是好奇，便帶著霜月和春燕眺望四周。
鍾佳霖走了過來，青芷感受到他的靠近，握住了他的手，與他並肩遠眺。
太平山果真是一座小山，山上滿是蒼松翠柏，太平寺的黛瓦粉牆隱在其間，別有幾分肅穆之意。
山下是一座碧波蕩漾的大湖，在大湖和太平山之間有一片槐樹林，林間有幾處青磚黛瓦屋舍。
霜月見青芷盯著湖看，便低聲介紹道：「娘子，這便是京城有名的葉家湖，槐樹林裡是槐樹庵，是一座尼姑庵，不過香火不怎麼盛。」
李月明安頓好馬匹和馬車，與溫子淩一起走出來，聽到霜月的介紹，便道：「虞娘子，京城人大年初一燒香，要麼來太平寺，要麼去大相國寺，像槐樹庵這樣的小庵，一年到頭根本沒什麼香客，也不知是怎麼維持這麼多年？」
溫子淩是最無可無不可的，聽青芷、李月明談論槐樹庵，便笑道：「這會兒去太平寺人太多了，咱們不如先去槐樹庵轉轉，待快午時人少些了，再登山去太平寺吧！」
青芷看向鍾佳霖，見他默不作聲，微微一笑。「走吧！反正咱們今日也沒什麼事，權當遊玩。」
鍾佳霖感受到她的視線，迎著她抿嘴笑了笑，反手握住她的手，跟在溫子淩和李月明後面，向槐樹林方向走去。
早春的槐樹林，枯枝橫斜，乾葉滿地。

周靈帶著青衣衛遠遠站在四周。

清平帝穿著布衣，打扮成普通書生模樣，靜靜站在一個被枯草掩沒的禿墳前。去年夏天，他來過一趟，親自把墳四周的草都拔了，誰知如今來看又是滿墳的枯草，和阿錦的性格真像，倔強得不得了，但凡能忍一忍、彎一彎，榮華富貴也少不了她，偏偏那樣執拗，寧可玉碎不為瓦全……

清平帝凝視著墳前光禿禿的青石墓碑，千言萬語湧上心頭。

阿錦，妳這輩子才活了二十幾年，跟著我也沒享什麼福……還有咱們的兒子，小小年紀卻淪落街頭，行乞為生……阿錦，真是個大傻瓜！

他低頭拭去奪眶而出的淚水。

溫子淩和李月明剛走進槐樹林，就被幾個青衣人攔住了。

溫子淩剛要爭辯，一眼看見周靈，頓時偃旗息鼓，一時不知該作何反應？

走在後面的鍾佳霖見前面有些不對，便把青芷攬在身後，自己走上前去，正好見到周靈。

周靈打量著鍾佳霖，想了想，便招手道：「佳霖，你過來一下。」

鍾佳霖低聲交代青芷。「等我片刻。」

說罷，他大步流星地過去，隨著周靈向槐林深處走去。

清平帝沒想到鍾佳霖會來，怔怔看著他。「……佳霖，你怎麼來了？」

鍾佳霖客氣地拱手行禮。「趙世伯。」又道：「小姪今日陪內子來太平寺燒香，偶然間散步走到了這裡。趙世伯在這裡憑弔故人嗎？」

清平帝含糊地應了一聲。

鍾佳霖上前一步，看向眼前的荒墳，默然無語。

周靈立在後面，看著並肩而立的清平帝和鍾佳霖，再次感嘆——這父子倆，果真連背影都相似！

鍾佳霖雙眼微瞇地看著墳墓。

他記事很早，還記得父親當年說過，母親的墳墓在這裡，卻從來不曾主動來看過母親。

如今的他，還沒有能力為母親報仇，來看母親，要和母親說什麼？

再等等吧，總有一天，大仇得報，他會帶著青芷，帶著他和青芷的兒女，來看母親！

禱祝已畢，鍾佳霖看向清平帝，拱手道：「內子還在槐林外面候著，小姪先告退了。」

清平帝目送他高眺的背影消失在槐林間，嘆息了一聲，半日方道：「周靈，咱們也回去吧！」

見到鍾佳霖全鬚全尾地從林中出來，青芷心中的石頭才落了地，笑盈盈地迎上前。「哥哥，咱們去太平寺吧！」

鍾佳霖笑著點頭，伸手牽住她，一行人一起往上山的路走去。

不管是青芷還是溫子淩，或是李月明，沒有一個人開口問鍾佳霖進了槐林後發生了什麼。

這會兒快到中午了，太平寺裡的香客明顯少了許多，青芷一行人得以從從容容地磕頭燒香。

為了讓菩薩保佑自己生意興隆，青芷基本上遇佛即拜，卻在送子觀音殿前止住了腳步，望著殿內的送子觀音——這太平寺可真是兼容并包啊，既有財神殿，沒想到還有送子觀音殿！

鍾佳霖心中暗笑，攬著青芷的腰肢把她帶進了送子觀音殿。

青芷被他帶了進去，心道：既然進來了，那就跪拜吧，說不定有效呢！

磕頭罷，她先往功德箱裡塞了些碎銀子，然後雙手合十默默禱祝。「菩薩啊，請保佑信女虞青芷的哥哥鍾佳霖會試高中，保佑信女生意興隆，家人健康，萬事順遂。」

她起身，立在一邊看著鍾佳霖磕頭禱祝，清清楚楚聽到鍾佳霖的禱祝內容。「……與妻子虞青芷兒女繞膝……」

青芷先是微笑，接著想到自己前世一直未曾有孕，笑容漸漸消失了。

她雙手合十看向莊嚴慈祥的送子觀音，心中漫著悲涼。

若是有可能，她也想兒女繞膝……

看著認真禱祝的鍾佳霖，她暗自下了決心，今日拜了送子觀音，過些日子再去尋大夫好好看看脈息，早些開始療治。

第七十八章

過年時候，即使到了晚上，街上還有不少人。孩子們穿著新衣，成群結隊拿著燃起的香點燃爆竹，四周不時響起爆竹聲，熱鬧得很。青芷一邊走著，一邊和鍾佳霖談著如何使用年底分紅。「哥哥，過幾日子淩表哥要回宛州照看生意，我給他五百兩銀子，讓他捎回去給娘親度日用，好不好？」

鍾佳霖自然都同意。

青芷繼續計劃著。「哥哥，再過一個多月你就要參加會試了，不管應酬、打通關節，還是殿試候選，都需要銀子。我打算將剩下的四千二百兩銀子，留下二百兩做家用，其餘四千兩都給你使用。」

鍾佳霖沒想到青芷居然有這樣的念頭，停下腳步看著她。

青芷見他雙目幽深地看著自己，忙笑嘻嘻地解釋道：「哥哥，我特地打聽的，即使考中進士也不是立即就授官，還得在吏部候選，若是打通關節的話，就有可能分個好去處。不過無論哥哥你去哪裡，就算是嶺南或者西北，我都跟著你……」

鍾佳霖的嘴角翹了起來，臉頰上梨渦深深。

她又道：「哥哥，我託人買了一本上一科進士的殿試策論合集，聽說是禮部主持編纂的，很有權威，賣得很快，我好不容易買到，說是過完元宵節就送過來，到時候你好好參詳參詳。」
鍾佳霖聽她絮絮說著，心裡一陣甜蜜，牽著青芷的手，在刺骨寒風中慢慢走著。
夜間，鍾佳霖仍在挑燈夜讀。
夜深了，快到子時，外面開始響起噼哩啪啦的爆竹聲。
青芷下廚做了泡椒大魚頭砂鍋，在堂屋八仙桌上放上小炭爐，燉得泡椒大魚頭砂鍋咕嘟咕嘟直響，又熱了一壺加了蜂蜜的女兒紅，這才去書房叫他吃消夜。
鍾佳霖笑著放下手中的書，起身過來。
青芷笑盈盈指著旁邊的幾個碟子讓他看。「哥哥，我還準備了豆腐、小青菜和麵條，一會兒可以放到砂鍋裡煮著吃。」
鍾佳霖端起酒壺，先給青芷斟了一盞，然後給自己斟了一盞，兩人各飲了，這才拿起筷子開吃。
一盞酒下肚，青芷只覺得渾身上下都熱了起來，還嫌不夠，又挾了一個小泡椒吃了，被辣得直吸氣。
鍾佳霖見狀，忙挾了一片雪梨餵青芷吃，又細細挑了些魚肉給她。
魚頭上的魚肉極為細嫩，青芷連吃了好幾口，又想吃豆腐了，便撒嬌。「哥哥，再煮些豆腐吧！」
鍾佳霖「嗯」了一聲，端起盛豆腐的碟子，把豆腐全都下了。「豆腐越燉越好吃。」
他又挾了些小青菜下入砂鍋裡——青芷最愛吃小青菜，不管是清炒、下麵，還是吃鍋子，她都離不了這種脆嫩的小青菜。

青芷斟了酒奉給鍾佳霖，兩人碰了碰酒盞，各自一飲而盡。

這時候，豆腐已經燉好了，青芷挾起一塊，放在碟子裡晾了一會兒，這才開始品嚐。軟軟的豆腐在酸辣鮮美的魚湯裡燉了好久，豆腐的軟嫩和魚湯的酸辣鮮美完美融合，實在好吃極了。

青芷連吃了三塊，這才想起鍾佳霖，忙道：「哥哥，豆腐可以吃了。」

鍾佳霖「嗯」了一聲，又挾了她愛吃的小青菜，這才開始下麵。

一頓消夜吃下來，青芷一直忙著吃，鍾佳霖忙著照顧她，最後大部分食物都進了青芷的肚子，鍾佳霖其實沒吃多少。

青芷扶著肚子哼哼道：「哥哥，我又吃多了……」

鍾佳霖輕笑一聲，把她拉起來。「外面下雪了，我陪妳去後花園散步，賞雪、消食。」

除夕夜的雪下了一會兒就停了，根本沒下成，沒想到大年初一夜裡又下了起來。

青芷喝了好幾盞酒，暈暈乎乎地倚在鍾佳霖懷裡，閉著眼睛任憑他給自己穿上皮襖，戴上雪兔圍脖。

鍾佳霖把青芷包裹得嚴嚴實實，這才牽著她的手出了堂屋。外面果真飄雪了，大大的雪花飛舞著，籠罩了整個天地。

青芷渾身上下暖烘烘的，與他手牽手走在紛飛的雪花中，只覺得有美食、有哥哥、有生意，此生真是無憾了。

今年宮中的元旦大朝會是由英親王趙瑜代清平帝主持。

趙瑜立在丹墀之上，看著底下齊齊行禮的文武大臣，內心的滿足無以言表——原來，這就是睥睨天下的滋味，怪不得古往今來，無數人為了這九五之位斷絕親情，前仆後繼！

大朝會結束後，趙瑜先去崇政殿見清平帝回話。

他在廊下等候良久，崇政殿總管太監和雨這才走了出來，淡淡道：「王爺，陛下身子不適，已經歇下了。」

趙瑜忍著內心的屈辱，做出一副關懷擔心的模樣問候了幾句，這才離開。

他又去慈寧宮見了太后，與陪伴太后的梁皇后、李令妃和許淑妃，逢迎了半日，這才出宮回王府。

蘇沐澤正帶著一個滿面風霜的中年人在外書房等著，見趙瑜進來，匆匆行了個禮，便道：「王爺，跟蹤周靈的人又有了新發現。」

趙瑜一邊在小廝的侍候下換衣洗手淨面，一邊聽著蘇沐澤的回話。

他穿著舒適的軟錦袍子在紫檀木雕花圈椅上坐下，接過小廝奉上的參雞湯嚐了嚐，凝神思索片刻，開口道：「沐澤，這件事交給你吧！」

蘇沐澤答了聲「是」。

趙瑜的手一伸，自有小廝接過了盛參雞湯的素瓷小碗。

他身子往後，舒舒服服地倚靠在椅背上，接著道：「從江南鍾氏開始調查，一直到宛州，務必要把鍾佳霖的來歷調查得清清楚楚。」

蘇沐澤應聲，起身告辭，帶著那個中年密探出去。

這個年很快就過完了。

接下來的時間，鍾佳霖每日專心致志地溫書，並定期與蔡羽、徐微等同窗好友會文。因為溫子淩回了宛州，京城的芷記香膏鋪就由青芷自己管著。

在青芷的忙忙碌碌間，二月也來到了人間。

大宋朝的會試從二月初九開始，參加會試的舉人們卻需要在二月初一至二月初五之間到禮部投文報到，否則就失去了參加會試的資格。

二月初二這日，鍾佳霖、蔡羽、徐微以及幾位南陽縣學的同學一起去禮部投文報到。領了考牌後，蔡羽和徐微隨著鍾佳霖去了鍾宅。

因蔡羽和徐微都不是外人，青芷命人送上精緻酒菜，又特地去見禮。

蔡羽好久沒見青芷了，便借酒蓋臉，請青芷給他們削一碟雪梨片解酒。

青芷是知道前世蔡羽的成就，原本對他抵禦西夏侵略、保國護民之舉就敬佩得很，再加上她能夠感覺到鍾佳霖對蔡羽的欣賞和籠絡，便笑著答應下來，果真拿了一個奇大無比的雪梨，坐在一邊的圈椅上細細削皮。

鍾佳霖三人一邊飲酒一邊聊天。

徐微沈吟一下，道：「會試其實比鄉試還要舒服些，起碼咱們不用九天一直住在考場內了。」

大宋的會試分三場舉行，每一場都是三日，第一場是二月初九日，第二場是二月十二日，第三場是二月十五，每場結束，中間可以回家休息。

蔡羽端起酒盞一飲而盡，道：「沒想到朝廷公布了考官人選，恩師果真是主考官，咱們可真幸運。」

鍾佳霖低頭一笑，倒是沒說話。

徐微依舊很擔心，道：「會試的主考官一般是一正三副，還有八位同考官。主考官雖是咱們的恩師，可是那兩位副主考，一個是太傅李泰的門生，一個是英親王的親信，實在讓人放心不下。」

他看向鍾佳霖，見他不慌不忙，從青芷手裡接過一片雪梨，用銀叉叉著慢慢吃，便道：「佳霖，你可真是胸有成竹，一點都不慌張。」

鍾佳霖抬頭燦然一笑。「我的特點就是臨大事不慌張，你們都得好好跟著我學學。」說罷，眾人都笑了起來。

青芷也笑著看向鍾佳霖，覺得他笑起來可愛極了。

到了晚間，她洗罷澡，在內院等鍾佳霖過來，誰知到了亥時，鍾佳霖還沒有回來。她有些擔憂，便讓春燕去外院問。

春燕很快就回來了。「姑娘，小廝說春雨陪著姑爺出去了。」

青芷一愣，起身看向外面，卻見夜色中細雨紛紛，院子裡到處濕漉漉的。

她一走到廊下便覺得寒意襲人，忙攏緊身上的褙子，心道：這樣又濕又冷的夜晚，哥哥到底去哪裡了？怎麼也不和我說一聲？

鍾佳霖披著油布斗篷，戴著兜帽，帶著王春雨急急走在雨中。

前方引路的是兩個同樣披著油布斗篷的人，一高一矮，急急在前面走著。

拐入一個狹窄的青石小巷後，帶路的兩個人又向前走了約莫三十餘步，向右進了路邊一個小酒館。

鍾佳霖停住腳步，看向小酒館門口在風雨中飄搖的氣死風燈，燈上用紅漆寫著一個大字──「酒」。

他看向小酒館門口，卻見到裡面燈光昏暗，靜悄悄的，生意甚是寥落。

鍾佳霖抬腿走了進去，隨著引路之人進了暗門，穿過一個小天井，進入一個寬闊整潔的屋子。屋子裡生著壁爐，裡面燃燒著木柴，火光熊熊，不但驅散了濕漉漉的寒氣，而且照得整個屋子亮堂堂的。

而倚在壁爐邊的搖椅裡烤火的人，正是那位「趙世伯」。

周靈在外面脫去油布斗篷，這才過來道：「佳霖，過幾日就要參加會試了，如今感覺怎麼樣？」

鍾佳霖笑著向清平帝和周靈行禮，在清平帝對面坐下來，道：「小姪讀書多年，自是有信心，不過考官各自口味不同，只能盡人事聽天命罷了。」

聞言，周靈看向清平帝。「趙兄──」

自從鍾佳霖進來，清平帝的眼睛就一直一瞬不瞬地盯著他，此時見周靈提醒自己，當下便點點頭，給周靈使了個眼色。

周靈又起身出去了。

在一邊侍候的崇政殿太監總管和雨見狀，悄悄揮了揮手，侍候的人便如退潮般地下去，和雨也輕手輕腳退下了。

屋子裡，只剩下鍾佳霖和清平帝。

見清平帝似比上次相見清瘦許多，而且臉色潮紅，分明是病重的模樣，鍾佳霖便問道：「趙世伯，您是不是身體不適？」

清平帝擺了擺手，聲音沙啞。「我沒事。」又道：「佳霖，你想不想考中進士？」

鍾佳霖微微一笑，雙目清澈，梨渦深深，笑容帶著三分稚氣，分明是十六、七歲少年的模樣。

清平帝這才意識到鍾佳霖平常看著獨立成熟穩重，其實還不到十七歲，在長輩疼愛、父母俱全的人家，怕是還要被當作孩子。

鍾佳霖看著爐內熊熊燃燒的火焰，清俊的臉在火光掩映下分外平靜，他的聲音也平靜得很。「趙世伯，我曾經在大宋南北流浪，若不是先生和師母收留，我到現在還在江湖漂泊。在這些年的流浪過程中，我發現大宋早已不是初立國時的大宋了。」

清平帝凝神聽著，親自端起茶壺，倒了一盞藥茶遞給鍾佳霖。

鍾佳霖接過清平帝遞過來的茶盞，飲了一口，發現並不是茶，卻清甜潤口，接著道：

「土地被少數人掌握，官員憑藉手裡的權力攫取利益，文人集團也成了利益集團的工具。四周則是強敵環伺，遼和西夏虎視眈眈，而大宋軍隊貪腐嚴重，戰力越來越弱……長此以往，大宋怕是要重蹈前宋之覆轍。」

他看向清平帝，雙目清澈堅定。「趙世伯，我想改變這種局面。對我這樣出身社會底層的人來說，改變這種局面有兩種方式。一種是暗中積蓄力量，待大宋內部爛透後，振臂高呼，打翻這個舊大宋重新再來；另一種是我透過科舉進入官僚階層，逐步往上走，從內而外進行變革，救治大宋的沈屙，讓大宋朝重新興盛。」

清平帝雙目幽深地看著鍾佳霖。「你和我說這些，難道不怕我去向朝廷舉報你？」

鍾佳霖笑了起來。「趙世伯，少年人年輕氣盛，說兩句衝動的話，您會在意嗎？」

清平帝笑了起來，抬手拍了拍鍾佳霖放在圈椅扶手上的手。「好孩子。」

他看著鍾佳霖，眼神漸漸慈愛起來——這是他的兒子，是他和阿錦的骨血啊，他虧欠這孩子太多了，該做些父親應該做的事情了。

見鍾佳霖把茶盞裡的藥茶喝完了，清平帝又給他斟滿，口中道：「這種藥茶我問過人了，你可以喝的，不但能夠補充體力，而且還可以增強抗病能力。」

鍾佳霖聞言笑了。「我很少生病的。」

清平帝別的都無所謂，在這種事情上是很迷信的，忙道：「這種事可不要亂說，佳霖，你身體一點都不好。」

鍾佳霖先是一愣，馬上明白了過來。

大宋朝流行一種說法，人不要誇自己身體無病，爹娘千萬不要誇自己孩子康健，因為老天會反其道而行之，馬上就會讓人纏綿病榻。

鍾佳霖笑了。

今晚，他笑了好幾次，清平帝還沒見過兒子像這樣輕鬆適意，心裡也覺得溫馨，自己端起茶盞飲了一口，道：「我聽說你剛搬了家，新宅子怎麼樣？還滿意嗎？」

鍾佳霖微微一笑，道：「內子很喜歡這個宅子。」

聽鍾佳霖提到妻子虞氏，清平帝也說不清什麼滋味，腦海裡浮現出三個字——不般配！

那虞氏如何能配得上他趙琛的獨生子，大周最尊貴的血脈！

他看了鍾佳霖一眼。佳霖性子不知怎樣？是像自己一樣靈活機變，還是像阿錦一樣倔強堅持？

想到這裡，清平帝便試探著道：「內子？是你新娶的妻子虞氏？她聰明嗎？」

鍾佳霖眼神瞬間變得溫柔，聲音也似帶著甜蜜之意。「她既聰明又漂亮，還很賢慧。我的衣服都是她親手縫製；她還很會經營，這次我來京城應考，盤纏也都是她準備的……」他看向清平帝，清澈眼中似有星光閃爍。「趙世伯，在別人看來，我可是她養著吃軟飯的小白臉。」

清平帝的心都疼了。他的兒子，大宋朝皇位唯一的繼承人，在世俗之人眼中，居然是被一個鄉下女子養著吃軟飯的小白臉！

清平帝抬手撫著胸前，啞聲叫道：「和雨，把朕……我的私房銀子拿過來。」

和雨很快進來，把一個精緻的檀木雕花匣子奉給清平帝，然後恭謹地退了下去。

清平帝扶著椅子扶手站了起來，把檀木雕花匣子塞給鍾佳霖。「佳霖，這些銀子你拿去，要給虞氏當家用，再給她買幾樣珍珠寶石首飾，別讓人小覷你，剩下的就隨意花用吧！」

鍾佳霖推讓再三，見清平帝急得蒼白的臉脹紅，只得收了下來。

見鍾佳霖收下禮物，清平帝這才滿意，用絲帕捂著嘴咳嗽了幾下，慢慢坐了回去，啞聲道：「這些銀票是我給你的零花錢，你先拿著用，以後我每年都給你這個數目，還需要什麼，我若是想不到，儘管開口問我要……」

他凝視著鍾佳霖，心道：佳霖，兒子吃老子，天經地義，你不用覺得不好意思。

過了子時，鍾佳霖還沒有回來。

青芷放下手中的書，吩咐春燕。「去讓廚房把雞湯砂鍋燉上，多放些竹蓀和蘑菇，等哥哥回來吃。」

春燕離開之後，霜月拿了件白綾夾襖過來，披在青芷身上，然後繼續在屋子裡陪伴青芷。

青芷想了想，道：「霜月，咱們去看看給哥哥收拾的皮篋，他過幾日就要進場了。」

霜月拿了把油紙傘，陪青芷去了前院書房。

管理外書房的正是王春雨，如今王春雨隨著鍾佳霖出去，外書房的門便被鎖了起來。

青芷把自己那串鑰匙交給霜月，讓她開了鎖，這才進了外書房。

書案上放著一摞文書，瞧著像是朝廷的邸報，青芷有些好奇，走過去拿起上面壓著的青玉鎮紙，發現果真是邸報，不由愣住了。哥哥這裡怎麼會有朝廷的邸報？

她翻看著邸報，默默思索著。

按照大宋制度，皇帝的朱批奏章傳下後，會被相關官員編纂成邸報，派專人向京城的各衙門分發。邸報到了京城的各衙門，再由書辦抄寫，然後向下級衙門分發。一般只有官員才能接觸到朝廷邸報，哥哥這裡為何會有？而且還是這麼厚厚一摞？

對了，應該不止這一疊！

青芷擎著燭臺在書案四周找了找，想起鍾佳霖的東西都收得很整齊，而且各有各的地方，比如正在讀的書，一定會在書案下放置。

想到這裡，她便在書案前蹲下來，果真看到書案底下右側放著一個書架，架子上果真放著一摞摞的邸報。

青芷沒有翻看下面這些邸報。

她沒說話，只是拿著燭臺打量著書房，發現鍾佳霖的書房一如既往地乾淨整潔清雅，處處井井有條，便笑道：「哥哥這裡太乾淨了，根本不用我來收拾。」

霜月沒吭聲，只是看著她，等待她的吩咐。

青芷想起自己的來意，便去找鍾佳霖進場要帶的那兩個皮篋。

這次參加會試，青芷為他準備了兩個皮篋，一個裝筆墨紙硯等文具，一個裝衣服、吃食等物，如今都收拾得整整齊齊，放在一邊的長几上。

青芷把兩個皮篋放在窗前榻上，按照擬好的單子一一檢查一遍，發現沒有遺漏，放下心來。

周靈帶著青衣衛親自把鍾佳霖送回鍾宅。

進了大門，他給鍾佳霖使了個眼色，兩人一起進了門房。

王春雨原本就在鍾宅門房裡住著應門，見狀便在門外守著。

鍾宅的門房分內外兩間，內間住人，外間是用來候見的佈置，桌椅、羅漢床、小炕桌俱全。

周靈含笑看向鍾佳霖。「佳霖，你不看看你趙世伯給了你多少零花錢？」

鍾佳霖灑然一笑，似不在意般地拿出錦匣，揭開了蓋子。

匣子裡是厚厚一摞銀票，每張的面額都是一千兩。

周靈觀察著鍾佳霖，見他依舊是雲淡風輕模樣，便道：「佳霖，既然是長者之賜，就不必客氣，數數有多少吧！」

鍾佳霖略略一翻，抬眼看向周靈，眼神清澈波瀾不驚。「周叔，總共二十萬兩。」

「佳霖，二十萬兩銀子可是能做不少事情的，卻只是你一年的零花錢。你難道不好奇，你趙世伯為何對你這麼好？」

鍾佳霖忽然微微一笑，聲音低而清澈。「因為我是他唯一的兒子，他是我的親生父親，父親養活兒子，豈不是天經地義？」

周靈一愣。

原來真正深藏不露的居然是鍾佳霖！

第七十九章

鍾佳霖含笑看著周靈，緩緩道：「周叔，既然話已經攤開說了，咱們再細細籌劃一番吧！」

周靈感慨地看著他，道：「好。」

看來，他還是小看這個少年了。假以時日，鍾佳霖一定會一飛沖天，重現大宋盛世，而他，就堅定地追隨鍾佳霖吧！

整理好皮篋，青芷鎖上書房的門，與霜月一起打著傘回了內院。

夜雨淅瀝，燈光昏黃。

她正拿了本書在燈下讀，卻聽到外面傳來敲門聲，聽著是王春雨，便吩咐霜月去開門。

鍾佳霖讓王春雨回前院值守，自己仍穿著油布斗篷進內院，一抬眼便看到西暗間臥室裡透出昏黃的燈光，知道青芷在等自己，心裡一陣溫暖，大步走了過去。

青芷正在明間等著，見他進來，笑盈盈上前迎接。「哥哥，我讓人給你準備了雞湯砂鍋做消夜，你現在用嗎？」

鍾佳霖笑著「嗯」了一聲，在青芷的服侍下脫去外面濕淋淋的油布斗篷，這才道：「青芷，我有話要和妳說。」

到了西暗間的臥室後，鍾佳霖在錦榻上坐下，望著青芷，臉頰上梨渦深深，分明是滿心歡喜，藏都藏不住。

青芷挨著他坐下。「哥哥，你說吧！」

鍾佳霖在清平帝和周靈面前穩重成熟，彷彿經歷了無數世事，早已修煉成精，可是在青芷面前，他才是真正的自己，想笑就笑，不開心就不說話，有煩惱就一起商量，有歡喜的事也要共同分享。

他從袖袋裡掏出清平帝給的那個匣子，遞給青芷。「青芷，妳看這個。」

青芷從匣子裡掏出那一摞銀票，心跳得有些快。

她一張一張開始數，數到最後，心都快要從胸腔裡跳出來了。她抬眼看向鍾佳霖。「哥哥，你從哪兒得來這麼多銀子？」

鍾佳霖雙目亮晶晶，抿嘴一笑。「青芷，我找到了生父，這是從他那裡要來的。妳放心，來路沒問題。」

她寧願要哥哥平平安安，也不要這二十萬兩白銀。她盯著鍾佳霖的眼睛。「哥哥，真的？」

鍾佳霖用力點頭。

青芷是信任他的，聽他這麼說，頓時開心起來，一把撲上去緊緊抱住了鍾佳霖。「哥哥，太好了，咱們有錢了！」

青芷嬌軟暖香的身子就在懷中，鍾佳霖心中滿是滿足。

他用力抱了一下青芷，這才鬆開她，拿過那摞銀票，隨手分成大約均等的兩份，一份遞給青芷，一份自己留下。「青芷，這一份妳拿著用，不拘是做生意還是別的，妳自己決定就好，賺也好，賠也好，不用和我說。」

另一份他用來經營自己的勢力。

青芷捏著鍾佳霖遞給她的銀票，胸臆間滿是酸楚——前世哥哥也是這個樣子，為趙瑜四處奔波，弄到銀子就私下給她，生怕她在王府裡受委屈。

見她大眼睛裡含著淚，鍾佳霖心中湧動著溫柔的牽念，他伸手拭去她的眼淚，柔聲道：「青芷，妳只管做妳喜歡做的事情，哥哥會努力奮鬥，一定讓妳過上好日子。」

青芷用力「嗯」了一聲，淚水瞬間湧得更急，索性抓住鍾佳霖的胳膊，把眼淚全蹭在了他的儒袍上。

鍾佳霖好氣又好笑，右手去拔她髮髻上的簪子，在她腦袋上胡亂揉了好幾下，把她頭髮全揉亂了。

青芷發現了，忙掙起身要報復回去，兩人正鬧成一團，外面傳來春燕的聲音。「姑爺、娘子，消夜送來了。」

青芷忙推開鍾佳霖。「送進來吧！」

春燕把砂鍋放在小几上，見她頭髮亂蓬蓬，小臉泛著紅，而鍾佳霖身上的儒袍也被揉搓得皺巴巴的，俊臉微紅，不敢再看，低下頭匆匆擺好碗筷就退下了，心裡猶在擔憂：難道姑爺和姑娘正在親熱，卻被我打斷了？

想到這裡，她的臉頓時熱辣辣的，急急走了。

雨越下越大，住在外院大門內門房的王春雨還沒有睡，正坐在外間的榻上看兵書。他和哥哥王春生是西北孤兒出身，爹娘死在入侵大宋的西夏鐵蹄下，兄弟倆因此被青衣衛收容。他雖然生得清瘦文弱，身為青衣衛的暗探，又從小學唱，心中卻渴望將來能馳騁西北沙場，為國殺敵，為父母報仇。

王春雨正看得入神，聽到外面傳來腳步聲，側耳細聽，聽出是春燕，便起身開門。

春燕正用托盤端了消夜走過來，見他開門，不由笑了。「春雨，你耳朵可真好。」又道：「廚房準備的消夜有些多，我給你送些過來。」

王春雨閃身讓春燕進來。

春燕看著他吃消夜，自己坐在一邊絮絮道：「娘子和姑爺感情真好，這樣下去，說不定今年年底，我就可以抱小公子、小姑娘了……」

王春雨睨了春燕一眼，心道：還妄想今年年底抱小公子、小姑娘，妳是娘子的貼身丫鬟，難道沒發現娘子和公子根本就沒圓房？

這場春雨連綿下了好幾日，一直到會試入場前的那日才停下來。

雲收雨霽，春陽暖和，擔心了好幾日的青芷終於鬆了口氣，帶著王春雨、春燕和霜月去送鍾佳霖進入考場。

目送排在隊伍中的鍾佳霖進了頭門，開始接受把守士兵的搜檢，青芷雙手合十，閉目祈禱。「菩薩啊，保佑我哥哥會試高中吧，若是他高中，我定去太平寺還願……」

春燕在一邊聽了。「姑娘，您這可真是急來抱佛腳啊！」

青芷心事重重，沒有說話，默默想著心事。

前世的時候，哥哥參加縣試和鄉試都是一考就中，因此她頗有把握。如今哥哥參加了前世沒有參加的會試，她自然心中忐忑。

默然半晌之後，她看著魚貫進場的各地舉子，嘆了口氣，道：「你們看看和哥哥同科應試的舉子，大多都是二十多歲、三十多歲，還有的四、五十歲，可是哥哥還不滿十七歲呢，怎能讓我不擔心？」

霜月原本一直沈默地聽著，此時明白青芷是真的擔心，便試著轉移話題。「娘子，今日不是說要去看新鋪子嗎？咱們現在就去吧！」

青芷想了想，哥哥已經進場了，自己在這裡再急也沒有用，便道：「走吧，先去鋪子裡叫上李月明，再一起去新鋪子。」

她和溫子淩打算在京城再開一家芷記香膏分店，溫子淩已經找好了掌櫃，青芷和李月明便負責勘選鋪面。

忙了一上午，青芷和李月明總共看了四處鋪面，最後選定兩處，等著溫子淩過來一起看了再定下來。

她發現自己一旦閒下來，就開始擔心鍾佳霖，便竭力讓自己忙碌起來，在距離京城不遠的尉氏縣進了一大批白玉蘭和紫玉蘭，帶著鋪子裡的新舊女工們忙碌了五、六天時間，又趕製出一大批貨物。

第一場和第二場的時候，鍾佳霖還略微有些緊張，到了第三場，他已經安之若素。最後一天考的是律法，這是他最擅長的科目。拿到題目，他快速地流覽了一遍，不得不承認自己走了捷徑——類似的試題，王治在私下指導的時候給他出過。

鍾佳霖閉目思索，心中有數之後，才開始研墨。研好墨，他深吸一口氣，提筆蘸了些墨，開始打草稿。

二月十七日一大早，應試的舉子們可以離開考場。考場內，狂笑聲、痛哭聲、說話聲會合在一起，上演著考場眾生相。

鍾佳霖默然把東西都收拾妥當，裝進青芷給他準備的兩個皮篋裡，便出了號房，等蔡羽和徐微過來。

兩人跑過來和鍾佳霖會合，互相看看，都笑了起來。

蔡羽攬著鍾佳霖，笑道：「佳霖，你是怎麼做到在號房好幾日還像剛剝殼的雞蛋一般乾乾淨淨的？」

他和徐微可是都有些狼狽，灰頭土臉的。

鍾佳霖笑了起來，彎腰打開皮篋，從裡面取出盛水的牛皮水囊、薄荷香胰子、擦臉的絲帕、用馬尾和竹子製成的牙刷和芷記香膏的擦牙粉，笑咪咪地道：「我也沒想那麼周全，不過內子提前替我都準備好了。」

蔡羽聞言，抬手在鍾佳霖背上拍了一下。「你這小子！你就炫耀吧！」

徐微是知道內情的。他父親雖然只是知縣，可是他的表舅卻是周靈，他這次參加會試的資格是透過周靈取得的。

他知道鍾佳霖的真實身分，見蔡羽居然敢隨意打鍾佳霖，心裡不禁替鍾佳霖著急，當下笑著拉開蔡羽。「咱們趕緊出去吧，家人怕是都在外面等著呢。」

鍾佳霖聽到那句「家人怕是都在外面等著」，想起青芷，心裡一陣甜蜜，當即也道：「對呀，快些出去吧！」

青芷果真在外面候著，正眼巴巴看著貢院大門，王春雨、春燕、霜月和李月明都陪她站在那裡。

看到隨著人流出來的鍾佳霖時，青芷頓時歡喜起來，忙迎上去。「哥哥。」

回到家裡，鍾佳霖先去泡澡。

待他泡罷澡出來，青芷早準備好了幾樣他喜歡的酒菜，正在明間候著。

用罷飯，兩人聊了一會兒會試的題目，酒意上湧，便回房睡下了。

夜深，鍾佳霖在雨聲中醒了過來。

他沒有立即睜開眼睛，繼續閉目躺在那裡，聽著外面細密清脆的雨聲。

早春時節下雨，外面自是濕寒浸人，可屋子裡卻暖融融的，流蕩著一股芬芳甜蜜的氣息。

聞著這種氣息，鍾佳霖很快有了反應，不禁吁了口氣。這種氣息，似乎是青芷身上特有的香氣……

想到這裡，他一下子清醒過來，睜開眼睛，藉著室內幽暗的光線，發現青芷正依偎著自己睡得正香。

青芷沒蓋好被子，他小心翼翼起身，把自己身上的被子蓋住她，然後側身躺著繼續看她。

青芷趴在他身邊，雪白的小臉泛著紅暈，眉目濃秀，嫣紅的嘴唇微微嘟著，看著可愛得很。

他悄悄湊過去，在青芷唇上吻了一下。

她的唇又香、又軟、又暖，鍾佳霖只覺得心中漲得滿滿的，把青芷抱在懷裡，心中溫馨甜蜜——這是青芷啊，我的妹妹，我的妻子，我要照顧一生的人！

他與青芷臉貼著臉，閉上眼睛，在她的氣息中，很快又睡著了。

英親王府外書房內，趙瑜正與幾個親信官員說話，小廝進來稟報。「王爺，蘇先生回來了。」

趙瑜一愣。難道蘇沐澤已經查清楚鍾佳霖的身世？他當即道：「請蘇先生先去凌霄花閣，我這就去見他。」

趙瑜在幾個親隨的簇擁下沿著遊廊走過來，抬手示意親隨留在外面，獨自進了凌霄花閣。

閣子裡的書案上放著燭臺，蘇沐澤正對著昏黃的燈光翻看文書，聽到腳步聲便轉過身。

「王爺。」

趙瑜含笑道：「沐澤，查得怎麼樣了？」

蘇沐澤臉上卻沒有笑容，神情肅穆。「王爺，您來看看我這段時間的調查結果吧！」

趙瑜走了過去，就著燭光翻看那摞文書，發現有清平帝和鍾佳霖的畫像、有鍾夫人的證詞、有鍾佳霖和周靈的來往紀錄……蘇沐澤這段時間還真是查出了不少東西！

全都翻看了一遍之後，他一下子陷入沈默。

蘇沐澤也不說話，只是看著趙瑜，等著他的指示。

趙瑜深吸一口氣，雙手負在身後，一時難以決斷，慢慢踱到了窗前。

外面下著雨，雨水把凌霄花的枯藤打濕了，顯得分外蕭瑟。

他立在窗前，看著沐浴雨中的白玉蘭。

在潮濕黯淡的底色中，這盛開的白玉蘭似星子一般，點綴著這黯淡的早春花園。

片刻後，趙瑜道：「青衣衛只聽命於皇兄和周靈，你調查鍾佳霖身世之事，青衣衛絕不可能沒有察覺。即使知道鍾佳霖就是我的姪兒趙霖，我一時也不能把他怎麼樣。」他冷笑一聲。「現在他即使被別人弄死，皇兄也只會覺得是我動手，因為我是最大的獲利者。」

蘇沐澤探出手指在書案上敲擊幾下。「王爺，可是咱們不能坐以待斃啊！」

趙瑜悠然道：「這世上可是有一個法子叫『借刀殺人』的。」

蘇沐澤略微一想，笑了起來。「王爺，最怕趙霖活著回來的人，就在那皇宮之中……」

趙瑜自得一笑。「一客不煩二主，這件事還由你去安排吧！」

蘇沐澤也笑了，躬身道：「請王爺放心，蘇某定不負王爺所託。」

在禮部閱卷的大堂中，十八位同考官在王治和兩位副主考的帶領下，在「大成至聖先師」孔子的牌位前行了三跪九叩的大禮後，回到各自的座位上，開始閱卷。

這些考官嚴格按照流程閱卷，終於在二月底選出了擬錄取的試卷。

擬錄取的試卷有好幾百份，考官們選出十份最好的交給主考和三位副主考，請他們來擬定前十的名次。

雖然後面還有殿試，但是會試擬定的名次，殿試中一般變化不大，因此前十名的排序極重要。

王治翻看了一下，抽出一份放在第一。他知道這是鍾佳霖的試卷。

也就是說，即使沒有他和周靈的暗中操作，鍾佳霖自己也能進入前十。

其餘兩位副主考已經看過這份試卷了，並沒有異議。

明日便是二月二十九日，正是會試放榜的日子，青芷頗為緊張，連晚飯都吃不下。

鍾佳霖見她如此緊張，心中又是感動、又是心疼，便讓王春雨出去訂了她愛吃的席面送到鍾宅，他陪著青芷一起吃了一頓，又特地勸她飲了幾杯酒，把她給哄睡了。

青芷一覺醒來，已經是二月二十九日上午了。

她洗漱罷剛出了內院，就聽到大門外傳來鑼鼓聲與嗩吶聲。

她心中一喜，抬頭一看，正好看到鍾佳霖從外院的正房走出來，兩人一個立在堂屋門口，一個立在走廊這一端，四目相對。

鍾佳霖柔聲道：「青芷，過來吧！」

青芷剛走到他身邊，就聽到王春雨滿是歡喜的聲音從大門口傳過來。「公子中了！公子中了頭名！公子是會元了！」

青芷歡喜極了，眼睛亮晶晶地看向鍾佳霖。「哥哥，你好厲害！」

鍾佳霖到底還是少年，饒是一向沈穩，此時在最親近的青芷面前，也不禁有些激動。

他深吸口氣，握緊青芷的手，心潮起伏，最後緩緩吐氣，整個人都平靜了下來。「青芷，還有殿試呢。」

青芷笑盈盈看向他。「哥哥，我知道，咱們不能得意忘形！」

鍾佳霖望著她，握了握她的手。

還不到三月，坤寧宮的桃花就盛開了，桃花燦爛，如雲似霞。

前段時間，清平帝龍體欠安，宮中一直有些壓抑，誰知到了二月二十八，清平帝的病情居然好轉起來，還親自去慈寧宮給太后娘娘請安。

梁皇后乘機在坤寧宮舉辦桃花夜宴，為清平帝慶祝。

桃花夜宴中，帝后親臨，妃嬪爭奇鬥豔，自是熱鬧非凡。

清平帝到底是大病初癒，難以支撐太久，略坐了坐就起身回了崇政殿。

梁皇后見宴席中眾妃嬪都靜了下來，笑道：「陛下可是交代了，讓本宮帶著妳們好好開心一番，我們可別辜負了陛下的美意。」

眾妃嬪這才開心起來，觥籌交錯、歡聲笑語，場面一時熱鬧得不堪，梁皇后有些看不慣，便藉口更衣扶著女官回了寢宮。

李令妃也跟了過去。

梁皇后坐在寶鏡前補妝，李令妃立在一邊服侍。

待梁皇后補妝畢，李令妃低聲道：「皇后，今日會試放榜，您聽說本科會元了嗎？」

梁皇后看向李令妃。「聽說是一個十七歲的美少年……」

李令妃笑了。「皇后，您若是親眼看了，不知道該多驚奇呢。」

梁皇后聞言，抬眼看向她，臉上慵懶之態已經消失，眼神微冷。「令妃，這是什麼意思？」

李令妃故意賣了個關子。「皇后，妾身可是聽說，這位叫鍾佳霖的十七歲少年，與陛下年輕時生得頗有幾分相似。最重要的是他來自江南鍾氏，背後的支持者是周靈、王治這些人。」

看著梁皇后漸漸鐵青起來的臉色，李令妃說出了最重要的話。「皇后，妾身聽說陛下已經私下裡見了他好幾次……」

打賞罷報喜的人，鍾佳霖和青芷剛回正院堂屋，王春雨和春燕便帶著家裡侍候的人一起過來行禮賀喜。

青芷早讓春燕備了打賞的銀錁子，笑道：「同喜、同喜！」又道：「今日家有喜事，府中人都有賞賜！」

霜月早在一邊準備著，聽到青芷的吩咐，便抱著一個纏著紅綢的籃子進來，扯去遮在外面的紅綢，原來裡面是滿滿一籃子的銀錁子。

青芷含笑吩咐。「一人一個銀錁子，大家一起沾沾喜氣。這幾日家中事情繁雜，務必小心謹慎自己的差使，待再有喜事，一人再賞兩個銀錁子。」

眾人歡喜，響亮地答了聲「是」，齊齊謝了賞退下去。

鍾佳霖在一邊坐著，見她年紀小小，卻很有主母的模樣，做事妥妥當當，不由也笑了，柔聲道：「青芷，辛苦妳了。」

青芷眼睛笑成了彎月，美滋滋地道：「哥哥，你也辛苦了。」

她端起茶盞飲了口，笑嘻嘻地道：「等一會兒蔡羽他們該來了，我先去讓廚房的人準備一下，哥哥今日就好好放鬆一日。」

她剛離開，小廝就引著蔡羽和徐微進來了。他們兩個是常來常往的，也不等通報，直接進來。

鍾佳霖一看蔡羽和徐微的神情，就知道蔡羽榜上有名，而徐微這次落榜了。

三人聊了幾句之後，他的猜測也得到證實。

鍾佳霖從來不是空口說白話的人，看著黯然的徐微，他沈吟了下，開口道：「徐微，你一向善於算學和帳務，我這裡正需要人來幫忙管帳，不知你願不願意來幫忙？」

徐微一聽，大喜過望，當即起身深深一揖。「佳霖，我願意追隨你左右。」

蔡羽在旁邊看著，雖然覺得徐微有些反應過度，可是鍾佳霖對好兄弟的照顧，他心中感動，便故意取笑道：「咦？佳霖，你可不能厚此薄彼，徐微給你管帳，我為你奔走效勞，可好？」

鍾佳霖瞅了他一眼，似笑非笑地道：「好啊，你明日就來吧！」

蔡羽當即笑了起來。「那就說定了。」

三人正談得開心，門房又來通稟，原來又有幾位同窗好友到了。

鍾佳霖今日果真放鬆，中午在家飲了半日的酒，又與眾人一起，預備去運河醉春風酒樓吃酒。

第八十章

青芷不放心，便讓王春雨帶了幾個周靈送來的得力小廝跟著，又細細交代一番，這才放他們出門。

跟鍾佳霖交好的友人中，有一位叫徐柳之的書生，是他在縣學的同學，一向心直口快，出了鍾宅便取笑他懼內。

鍾佳霖坦然接受。「內子與我青梅竹馬一起長大，我一向疼愛她，自然不願意讓她替我擔心，即使懼內又如何？」

徐柳之聞言，細細一想，不禁道：「原來懼內，便是愛憐內人、怕內人擔心，佳霖解得好！」

眾人聞言，齊齊拊掌大笑，一起上了馬，簇擁著鍾佳霖往西去了。

醉春風酒樓前臨運河，後面被竹林簇擁，頗為雅致，因此雖然價格偏高，來京城應試的舉子們還是常常在這裡聚會。

今日眾人以鍾佳霖為主，包下了醉春風酒樓的二樓，一起喝酒暢談，煞是開心。

喝到了酣暢處，徐柳之提議行酒令，以詩佐酒。在場諸人能在考生中脫穎而出，自然都是一時之才，因此紛紛響應，眾人飲酒作詩，熱鬧非凡。

很快就輪到了鍾佳霖。

他起身，略一沈吟，很快就以雨為令吟了一首詩，然後端起酒盞一飲而盡。

眾人見新科會元如此乾脆，都哄然叫好。

正熱鬧間，守在樓梯口的王春雨見到一個頗為秀氣的白臉青年走了上來，便上前阻攔道：「這位公子，不好意思，我們已經把醉春風的二樓包下來了。」

那秀氣的白臉青年探頭看了看，笑道：「我聽說新科會元在這裡飲酒，有些好奇，就上來看看——哪位是新科會元？」

王春雨沒有答話，只是站在那裡攔著。

那白臉青年探頭看了看，見眾書生都圍著一個生得極好看的清俊少年說笑，也猜到這位便是新科會元，當即凝神看了一會兒，見那清俊少年身材高䠷、舉止優雅，又看了一會兒，這才下樓去了。

白臉青年剛一離開，徐微便湊近鍾佳霖，低聲道：「佳霖，剛才有人來窺伺，瞧著像是李太傅的子姪。」

他是周靈的親戚，在京城周府住過好幾年，自然和李太傅府上的人有來往。

鍾佳霖點點頭，低聲道：「我知道了。」

他們兩人說著話，眼睛自然是看著樓梯方向，又見到一個白白胖胖、穿著大紅錦衣的男人走過來，立在樓梯口和醉春風的夥計說著什麼，眼睛卻看向鍾佳霖和徐微這邊。

徐微眉頭一皺，湊近鍾佳霖。「怎麼宮裡的公公也來了？」他凝神一看，認了出來，道：「是皇后娘娘宮裡的大太監，名叫李子陽。」

聽了徐微的話，鍾佳霖淡淡看了那穿大紅錦衣的白胖中年人一眼，繼續和另一個學子說話。

過了一會兒，徐微低聲道：「佳霖，他走了。」

鍾佳霖「嗯」了一聲，倒也沒說別的。

關於自己的身分，清平帝既然沒有打算繼續遮掩，那他也沒有必要躲躲閃閃，該面對的總是要面對。

晚間，鍾佳霖洗罷澡出來，見庭院裡掛著精緻的宮燈，燈光映著院子裡那株滿樹雪白梨花的老梨樹，有一種迷離的美，想著青芷喜歡，便吩咐小廝準備了桌椅、紅泥小炭爐、茶壺和玉青瓷茶盞，一一擺在梨樹下。

青芷披著微濕的長髮出來，一眼便看到院中滿樹繁花下，鍾佳霖白衣如雪，端坐在那裡正擺弄著茶具，一陣溫暖春風拂過，一片片素白的花瓣飄飄搖搖地落了下來，恍若神仙之境，不由怔在那裡，心口怦怦跳。

鍾佳霖端起玉青瓷茶壺，往兩個蓮花盞注入淡青色的胎菊茶，抬眼看向青芷。「青芷，過來喝茶吧！」

青芷深吸一口氣，把方才那陣悸動給壓下去，腳步輕快地走過去。「哥哥，我正渴著呢。」

待她在自己對面坐下，鍾佳霖端起茶盞遞給她。「不熱不涼，溫度正好。」

青芷接過茶盞，慢慢品嚐著。這胎菊茶色呈淺碧，初入口微苦，後味卻有些甜。

見她手中的茶盞見底，鍾佳霖又給她斟滿，才道：「青芷，過些日子我要出門幾日，等四月初才能回來。」

青芷一愣。「哥哥，你四月十九不是還有禮部的複試？複試之後，四月二十一可就是殿試了。」

鍾佳霖端起自己的茶盞飲了一口，才道：「我要隨周靈出去辦一件事情。事情很簡單，辦完就回來了，不耽誤禮部的複試。」

現在有很多事情，他還不能告訴青芷，不能讓青芷為他擔心。

青芷漸漸知道鍾佳霖身上秘密太多，想要開口問，可是嘴巴張了張，最後還是閉上了——哥哥做事周全，若是能告訴她，自然會告訴她的。

只是想到要有一段時間見不著他，她心裡空落落的，端起茶盞一飲而盡，把空茶盞遞到鍾佳霖面前。「哥哥，再給我倒一盞。」

鍾佳霖給她斟滿茶盞，靜靜看著她。

此時的青芷瞧著有些蔫，就像失了水分的薄荷，可憐兮兮的，他心裡有些不捨，頗想把青芷帶上，可是想到自己要去做的事情，他還是狠下心來，低聲道：「青芷，等子淩表哥一到京城，我就出發。妳乖乖的，出門的話至少要帶著霜月和王春雨，絕對不要自己一個人出門。」

青芷「嗯」了一聲，怕他擔心，便故意笑咪咪地道：「哥哥，回來的時候記得給我帶禮物。」

鍾佳霖笑著應聲，伸手揉了揉她的頭髮，只覺得涼涼的，散發著濕漉漉的玫瑰芬芳，很是好聞。

三月三上巳節那日，溫子淩就帶著張允經運河水路到了京城。

他這次過來，給青芷捎來一個大的桐木箱子，裡面全是韓氏給青芷準備的禮物，有一油紙包乾芝麻葉、一罐魚鮓、一罐茄鮓和一罈醃好的雞蛋、鴨蛋，另外還有兩床嶄新的被褥。

青芷開心極了，當即要親自下廚做一鍋芝麻葉綠豆麵和幾樣精緻小菜，一則給溫子淩接風，二則給鍾佳霖送行。

見青芷帶著丫鬟去廚房了，鍾佳霖便帶著溫子淩去書房。

兩人在書房裡密談，一直到午飯擺好，這才從書房出來。

吃罷芝麻葉綠豆麵，青芷便和溫子淩一起送鍾佳霖出門。

這次出門，他特地把王春雨留下來跟著青芷，跟他的是幾個頗為彪悍的陌生青年。

青芷目送鍾佳霖騎著馬的背影消失在熙熙攘攘的人流中，低聲道：「子淩表哥，跟著哥哥的那幾個人是不是來自軍隊？」

她能夠感受到那幾個人身上帶著煞氣，應該是經歷過無數的血與火才淬鍊出來的。

溫子淩沒想到她如此敏銳，低低道：「青芷，跟著佳霖的這幾個人是大宋西北軍的精銳。妳放心，有他們誓死保護，佳霖一定會平平安安的。」

自從發現了邸報，青芷已經隱隱猜到鍾佳霖是要去邊塞，默然片刻，忽然微微一笑。

「子淩表哥，鋪子我和李月明瞧了好幾處，還沒決斷，就等你來決定了，咱們趕緊一起去看看吧！」

哥哥要為未來奮鬥，而她也要開新的芷記香膏分店，還要和子淩表哥開溫泉莊；她和哥哥各自需要做的事情都太多了，怎能沈溺於兒女情長？

溫子淩叫上新請的掌櫃，跟著青芷和李月明，果真把那幾個鋪面都看了一遍，最後看中了御街附近櫻桃街的一處鋪子。

待一切齊備，溫子淩讓人看了一個黃道吉日，芷記香膏櫻桃街的分店終於開業了。

第一天開業，溫子淩和青芷兩個老闆自然都要出現。溫子淩帶著張允和李月明接待賀喜的生意夥伴和親朋好友，青芷則帶著兩個女夥計在鋪子裡接待顧客，霜月在一邊陪著她。

上午的時候熱鬧非凡，一直到了中午，人流漸漸散去，鋪子裡才安靜了些。

青芷和三個女夥計忙了大半日，還沒來得及用午飯，見這會兒有空，青芷便守在鋪子裡，讓三個女夥計去後面吃飯，霜月也跟著去把她的午飯送過來。

她閒來無事，便在櫃檯調製香油。

她用白玉蘭香油、白梅香油和海棠香油調出一種味道清新別致的香油，正塗在自己的手背上試效果，卻覺得有些不對，抬眼一看，只見有人正站在鋪子門口。

那人背光站著，她一時沒看清楚，便眯起眼睛細看。

門口那人見青芷看向自己，便緩步走進來，隔著櫃檯看著她面前的瓶瓶罐罐。「青芷，妳怎麼一天到晚擺弄這些東西？」

聲音很好聽，輕輕的，語氣親暱，似情人間的低語。那俊秀的臉上神情也是溫柔的，眼簾低垂，鼻梁挺秀，薄唇呈現淡淡的薔薇色，實在是上天賜予的好相貌。

青芷低頭繼續塗抹新調製好的香油。

這會兒表哥帶著掌櫃和兩個夥計出去吃酒了，一時半會兒回不來，不過霜月只是去後面取飯，應該很快就回來。

那人伸出修長的手指撥弄著青芷面前的瓶瓶罐罐。「我記得妳似乎一直喜歡這些，還種了好多玫瑰花……」

青芷心中一驚，抬眼道：「趙瑜，你是不是在作夢？」

趙瑜抬眼看她，俊秀的臉上現出一抹苦惱之色。「我前段時間病了，一睡著就作夢，常常夢到妳，我已經弄不清什麼是夢、什麼是現實了……」

青芷越聽越怕，她盯著趙瑜，想看出些蛛絲馬跡。

趙瑜被她看得俊臉微紅，垂下眼簾道：「妳放心，夢裡……我很對不起妳，我以後不會再對不起妳了，我不會強迫妳。我相信妳早晚會明白，這世上妳最喜歡我。」

他前段時間常常昏睡不醒，夢裡也常常出現一個畫面——鍾佳霖抱著七竅出血、已經斷氣的青芷，恨恨看著他……

每次夢到這個畫面，他的心就抽搐地疼，令他喘不過氣來。

青芷不知道趙瑜是不是夢到了前世，狐疑地打量著他，道：「我只想好好過日子，以後不要再打擾我了，咱們橋歸橋、路歸路，各過各的日子。」

趙瑜沒出聲，忽然伸手握住她的手，與她四目相對。「妳成婚這麼久，為何還是處子？」

青芷一愣。這樣的隱私，趙瑜是怎麼知道的？難道他在家裡安插了人？

趙瑜翹起嘴角，桃花眼裡帶著笑意。「青芷，我不會再強迫妳，可我也不會放棄妳。」

見青芷躍躍欲試又要撓他，趙瑜笑著鬆開她的手，瀟然走開，走到貨架邊，拿了個精緻的小花籃開始挑選貨物。

挑選了滿滿一籃子後，他把籃子放在青芷面前，滿面春風。「老闆，結帳。」

待霜月提著食盒從後面過來，發現青芷坐在櫃檯邊發呆，走過去一看，卻見到她面前放著一個打開著的錦盒，裡面整整齊齊擺滿了銀錠子。

她放下食盒，拿起一個銀錠子掂了掂，沈甸甸的，是十兩重的雪花官銀。這一盒總共二十五個，應該有二百五十兩了，便道：「娘子，現如今在京城裡還有人拿著這麼多現銀交易，可真罕見。」

青芷「嗯」了一聲，道：「先收起來吧，等掌櫃回來交給他。」

她實在弄不清趙瑜這是什麼套路，哥哥也不在京城，只能兵來將擋、水來土掩。

到了傍晚時分，她送幾位出手豪闊的女客出去，剛出門就看到溫書扶著祁素梅從馬車上下來，頓時心中歡喜，忙迎了上去。「素梅，妳怎麼來了？」

祁素梅笑著握住她的手，道：「妳是我的好友，妳的新鋪子開張，我怎麼能不來捧場？」

兩人攜手進了鋪子裡。

溫子淩正和掌櫃說話，見祁素梅進來，便笑著過來打招呼，又道：「青芷，妳難得見祁姑娘一面，何不邀請祁姑娘去家裡住幾日？」

他疼愛妹妹，想著鍾佳霖出了遠門，擔心青芷孤單，因此這樣建議。

青芷忙道：「素梅，我哥哥不在家，妳來家裡陪陪我吧！」

因為之前的情愫，祁素梅見到鍾佳霖往往有些尷尬，此時得知他不在家裡，當即答應下來。

祁素梅和青芷說話的時候，聽到溫子淩在一邊交代掌櫃生意上的事，頗有見地，便低聲跟青芷說道：「妳表哥做生意好像很厲害的樣子。」

青芷得意洋洋地誇讚道：「我這個表兄雖然年輕，卻很會做生意，宛州、京城都有生意，而且還有船來往江南做絲綢和瓷器生意。更重要的是，他雖然在生意場上混，卻潔身自好，從不亂來。」

聽青芷把溫子淩大大地誇讚了一番，祁素梅又看過去，卻發現溫子淩正在笑，當真是溫潤如玉，不禁心裡一動。

可是轉念一想，她又嘆了口氣——父親怎麼可能讓她嫁給一個商人？

想到這裡，祁素梅頓時心如止水。

用罷晚飯，青芷和祁素梅洗了澡，一起去後花園散步。

祁素梅興致勃勃告訴她。「青芷，告訴妳一個大快人心的好消息。」

青芷抬眼看向祁素梅，笑嘻嘻地抬手拍了她一下。「快說吧，別賣關子了！」

祁素梅這才道：「我把我表哥幹的那些齷齪事都告訴我姑父、姑母了，我姑父很生氣，請了家法狠狠打了我表哥一頓，又託人把我表哥外調到雲州去了！」

青芷聽了，點點頭，道：「調到雲州是件好事。你表哥跟著英親王，很容易被牽涉進皇位之爭，不如好好在西南邊疆經營幾年，待一切塵埃落定再說。」

前世她一直活到了趙瑜登基前，根本沒聽過韓正陽這個人，極有可能韓正陽因為牽涉過深，早早就丟了命。

這一世的韓正陽遠離政治漩渦，說不定能撈一個好結局也未可知。

祁素梅笑著攬著青芷。「喲，我的小青芷知道得還挺多的嘛！」

青芷不欲在這個話題上多聊，便問祁素梅。「那表嫂呢？跟著去任上嗎？」

祁素梅噗哧笑道：「我聽了妳的話，給表嫂出了個主意，讓她回娘家要了幾個粗壯婆子，帶著去雲州任上了，若是表哥再敢出去偷腥，直接搗衣棒伺候。」

想到一向好色的韓正陽挨揍的模樣，青芷不禁笑了起來。

臨睡前，她想起了鍾佳霖。不知道哥哥去邊塞做什麼了，有沒有危險……

鍾佳霖從來沒騎過這麼長時間的馬。

一路向西，趕到長安縣的時候，因為一直騎在馬上，雙腿已經被磨得快要失去知覺，但他習慣了忍受痛苦，一直沒有吭聲。

這一夜，他們一行人歇在藍田驛。

鍾佳霖匆匆洗了個澡，披著中衣坐在床上塗藥膏，塗罷藥膏就睡下了。

寅時就要出發了，只有兩個時辰休息，必須抓緊時間睡覺。

閉上眼睛，他聽著外面的呼呼風聲，默默想著。青芷在京城怎麼樣了？她和溫子凌的新分店該開張了吧……

似乎是剛閉上眼睛，他就被人叫醒了。「公子，該出發了。」

是護送他去西北金湯城的士兵。

這幾個士兵都是西北節度使穆喆的親兵。穆喆手握重兵，鎮守西北邊疆，是清平帝倚重的心腹。

這次清平帝暗中讓鍾佳霖前往西北，就是打算讓穆喆看看他，讓兒子得到穆喆的支持。

鍾佳霖心裡清楚清平帝的用意，也知道這場考察從自己出發的那一刻就開始了，因此一直小心謹慎。

聽到穆喆親兵喊他的聲音，他當即坐起來，伸手拿起床頭的茶壺，倒了一盞涼茶喝了，總算清醒過來，便下床穿衣。

等他日夜兼程趕到大宋西北最前線的金湯城，已經是三月下旬。

鍾佳霖騎在馬上，看著遠方漫天黃沙中矗立的石頭堡壘，緩緩吐出一口氣——終於到了！

鼎鼎大名的名將穆喆，初見卻像是一位文質彬彬的儒生。他早得了清平帝的叮囑，對鍾佳霖是恭謹中帶著親切，親自帶著他熟悉西北邊疆的一切，包括他在大宋與西夏的界河修築的堡壘，和他與西北地方官共同進行的邊民聯保制度，甚至還帶著鍾佳霖登上堡壘，遠眺金湯河西岸的西夏軍營。

在金湯城的半個月時間，鍾佳霖見識了很多，也學會很多東西，同時與穆喆也形成了亦師亦友的關係。

送鍾佳霖離開的時候，穆喆把兩封親筆書信交給他。「佳霖，這封信是給陛下的，務必幫我親呈給陛下；這封信是給內子的，請當面交給內子。」

鍾佳霖珍而重之地把信收好，拱手道：「穆世叔，請放心。」

說罷，他翻身上馬，一夾馬腹，在穆喆親兵的簇擁下向東南而去。

穆喆立在白楊樹下，靜靜看著越來越遠，漸漸消失在白楊黃沙中的一行人。

一旁陪著他的都是自己的心腹將領和幕僚。

他的親信幕僚走上前，輕輕道：「大帥，陛下這是什麼意思？難道真的要——」

穆喆微微一笑，道：「父母之愛子，則為之計深遠。即使是陛下，也是做父親的人啊！」

第八十一章

那幕僚低頭一想，心領神會，看向穆喆。「大帥已經做出選擇了嗎？」

穆喆笑容消失，神情嚴肅。「我忠於陛下，忠於大宋。」

他也有自己的私心，他希望自己的兒女、家族能夠延續今日的榮光，可是他更希望大宋能夠確定一個更強悍、更隱忍、更有能力的皇位繼承人，以帶領大宋走出如今的泥潭，變得強大無畏。

四周一片靜默，旗杆上的帥旗被風捲起，發出「嘩啦啦」的聲音。

櫻桃街新開的芷記香膏分店，生意一直興隆。

這些日子，青芷一邊忙碌，帶著李月明和兩個鋪子的掌櫃採買原料，同時指導兩家鋪子的女工和女夥計。

眼看著都要四月中旬，鍾佳霖還沒有回來，她漸漸有些著急了。四月十九，禮部要舉行複試，四月二十一就是殿試了，哥哥要是趕不上複試和殿試，那可怎麼辦？

轉眼間到了四月十八。

這日，青芷心裡煩躁，便沒有去鋪子，而是在家裡抄寫詩詞，以讓自己平靜下來。

她剛抄寫的時候，心裡還是很煩躁，可是抄著抄著，漸漸平靜了下來。

哥哥這次走得那麼急，一定是有極重要的事情，若是為了重要之事，耽擱了禮部的複試和殿試，這也是哥哥的選擇。既然如此，何必著急？

這樣想以後，她終於放鬆下來，重新蘸了些墨汁，開始抄寫黃庭堅的詩〈寄黃幾復〉。抄到那句「桃李春風一杯酒，江湖夜雨十年燈」，她只覺得心有所動，凝神思索。

春燕和霜月在一邊做針線陪著她。知道她心情不好，她們都不說話，只是默默做著活計，屋子裡靜悄悄的。

這時，外面傳來一陣急促的腳步聲，接著就是小廝喜孜孜的聲音。「娘子，公子回來了！公子回來了！」

青芷聞言，心中歡喜至極，當即起身便迎了出去。

滿身風塵的鍾佳霖大步流星進了內院，一見青芷便停下了，怔怔看著她，眼睛瞬間濕潤了。

青芷立在那裡，緊緊盯著鍾佳霖，打量著他，覺得他又長高了一些，變得又黑又瘦，輪廓卻更明顯，也更英俊了。

看著這樣的鍾佳霖，她覺得既熟悉又陌生，既歡喜又緊張，一下子不知道該作何反應了，只有一顆心怦怦跳。

春燕見狀，忙拉了霜月一起溜出去。

鍾佳霖大步走上前，一把抱起青芷，緊緊地抱在懷裡。

真的見到了青芷，他才知道自己有多想她！

青芷如今發育得好，胸部被勒得有些疼，忙伸手擰了擰鍾佳霖的臉頰。「哥哥，好疼，鬆開些。」

鍾佳霖這會兒也察覺到不對勁了，滿臉通紅地放下青芷。

青芷下了地，抬眼去看鍾佳霖，才發現不但他的臉變得黑裡透紅，連耳垂也紅了，不禁笑了起來，上前拉住他的手。「哥哥，咱們回房說吧！」

回房坐下之後，兩人都有些不好意思，屋子裡一下子靜了下來。

鍾佳霖聞到一股芬芳，抬眼一看，發現手邊的小几上放著一個玉青瓷美人觚，裡面插著一枝含苞待放的白月季花苞，便道：「我還要再出去一趟，晚上就回來了。」

他知道自己該去忙正事了，可是不知為何，總是捨不得離開。

青芷一直在打量他，聞言便道：「我吩咐人準備熱水，哥哥你先洗沐換衣服，然後再去見人吧！」

鍾佳霖答應了一聲，便去洗漱，泡了熱水澡，靠在浴桶上思索著。

他打算等一會兒先去見周靈，然後再去穆府送穆喆的家書。

青芷立在衣櫃前，挑選他的衣物。除了白綾中衣，她又挑選了一套月白色錦袍，搭配黑玉帶。

準備好潔淨的衣服，她這才走過去，隔著屏風道：「哥哥，我給你送衣服來了。」

鍾佳霖聞言，忙道：「稍等片刻。」

他沒入水中，這才道：「進來吧！」

青芷進去一看，發現鍾佳霖脖頸一下都沒入了水中，心裡覺得好笑，把要換的衣服襪履都放好之後，故意趴在浴桶邊緣調戲他。「哥哥，我給你搓搓背吧！」

鍾佳霖面紅耳赤，閉著眼睛。「快出去、快出去。」

青芷見他耳朵紅彤彤的，實在太可愛了，便伸手揪了揪他的耳朵，這才笑著起身出去。

聽到青芷的腳步聲越來越遠，鍾佳霖終於鬆了一口氣。「這淘氣丫頭……」

周靈已經知道鍾佳霖回京的消息，正在府裡候著，聽到小廝稟報鍾公子來了，忙道：「快請進來。」

一見到鍾佳霖，他便笑了起來。「嗯，曬黑了。」

鍾佳霖微笑。「內子也這樣說。」

他刻意強調「內子」這兩個字。

周靈聞言，定定看向鍾佳霖。

他知道清平帝讓鍾佳霖去西北見穆喆的用意，其中便有讓穆喆相看之意。

穆喆坐鎮西北邊疆，麾下有五十萬大軍，而鍾佳霖要得到穆喆的支援、和穆家結盟，最直接的方法便是聯姻——穆喆可是有兩個待嫁閨女的！

鍾佳霖迎上周靈的視線，眼神清澈而堅定。

周靈嘆了口氣，道：「佳霖，我這裡好說，我知道虞青芷是個好姑娘，可是陛下那邊，怕是不這樣想。」

鍾佳霖沈聲道：「周叔，這件事你不用管，我自有主張。」

聽了鍾佳霖的話，周靈有些擔心地看著他。

清平帝瞧著儒雅溫和，其實他若是真的如此，又怎麼可能從一個不受寵的皇子一步步走到天下至尊的位置？

不過鍾佳霖既然做了選擇，周靈便不再說什麼，直接道：「我先帶你去見陛下。」

清平帝是在周府書房見周靈和鍾佳霖的。

他有一段時間沒見兒子了，頗為牽腸掛肚，因此鍾佳霖一隨著周靈進來，他便一直盯著兒子看。

見他黑了、瘦了，卻有男子漢氣概，清平帝又是心疼、又是驕傲。「嗯，出了一趟遠門，佳霖更像個男子漢了。」

他和鍾佳霖雖然沒有挑明父子關係，可是父子都是聰明人，彼此心中明白，也不打算惺惺作態了。

鍾佳霖隨著周靈行禮，微微一笑，道：「這次出門，的確是增長了不少見識。」

清平帝頗感興趣。「佳霖，先坐下，好好說說，我很想聽聽。」又看向周靈。「你也坐下吧！」

鍾佳霖答了聲「是」，在清平帝手邊坐下，言簡意賅地把這次西北之行說了一遍。

清平帝聽得很認真，一邊聽，一邊詢問著。周靈在旁邊觀察著。

他發現鍾佳霖說話很有特點，總是一針見血地指出問題，一句廢話都沒有，卻能令人如身臨其境，頗有說服力。

而清平帝當年對髮妻鍾氏那樣冷酷無情，卻對唯一的子嗣疼愛有加，如果不出意外，清平帝應該已經確定選擇了鍾佳霖。

父子倆懇談一番之後，清平帝只覺得神清氣爽，笑道：「佳霖，是穆喆的人護送你回來的？」

鍾佳霖答了聲「是」。

清平帝當即看向周靈。「周靈，一會兒佳霖離開，你挑選幾個可靠的青衣衛精銳，以後貼身保護佳霖。」他頓了頓，接著道：「你尋個時間，把青衣衛的指揮權交給佳霖吧！」

周靈聞言，大吃一驚，面上卻是不顯，當即起身恭謹地答了聲「是」。

青衣衛是天子暗衛，其首領一般由皇帝親信擔任，直接向皇帝負責，在大宋朝廷具有舉足輕重的地位。

清平帝靠著椅背，手指在黃花梨木小几上敲了敲，道：「佳霖年紀小，一時怕不周全，你先帶他三個月。」

周靈答了聲「是」。

清平帝看向鍾佳霖，眼神變得慈愛起來。「佳霖，明日禮部複試，複試罷你就去接管青衣衛。」

鍾佳霖神情平靜，答應了。

周靈安排了人護送鍾佳霖離開，當即回來向清平帝回話。

清平帝放鬆地倚在錦緞靠枕上，旁邊的香爐焚著沈水香，香氣宜人。旁邊，大太監和雨靜靜侍立著。

清平帝清瘦的臉漾出微笑來，輕輕道：「周靈，朕的兒子不錯吧？這孩子是做大事的人，還不到十七歲，臨大事不慌張，心裡也能藏住事，好好栽培，將來定能青出於藍，而勝於藍。」

他其實不知道怎麼做一個父親，面對鍾佳霖的時候，只是一味付出；反倒是鍾佳霖不在眼前了，他卻能對著親信周靈誇獎自己的兒子。

周靈是做父親的人，很能理解清平帝一片愛子和護短之心，當即笑道：「陛下，佳霖像您。」

清平帝覺得周靈稱讚得還不夠具體，意猶未盡地道：「佳霖生得可是比朕年輕時好看，比朕更英俊，個子也更高……就是太瘦了。」

周靈與和雨都是清平帝最親近的親信，自是瞭解他，雖然都不是善於阿諛奉承的人，卻也都勉力把鍾佳霖給全方位地誇了一遍，同時含蓄地誇了清平帝。

清平帝聽得神清氣爽，心道：怪不得人人皆愛聽奉承話，朕一直以為自己與眾不同，深諳「良藥苦口利於病，忠言逆耳利於行」的精髓，如今才知，奉承話、好聽話聽著真的讓人身心暢快啊！

等鍾佳霖回到家，已經是深夜了。

霜月還沒有睡，迎了鍾佳霖進來，低聲道：「公子，娘子等不著您，已經睡下了。」

鍾佳霖輕輕「嗯」了一聲，在青芷住的臥室外面頓了頓，然後掀開紗簾，輕手輕腳地走進去。

青芷的臥室靜悄悄的，流蕩著淡淡的花香，夾雜些微墨香。

鍾佳霖走到床邊，掀開紗帳，就著床頭的白紗罩燈，發現她睡得正香，臉頰白裡透紅，嘴唇嘟著，可愛得很。

他湊過去在青芷唇上輕輕吻了一下，只覺得暖軟溫香，心都要醉了，忙悄悄移開，合好紗帳，熄滅了白紗罩燈，這才躡手躡腳地離開。

第二天清晨，鍾佳霖正準備去禮部參加複試，聽到北暗間臥室的動靜，當即道：「青芷，我先出去了，妳不用急著起來，再睡一會兒吧！」

青芷在屋子裡答了一聲，卻穿著寢衣出來了。

鍾佳霖正要離開，見她長髮有些亂，便伸手理了理，柔聲道：「還早著呢，去睡吧！」

他怎麼看青芷怎麼喜歡，青芷這會兒睡得長髮紛亂、眼皮浮腫，可是他心裡只覺得憐惜憐愛，頗想把她變成小人，貼身放在胸前，免得她被人欺負。

青芷見鍾佳霖收拾得乾淨清爽，笑嘻嘻地道：「哥哥，我知道了，你快走吧！」

鍾佳霖離開之後，她也睡不著，便起來了。

今日鍾佳霖要進宮參加禮部主持的複試，她心裡有些不平靜，便沒有去鋪子，而是去後花園擺弄那些花花草草。

祁素梅知道今日是禮部複試的日子，一大早就過來陪青芷。

兩個好友在一起，總是有說不完的話，無論做什麼都有趣味。

青芷見後花園裡繁花盛開，美不勝收，便讓春燕去拿了兩個玉青瓷花瓶過來，她和祁素梅一起提著花籃，用竹剪剪了一籃子花花草草，在後花園小亭子裡坐著，春燕和溫書在旁煮水沏茶，她和祁素梅各自修剪花卉插花。

青芷特地選了白月季、黃玫瑰和玉白色的西域桔梗；祁素梅選了紅玫瑰、白玫瑰和黃蒿，兩人一邊飲茶吃茶點，一邊說著話，很是溫馨安逸。

眼看著快到中午了，青芷正吩咐霜月去廚房安排午飯，小廝一溜小跑地進來稟報。「娘子，表公子來了，似乎有急事。」

青芷忙看向祁素梅，笑盈盈地道：「素梅，妳要不要見見我表哥？」

大宋朝的男女大防沒那麼嚴重，不過這是家宅內院，怕她在意。

青芷知道祁素梅一向光風霽月，可她總覺得溫子凌和祁素梅在一起也不錯，有心撮合，因此特地開口詢問。

祁素梅笑了。「妳表哥我不知道見過多少次了，用不著迴避。」

她見過溫子凌很多次了，對這個俊秀能幹的年輕人印象很好。

青芷聞言，簡直心滿意足，忙吩咐小廝。「請表哥來後花園吧！」

溫子凌很快就大步走了進來。

他走得太急，臉上有些脹紅，渴得難受，見青芷面前擺著一個玉青瓷蓮花茶盞，裡面盛著澄碧的茶水，便隨手端起來一飲而盡，挑眉看向青芷。「什麼茶？又苦又甜又涼的。」

青芷笑咪咪地端起蓮花壺又給他斟滿。「用槐花蜜調和的薄荷蓮芯茶，最是清熱去火，你再喝一杯吧！」

溫子淩實在太渴，用青芷的茶盞連飲了三盞，這才整理衣袍，微微一笑，向祁素梅拱拱手權作見禮。「祁姑娘，好久不見了。」

祁素梅一直在觀察溫子淩，見他頭戴玉冠，身穿雨過天青色袍子，顯得風度翩翩，很是清雅，絲毫不顯一般商人的市儈氣，心中暗自喜歡，起身含笑回禮。

溫子淩打橫坐下來，看向青芷。「青芷，想不想去江南開分店？」

青芷又斟了一盞茶給他，才道：「表哥，你說說具體情況吧！」

溫子淩思索著從何說起，片刻後道：「我在杭州原有一幫生意上的朋友，這幾年一直在合夥做生意——我把瓷器運過去，從杭州販了絲綢布疋回北方——也算是合作多年。如今我和兩位朋友打算在杭州開一家瓷器店，專門賣咱們的玉青瓷，我過來正是要和妳商議，要不要一起開個芷記香膏的分店？」

青芷聽了，笑了起來。「哥哥，我覺得這個主意挺好，以後你的瓷器店開到哪裡，咱們的芷記香膏鋪就開到哪裡，倒也省得再費二次功夫了。」

溫子淩沈吟了一下。「銀子還是由我出吧！」他擔心青芷手裡銀子不湊手，因此特地把話說在前面。

青芷知道表哥體貼自己，心中感動，笑盈盈地道：「表哥，你放心，哥哥近來發了一筆小財，我手裡如今很是寬裕，咱們還是按照老規矩來，不能老是讓你吃虧。」

溫子淩笑了起來，直接和青芷商議起具體的步驟。

祁素梅在一邊仔細聽著，發現溫子淩思維縝密、心思細膩，既慮事周全，又有擔當，是個能做大事的人。

兩人商議完畢，見霜月和春燕提著食盒過來了，便不再談生意上的事。

為了照顧祁素梅的口味，今日的菜色大都清淡，其中有一道高湯菜心，正是鍾佳霖喜歡吃的菜餚，青芷嚐了嚐，覺得味道不錯。哥哥若在家裡，一定會喜歡，便嘆了口氣道：「哥哥在宮裡參加複試，不知道怎麼樣了……」

溫子淩知道青芷喜歡酸辣口味的菜餚，便給她盛了一碗泡椒魚頭湯遞了過去，然後道：「青芷，我打聽過了，所謂複試，只是讓禮部的官員檢查一遍，看有沒有歪瓜裂棗或者狗屁不通的人混進去？佳霖生得好，又那麼聰明，一定沒問題的。」他不待她答話就轉移了話題。「我瞧妳家門房多了好幾個新人，一個個瞧著像是練家子，眼睛都亮得出奇，若不是有春溪在，他們不知道要盤問我到什麼時候呢！」

青芷想起鍾佳霖早上臨走前提過一句，便解釋道：「這些人是周大人為了保護哥哥，特地選派來的。」

溫子淩如今算是投到周靈門下，聽說是周靈派來的，便不再追問，而是道：「青芷，既然如此，以後妳出門就讓他們跟上，到底安全些。」

青芷點頭答應了。她雖然不怕趙瑜，可是趙瑜老是纏著她，也挺煩人的。

這次複試由禮部主持，是在皇宮的保和殿舉行，只有通過了這次考試，他們這些通過會試的貢士才能參加皇帝親自主持的殿試。

複試的題目並不難，鍾佳霖看著自己抽中的這道題目，思緒轉動，默默準備著答案。

他已經發現了，這次複試主要是由以禮部尚書為首的官員來看看這些貢士的真實水準，看有沒有奇葩之人混在裡面，題目容易得很。

排在鍾佳霖前面的貢士滿面春風地走了出來。

聽到官吏唸出自己的名字，鍾佳霖當即走了進去。

新任禮部尚書王治看著自己的得意門生進了保和殿，不由微笑起來，得意地掃了一眼旁邊坐著的其他幾位官員，心道：別說王某偏心，單佳霖這清俊的容貌、這通身的氣派，這些貢士，哪個又能比得上？

複試在上午就結束了，下午還要留下學習面聖的禮儀，因此按照規定，這些參加複試的貢士午飯是要在宮裡用的。

鍾佳霖和蔡羽自然是待在一起。

他們正要隨著隊伍去用午飯，鍾佳霖卻被人拉住了，他抬眼一看，見是跟在清平帝身邊的太監和雨，便拱了拱手。「和公公。」

和雨看了蔡羽一眼。

清平帝命他調查過鍾佳霖身邊的人，他自然認識蔡羽，不過鍾佳霖沒有發話，他也不敢把蔡羽也帶過去。

鍾佳霖倒是笑了。「自己人。」

和雨知機，便笑咪咪地道：「佳霖，那邊備了午膳，主子讓咱家請您過去。」又含笑看向蔡羽。「蔡公子，也賞光一起去吧！」

蔡羽心裡正納悶著，不過他早打算和鍾佳霖共進退，因此當即答應了。

第八十二章

和雨帶著鍾佳霖和蔡羽分花拂柳，穿過幾重院落，終於到了竹林深處的湖邊。

湖邊有一座水榭，三人沿著白色鵝卵石鋪就的小路向水榭走去。

路邊都是鬱鬱蔥蔥的竹林，風吹竹林，颯颯作響，鳥鳴時在耳畔響起，可是蔡羽渾身的寒毛都豎了起來，總覺得四周隱藏著莫名的危險。

他伸手拉了拉鍾佳霖，以目示意。

鍾佳霖微不可見地一笑，示意無事，湊近蔡羽，用極輕的聲音道：「等一會兒好好表現。」

說罷，他隨著和雨登上階梯，進了垂著碧色紗簾的水榭。

蔡羽心中狐疑，跟著走進去。

水榭裡擺放著整套的黃花梨木家具，清雅華貴，一股清淡香氣在空氣中流蕩，像是竹葉清香，又像是清晨湖面上的香氣，煞是好聞。

和雨稟報道：「主子，佳霖來了。」

屏風後低低應了一聲，片刻後，兩個太監攙扶著一個穿著素白袍子的中年人出來。

那中年人示意攙扶他的人鬆開手，含笑看向鍾佳霖。「佳霖，你來了。」

鍾佳霖躬身行禮，又介紹蔡羽。「世伯，這是我的好友蔡羽。」

蔡羽打量著眼前這個高眺孱弱的中年人，發現這中年人瞧著有幾分熟悉，低頭一想，心中不由一凜——這中年人和佳霖是什麼關係？怎地生得如此相像？

他心中驚疑，面上依舊平靜，恭謹地拱手行禮。「晚生蔡羽見過世伯。」

清平帝自然知道鍾佳霖這位好友，當即笑著打量他，見蔡羽生得劍眉星目、器宇軒昂，心中很是喜歡，便道：「都坐下吧！」

分賓主坐下之後，清平帝與鍾佳霖絮絮聊著。

蔡羽坐在一邊，觀察著這位「世伯」和鍾佳霖的互動，發現鍾佳霖甚是平靜，有一答一，並沒有親近之意；而這位「世伯」似乎犯了病痛，臉色蒼白，聲音低弱，可是眼睛看著佳霖，滿是歡喜。

他的視線落在「世伯」的素白袍子上，發現是白底銀紋，再一看，這袍子的材質居然是緙絲，不由吃了一驚。

要知道，自前宋以來，緙絲一直是皇家御用織物，常用以織造帝后服飾，有「一寸緙絲一寸金」和「織中之聖」的盛名。

蔡羽意識到這位「世伯」的身分不同尋常，便一邊傾聽「世伯」和鍾佳霖的談話，一邊暗自觀察著，這才發現他後面的黃花梨木博古架上放著幾個擺件，都是極珍貴的翡翠，個個都是珍寶。

到了此時，他已經猜到這位「世伯」的真實身分，一顆心怦怦直跳，都快要從胸腔裡跳出來了，終於明白鍾佳霖要他「等一會兒好好表現」的用意。

不多時，一個端莊秀麗的女官進來，柔聲通稟。「午膳已經擺好了。」

清平帝含笑看向鍾佳霖。「佳霖，你來扶著我吧！」

鍾佳霖「嗯」了一聲，果真起身扶著清平帝往後面的臨水閣去了。

和雨給蔡羽使了個眼色，也都跟了上去。

用罷御膳，鍾佳霖又服侍著清平帝服了湯藥，見清平帝躺在榻上合目養神，便坐在榻邊陪著。

清平帝伸手握住鍾佳霖的手。

他的手潮濕冰冷，而鍾佳霖的手溫熱乾燥，可是父子兩人的手形卻是極像的，都是修長瘦削。

鍾佳霖覺出清平帝手心有冷汗，拿出帕子，認認真真地擦拭了清平帝左手和右手的手心。

清平帝實在難以支撐了，合著眼睛，輕輕道：「佳霖，你去吧……」

回到保和殿，蔡羽見貢士們已經排著隊，預備開始跟著禮部的官員學禮儀，便拉著鍾佳霖一溜煙地過去，站在隊伍後面。

一直到傍晚時分，兩人才騎著馬離開。

蔡羽跟著鍾佳霖回了鍾宅。

兩人進了外院書房，先脫去外衣，然後用香胰子洗手。王春雨奉了茶就下去了。

飲了一口清茶後，蔡羽這才笑了起來。「佳霖，今日咱們見的『世伯』，是你的父親吧？」

鍾佳霖「嗯」了一聲，繼續立在盆架前用薄荷香胰子洗臉。

蔡羽跳了起來，圍著他團團轉。「佳霖，你這位親爹怕是天下第一人吧？」

鍾佳霖拿起潔淨帕子拭了拭，又「嗯」了一聲。

蔡羽歡喜得很，哈哈大笑起來，笑夠之後又湊到鍾佳霖身前，細細打量他，又笑了起來。「佳霖，我以前只覺得你長得好，是個完美的小白臉。現在我再看你，就覺得你長得龍章鳳姿，清貴至極，標準的龍子鳳孫長相！」又問道：「佳霖，青芷知道嗎？」

鍾佳霖由著他瘋，自顧自走過去，端起茶盞飲了一口，才道：「青芷不知道，我不想打亂她的步驟，以後再說吧！」也不等蔡羽說話便轉了話題。「殿試罷，你想去哪裡？是留在京城，還是去地方？」

蔡羽在鍾佳霖旁邊的圈椅上坐下，認認真真道：「佳霖，我是你的兄弟，自然要追隨你了。你若是有志於那個位置，軍隊就很重要，我去西北金湯城或者東北的遼河城吧！」

鍾佳霖清凌凌的雙目看向蔡羽。「你確定？」

蔡羽眼睛亮晶晶的，笑容燦爛。「我確定。」他的笑容忽然變得狡黠起來。「佳霖，當年令尊是透過聯姻得到軍隊的支持，你如今就不用了，兄弟我去替你經營。」

鍾佳霖笑了起來，抬手在蔡羽腦袋上拍了一下，這才道：「你去金湯城穆喆軍中吧！」

兩人在外院說話，小廝春溪過來稟報徐微來了。

聞言，鍾佳霖不禁笑了。「他是自己人，以後再來不必通稟，直接請他進來就是。」信者不疑，他既然已經把徐微納入麾下，就得把徐微當自己人看待。再說以後徐微要處理他身邊這些瑣事，能夠自由進出鍾宅才方便。

話音未落，徐微帶笑的聲音就響起了。「佳霖，我已經跟著進來了！哈哈。」

三人本是同窗好友，如今相聚，自然要在一起喝一杯了。

安頓好蔡羽和徐微，鍾佳霖尋了個機會吩咐王春雨。「你去後面和娘子說一聲，就說今晚家裡有客。」

王春雨不禁笑了。「公子，娘子已經吩咐廚房準備酒菜了。」

鍾佳霖見青芷如此賢慧，心中又是歡喜、又是驕傲，一時難描難畫。

他一向看待青芷，都是覺得她又嬌、又小、又天真，須得自己好好呵護疼愛，誰知青芷才十六歲卻如此能幹，每每把家事處理得妥妥當當，怎不教他驕傲？

他眼中含笑，覺得心中有好多話要交代青芷，思索片刻，才又吩咐王春雨。「那你去和她說一聲，就說複試已經過了，讓她不要擔心。」

王春雨心中暗笑，答應了，自去內院傳話。

青芷本來擔心著，聽了王春雨的回話，當下笑了起來。「太好了！」

禮部的複試既然過了，那就只剩下四月二十一這日的殿試了。

她特地讓祁素梅打聽過，知道大宋朝立國百年，還未曾出現通過複試的貢士在殿試中落第的情形，因此並不擔心殿試。

第二天，鍾佳霖早早就起來了。

洗漱罷，他見窗前的花瓶裡插著一蓬碧綠的薄荷，瞧著很是舒適，便拿了本穆喆贈送的行軍手記，坐在窗前認真讀著。

正看得入神，卻聽到了一陣熟悉的腳步聲——是青芷來了。

他抬頭看了過去。「青芷，進來吧！」

青芷一手端著托盤，一手掀起門上的紗簾，笑盈盈地走了進來。「哥哥，我有事要問你呢。」

鍾佳霖眼神溫柔。「說吧！」

她把盛著茶壺和茶盞的托盤放書案上，這才道：「咱們家裡不是新來了十六個人嗎，領頭那個是叫秦臻吧？」

鍾佳霖點點頭，見她還沒梳髮髻，烏黑的長髮垂在身前，略有些凌亂，便伸手理了理，低聲道：「這十六個人頗有些本事，秦臻是他們的頭目，還有一個副頭目叫梁森鬱，妳有什麼事就直接吩咐秦臻或者梁森鬱就是。」又道：「我已經吩咐過了，以後妳每次出門，都由秦臻或者梁森鬱帶人跟著。」

他的神情漸漸變得凝肅起來。「青芷，以後情況會越來越複雜，妳出門會……會變得危險，切記要帶著秦臻他們。」

青芷難得見他這麼嚴肅，想起趙瑜的糾纏，倒是沒有反駁，鄭重地答應了，端起茶盞遞給鍾佳霖。「哥哥，你愛喝的毛尖，正是最好喝的第三道。」

鍾佳霖接過茶盞飲了一口，隨口道：「第一道和第二道呢？」
青芷笑得眼睛彎成了月亮。「被我喝掉了。」
鍾佳霖睨了她一眼，笑了起來，把茶盞裡剩下的茶一飲而盡。
青芷一直覺得鍾佳霖的笑很好看，令她心跳有些快，突然不敢再看，移開視線道：「哥哥，這麼好的茶你卻是牛飲，真是。」
鍾佳霖想起她喝茶只是因為不愛喝白開水，一向都是牛飲，又是一笑，語氣親暱。「說得好像妳喝茶就是細細品味一樣。」
若是外人在場，他一定會細細品茶的，只是他早上喝茶是要醒神清腦，因此就不講風度地牛飲了。
青芷也笑了。她和哥哥在外人面前還是可以裝裝風雅的，可若只有他們兩個人，就都原形畢露了。
鍾佳霖端起空茶盞送到青芷面前，她自然而然地拿起茶壺，又斟了一盞茶。
「今天妳要出門？」
青芷「嗯」了一聲，道：「我去櫻桃街和延慶坊兩個鋪子轉一遍，沒事就回家。」
鍾佳霖正要說話，小廝就來通稟，說蔡羽和徐微過來了，正在外院書房等著。
青芷忙道：「哥哥，他們來這麼早，怕是還沒用早飯，我索性把你的早飯也都送到外書房，你們三個一起用吧！」
鍾佳霖笑著點點頭，又陪她說了會兒話，這才起身去了。

轉眼間就到了四月二十一日。

剛過寅時，天還沒亮透，青芷就乘了馬車，送鍾佳霖到了皇宮外面。

蔡羽已經提前在那裡等著，正翹首期盼，見鍾佳霖攜了青芷過來，便笑著迎了上去。

「佳霖、青芷。」

這時又有幾個貢士走過來和鍾佳霖攀談，青芷覺得不方便，便乘車離開了。

鍾佳霖自有一種卓然出眾又令人親近信任的氣質，很容易就成了眾人的中心，被好些人圍在一起談天說地，緩解緊張打發時間，不知不覺就到了進場的時候。

這次的指引宦官居然是和雨。

和雨引著以鍾佳霖為首的眾貢士，排隊進入殿試的太和殿。

進行贊拜行禮的時候，聽到那聲似曾相識的「平身」，蔡羽忍耐不住，悄悄用眼角餘光看了過去，發現端坐在御座上的至尊至貴之人，的確是那日見過的「世伯」、鍾佳霖的親爹！

這下子他剩餘的那點緊張一掃而空，整個人都沈靜了下來。

按照往年殿試的規矩，貢士們行罷禮，皇帝就要去上早朝了，今日不知為何，清平帝一直端坐在御座上，並沒有離開之意。

負責殿試的官員心中惴惴，更加小心謹慎。

太和殿裡擺滿了書案，貢士們各就各位，等待著發卷。

試卷發下之後，鍾佳霖看了，發現是一道策論題，而且這個題目清平帝和他討論過。他不由抬頭看向前方。

清平帝一直凝視著鍾佳霖，見兒子終於知道看自己一眼了，心裡美滋滋，笑咪咪地微微頷首。

鍾佳霖垂下眼簾，一邊磨墨，一邊默默思考答案。

清平帝端坐在御座上，凝望著端坐在書案後的兒子，心中著急。佳霖這孩子怎麼回事，別人都開始寫了，他還在磨蹭什麼？

和雨在一邊侍奉，見清平帝臉色越發蒼白，知道他的身體難以支撐，便湊過去低聲道：「陛下，奴才覺得，您這樣看著的話，佳霖怕是有些緊張……」

清平帝一愣，再看鍾佳霖，發現他果真還在凝神思索，心裡便有些慌，擔心自己在場影響了佳霖的發揮，當下便輕輕道：「既然如此，朕就先回去吧！」

太和殿中的貢士們有的奮筆疾書，有的凝神思索，大殿內滿是沙沙聲，並沒有人注意到清平帝的離去。

鍾佳霖心中計議已定，抬手攤平紙張，提筆蘸了墨汁，開始書寫策論。

他一鼓作氣，奮筆疾書，不知不覺就到了午時。

寫下最後一筆的同時，他正好聽到午時的鐘聲。

和雨擺了擺手，禁軍提了食盒進來，逐一發放午膳。

用罷午膳，鍾佳霖把底稿修改了一遍，開始抄寫。

清平帝服了藥之後，略歇息一會兒就又過來了。

這時候，貢士們已經陸續開始交卷。

鍾佳霖抄寫好試卷，最後又檢查一遍，確定無礙，這才舉手示意。

和雨見狀，忙一溜小跑地過去，親自接過鍾佳霖的試卷，麻利地封好姓名，直接呈到了清平帝面前。

有的貢士已經交罷試卷，正在收拾筆墨，見皇帝身邊的大太監居然親自下來收卷子，而且直接呈給皇帝，都有些詫異，不過轉念一想，鍾佳霖是會試第一，皇帝關注他也算正常，便不再多想。

鍾佳霖交罷試卷，按照禮部官員教授的禮儀，端端正正施了個禮，便退了出去。

蔡羽也交了卷子，和鍾佳霖一起出去了。

引領他們出去的小太監是和雨的乾兒子，沈默寡言，一句閒話也沒有，直接引著兩人出了宮門。

鍾佳霖一出宮門，就看到了徐微、秦臻和王春雨等人。

幾人迎上前去，秦臻行了個禮。「主子，娘子在家親自下廚，等著您回家呢。」

鍾佳霖含笑看向蔡羽和徐微。「走吧，今晚不醉不歸。」

蔡羽朗聲道：「什麼不醉不歸，是一醉方休，今晚就住在你家外書房！」

三人說笑著，各自上了馬，在秦臻等人的簇擁下往鍾宅方向去了。

青芷早備了鮮花、時鮮果品、上好清茶、精緻小菜和桂花酒等著他們。

小廝在門口張望，見鍾佳霖騎馬回來，忙跑回來稟報。「娘子，公子和徐公子、蔡公子一起回來了。」

青芷笑盈盈地起身，吩咐王春雨和霜月。「走，咱們去迎接。」

鍾佳霖在自家門前下馬，把韁繩遞給王春雨，和蔡羽、徐微一起進了大門。

他剛進二門，便看到青芷帶著人迎了出來，不由笑了——他看出青芷是精心妝扮過的，雲鬢蓬鬆珠圍翠繞，眉眼如畫唇色嫣紅，穿上繡著花開富貴的大紅褙子，繫了條雪白步步登雲裙，美麗嫵媚，猶如畫中仙子。

青芷當著人還是很有禮的，先端端正正行禮，然後笑容燦爛地接過春燕遞來的玉青瓷酒盞。「哥哥，先飲一盞桂花酒，祝哥哥金榜題名，貴不可言。」

鍾佳霖看青芷，覺得她像小孩子裝大人，接過酒盞一飲而盡。「借妳吉言。」

青芷甜蜜蜜一笑，又接過一盞奉給蔡羽。「蔡大哥，也請你飲一盞桂花酒，祝你榜上有名，富貴榮華。」

蔡羽接過酒盞，看著她花般的笑顏，心裡暖洋洋的，卻想起如今青芷已經嫁給了鍾佳霖，便舉起酒盞飲下，把心中的話用這甜蜜的桂花酒沖了下去，嚥進了子裡。

青芷的第三杯酒遞給了徐微。「徐三哥，請飲下這盞桂花酒，祝你早生貴子，鵬程萬里。」

徐微有些羞澀地接過酒盞一飲而盡，對著青芷亮了亮杯底，倒是沒說別的。

把三人安頓在外院書房之後，青芷笑盈盈地道：「哥哥，你今日辛苦了，今晚就好好放鬆吧！」

說罷她對著鍾佳霖眨了眨眼睛，笑著離開了。

剛考完殿試，哥哥也需要好好放鬆一下，她就不在這裡打擾了。

前世一直到她去世，哥哥都沒有娶妻，房裡也沒有放人，正處於血氣方剛時候，日子過得實在枯燥清苦。

這一生有她照料，一定要哥哥輕鬆適意！

鍾佳霖總覺得青芷方才的笑容似乎怪怪的，卻又說不清哪裡怪，心中納悶，就先進去更衣洗漱去了。

蔡羽換了衣服出來，才發現外書房內是鮮花果品、美酒佳餚齊備，青芷還請來了琴師和歌姬，正在偏房內候著他們。

見那三個唱曲的歌姬生得都頗為美貌妖嬈，蔡羽不禁笑了，直接去見鍾佳霖。

鍾佳霖已經換了衣服，正用薄荷香胰子洗臉，王春雨在一邊服侍。

蔡羽一進去就笑道：「佳霖，你家青芷是怎麼回事，還給咱們預備了美貌歌姬。」

鍾佳霖接過潔白的手巾拭去臉上的清水，黑泠泠的眼睛淡淡看向王春雨。

王春雨嚇了一跳，結結巴巴地道：「公子，都……都是清……清倌人……是娘子命秦……秦大哥請回來的……說讓服侍公子……」

鍾佳霖濃秀的眉頭皺了起來。

蔡羽噗哧笑了。「佳霖，原來青芷如此賢慧啊！哈哈哈！」

鍾佳霖一臉無語。

青芷一路回到房裡，雖是歡喜，心裡卻莫名有些空落落的，也說不清為什麼？

她走到書案前，隨手拿了一本書，可坐在書案後又對著書案上的白紗罩燈看了起來。

春燕進來，見她要讀書，便笑著問了一句。「娘子，妳在讀什麼書呀？是不是很有意思？」

青芷聞言一愣。她坐在這裡好一陣子了，可是面前的這本書一頁都沒翻，還是方才那一頁。

她抬手拍了拍腦袋，試圖讓自己清醒一些。「一本舊書罷了，沒什麼意思。」

她把書合上，站了起來。

春燕問道：「姑娘，廚房的孫嬤嬤讓小丫鬟過來，說晚飯備好了，這會兒要不要把晚飯給您擺上？」

青芷沒有食慾，便懶懶道：「我不太想吃飯，妳們用了罷，不必管我，我去後面園子散會兒步。」

霜月一直立在一邊，聞言便道：「娘子，我跟您過去。」

青芷擺了擺手，徑直往外走。「我想自己一個人待一會兒。」

四月下旬的京城，春天已走，初夏來到，滿園的月季正盛開，雪白、粉紅、淺紫、大紅的，青芷一進園子，就聞到了撲鼻的花香。

她先在園子裡轉了一圈，最後在小亭子裡坐下來，倚著欄杆，整個人彷佛陷入垂下來的絲絲縷縷藤蔓中，看著夜色漸漸籠罩整個園子，一顆心似沈入幽深古井中，冷得難受。

今日，哥哥殿試完畢，她安排了嬌豔的清倌人伺候，原本覺得自己一定會很欣慰的，可是最後不知為何，她還是難受了。

這種感覺，她並不陌生。

前世時，趙瑜決定迎娶李雨岫，她就是這樣默默在玫瑰園坐到了半夜。

後來，趙瑜不停地納新人，英親王府的後院環肥燕瘦、美女環繞，青芷漸漸也就適應了。

對，總會適應的……

想到這裡，她苦笑了一下。

今夜沒有月亮，花園沒有燈，光線越發黯淡。

青芷正想著心事，忽然聽到一陣腳步聲，心裡一驚，忙大聲道：「誰？」

「青芷，是我。」是鍾佳霖的聲音。

青芷心裡一鬆，很快又提了上來。「哥哥，你怎麼沒在外書房陪蔡羽他們？」

鍾佳霖緩步走了過來，在她面前停住腳步，好似漫不經心地道：「我嫌他們吵得慌，讓他們帶著琴師和歌姬回自己住處鬧去了。」

青芷一顆心彷彿浸入了溫潤的春水中，暖洋洋的，舒適極了。

她仰首看著鍾佳霖。「那我給你請的那位歌姬呢？」

「我不好那個。」鍾佳霖看向青芷光潔的小臉和寶光璀璨的大眼睛，語氣平靜。「有些晚了，咱們也回去歇下吧！」

青芷喜孜孜地答應了，正要扶著欄杆起來，卻「哎喲」了一聲，沒站起來。

鍾佳霖忙湊近道：「怎麼了？」

青芷的聲音裡不由自主有些撒嬌的意味。「哥哥，我腿麻了……」

鍾佳霖輕笑一聲。「我揹妳回去吧！」

夜色深重，花香馥郁，青芷趴在鍾佳霖背上，湊到他頸後嗅了嗅，忽然道：「哥哥，我喜歡聞你身上的味道……很好聞……」

鍾佳霖微微笑了，柔聲道：「妳喜歡聞就多聞唄。」

青芷從善如流，湊過去用力吸了一口，故作陶醉道：「嗯，童男子的體香，果真與眾不同啊。」

夜色中，鍾佳霖的臉有些熱，心卻有些甜，腳步越發輕快。

他想揹著背上這個人，慢慢走，慢慢走，走過這一生一世……

第八十三章

四月二十六日，是朝廷宣佈殿試結果的日子。

按照大宋朝的慣例，皇帝會親自宣佈一甲的三個人，剩餘的進士名單就由二甲第一名傳臚來宣讀，被稱為「傳臚大典」。

傳臚大典後，禮部尚書奉皇榜送出，至東長安門外張掛在宮牆壁，這就是所謂的金榜題名。

而對這些新科進士來說，接下來要進行的便是跨馬遊街，傳說中，無數的榜下捉婿往往發生在跨馬遊街之後，京城未曾訂親的高門閨秀看中了哪位新科進士，可以直接向父母提出，由父母出面尋官媒人提親。

這日一大早，鍾佳霖和蔡羽穿著禮部統一安排的服飾，早早就進宮了。

蔡羽候在太和殿外，原本有些緊張，可是一看最前面的鍾佳霖挺直的背脊，又平靜了下來——他蔡羽也是有靠山的人了！

這樣一想，他不禁笑了起來。

別的進士卻沒這樣平靜了，雖然竭力保持風度，可還是有人不停擦汗，還有人不停地抖腳，甚至還有人一直打嗝。

不知道過了多久，大太監和雨終於走出來，宣佈清平帝的口諭。「宣鍾佳霖、江玉蓀、鄭越、蔡羽……進殿。」

鍾佳霖理了理衣冠，走在最前面，帶著其餘三個人隨著指引太監進入太和殿。

行罷禮，鍾佳霖平靜地立在那裡，接受左右文武重臣的審視。

蔡羽站在第四位，他心跳得有些快，腿有些軟，可心裡明白，如今打量自己的這些人，可都是大宋王朝位高權貴的那些人，自己一定得好好表現。

他悄悄看向鍾佳霖，見他如翠竹般靜靜挺立，漸漸也放鬆下來。

清平帝含笑看著站在最前方的鍾佳霖，心裡滿是驕傲——這麼多大宋最優秀的兒郎站在一起，最英俊、最清雅的還是朕的獨生子！

他輕輕咳了一聲，道：「朕宣佈本科進士一甲，狀元江玉蓀，榜眼鄭越，探花鍾佳霖。」

蔡羽先是一慌，接著很快就明白了，自己應該是第四名傳臚。

傳臚大典後就是新科進士的跨馬遊街了。

所謂的跨馬遊街是狀元帶領各位新科進士叩謝皇恩之後，進士們按照名次騎馬經過御街。

御街兩側是張燈結綵、熱鬧非凡，街邊全是人，就連臨街的二樓也都是人，而且基本都是女孩子，各種鮮花果子、香囊荷包帕子都砸了過來。

鍾佳霖是約定俗成為新科進士中的美男子才能擔任的探花郎，這些鮮花果品荷包之類大都是砸向他。

看著清俊的探花郎，面無表情地抬手擋住那些雨點般飛過去的鮮花香囊，街道兩邊的百姓都拍手跺腳，哈哈大笑，氣氛熱烈到了頂點。

到了晚上，周靈帶著鍾佳霖來到青衣衛大堂做了交接便離開了。

青衣衛大堂內燈火通明，雖然好幾百人聚在裡面，卻鴉雀無聲，只有鍾佳霖翻看手上名冊的嘩嘩聲。

他看得極快，很快就把手上這本名冊翻看了一遍。

到目前為止，青衣衛在冊人數一共是四千六百二十七人，只有六百六十二人留守京城，其餘散在大宋各地及四周的鄰國西夏、遼國、高麗和東越。青衣衛共有珠寶樓二百一十八個，分布於大宋各地及四周各國，基本實現了自給自足，朝廷不用撥款給青衣衛；而作為青衣衛首領，鍾佳霖甚至還有小金庫可以隨時支用。

他抬眼看向眼前立著的四個人。

青衣衛首領之下，設有青龍、白虎、朱雀和玄武四部，每部一個統領，每個統領各有兩個副統領，麾下有一千餘青衣衛。

如今四個統領張文韜、李絹、霍青和秦臻正立在他面前。

鍾佳霖甫一接管青衣衛，自然不會馬上做什麼改變，言簡意賅地訓話完畢，他便帶著秦臻和親衛離開了。

這時候已是凌晨。

青衣衛簇擁著鍾佳霖往鍾宅方向而去，清脆的馬蹄聲在靜夜中分外清晰。

進了二門之後，鍾佳霖看向出來迎接的副統領梁森鬱，沈聲吩咐道：「以後娘子的安全由你負責，娘子若是出門，一定要選派精兵強將，務必護她周全。」

梁森鬱忙答了聲「是」。

鍾佳霖垂下眼簾，淡淡道：「若是她有什麼三長兩短，所有涉及到的人，我一個都不會放過。」

秦臻和梁森鬱心中一凜，當即齊齊答了聲「是」。

他們雖然來到鍾佳霖身邊不久，也已經發現鍾佳霖最珍視的人便是妻子虞青芷。

此時，霜月還沒有睡，打著燈籠迎了鍾佳霖進去，低聲道：「公子，娘子已經睡著了。」

鍾佳霖「嗯」了一聲，倒也沒說別的。

洗罷澡，他起身去了西暗間的臥室。

把燭臺放在梳妝檯上後，他坐在床邊看著睡得正香的青芷，伸手拿過她的手，揉搓了好一陣子，青芷毫無所覺。

臨離開，他忍不住又撩開紗帳，在青芷唇上親了一下，這才掩好紗帳，拿著燭臺出去了。

第二天要去拜訪王治，蔡羽和徐微會齊，大清早就來到了鍾宅。

鍾佳霖早交代過，因此王春雨請他們在外書房坐下，自己去後面請鍾佳霖。

青芷睡到了自然醒，正在梳妝，聽到熟悉的腳步聲，扭頭一看，見鍾佳霖披著長髮，穿著素白寢衣，便笑了起來。

「哥哥，你今天有什麼安排？」

鍾佳霖搬了張錦凳，挨著她坐下來，聲音中滿是疲憊。「今日約好了一塊兒去拜訪座師王大人。」

這一夜，他統共沒睡夠兩個時辰，這會兒還有些昏昏沈沈的，不由自主倚在了青芷身上。

青芷端詳著，見他眼下有青暈，知道他這段時間實在太累，便柔聲道：「哥哥，這會兒才辰時，王大人怕是還沒下朝回府呢，你不如再睡會兒。」

鍾佳霖聞著妻子身上好聞的氣息，一時放空了，喃喃道：「蔡羽他們在外書房等我……」

青芷柔聲道：「哥哥，你先去我床上睡一會兒，蔡大哥那邊我來安排。」

她不待鍾佳霖說話，便扶著他去床邊，安置他在自己的床上躺下來，又展開紗被蓋上。

枕上、紗被上、床褥上，到處都是青芷身上特有的芬芳香氣，鍾佳霖被這樣的氣息包裹著，很快進入了夢鄉。

青芷怕吵醒他，擺了擺手，讓春燕和霜月先出去。

她輕手輕腳地梳妝，又去看了看鍾佳霖，見他即使睡著了，也是規規矩矩躺在那裡，雙手端端正正放在身前，不由笑了，這才起身出去。

春燕和霜月正在廊下忙碌。

春燕早上去後花園剪了一籃子花，叫上霜月一塊兒修剪，預備插瓶。

聽屋子裡沒有一絲聲響，她忍不住低聲道：「霜月，咱們娘子和公子都成親這麼久了，還沒圓房，到底是怎麼了？」

霜月專心致志地修剪著手裡的一枝玉白月季花，沒有說話。

春燕實在擔心得很，嘆了口氣。「鋪子裡的女工們都說，京城有榜下捉婿的習俗，公子如今成了探花郎，他才華既高，又生得好，一定有很多高門閨秀瞧中他，到時候咱們娘子可怎麼辦呀？」

霜月是青衣衛的人，自然知道鍾佳霖的真實身分。

鍾佳霖是陛下的獨生子，將來是要繼承皇位做皇帝的。既然是皇帝，自然是三宮六院妃嬪眾多，早晚會有眾多女人；如今為了拉攏大宋高門，再納幾個高門貴女，其實也是正常的事。

她本來不欲多說，後來聽春燕不停嘆氣，只得安撫道：「公子身分貴重，將來三妻四妾也是正常，娘子習慣就好了。」

春燕正要開口反駁，卻被霜月摁住肩膀。「娘子在後面。」

春燕聽了，心裡一驚，扭頭一看，青芷果真站在門口，不知道站了多久？

她忙放下手裡的花，和霜月一起起身行禮，心裡忖度著：不知道娘子聽到多少，真希望霜月是胡說八道！

青芷其實把霜月和春燕的對話聽了個完完整整。

她知道霜月說的是實情，可是一想到哥哥要和別的女人同床共枕，她心裡彆扭極了，滋味甚是複雜。

青芷不願糾結於不開心的事情，便含笑吩咐道：「春燕，去廚房吩咐一下，讓他們送些精緻茶點到外書房；再和春雨說一聲，公子還沒睡醒，讓他一個時辰後再過來。」

春燕覷了青芷一眼，見她神色平靜，這才略微放心，答應一聲就傳話去了。

就在鍾佳霖和青芷的忙忙碌碌中，鍾佳霖的朝考成績終於發布，他和蔡羽都排在第一等，鍾佳霖被授予滄州鹽山縣知縣一職，蔡羽則被派往穆喆軍中擔任參軍。

青芷得知鍾佳霖要擔任滄州鹽山縣知縣，忙去問他鹽山縣的情況。

要去鹽山縣擔任知縣，鍾佳霖自然是和清平帝商議過的，當即拿出一摞書籍，和青芷細細說了一遍。

他先拿《地理志》讓青芷看。「鹽山縣濱海，百姓以煮鹽捕魚經商為生，很是富庶。據前宋詩人筆記記載，鹽山的鹽、海產和貨物透過南憑馬頰河、中有無棣河、北依柳河三支漕運，輸往大宋內陸，真可謂連檣如舟楫如梭，一派繁忙景象。」

青芷聽了，抬眼看向鍾佳霖。「哥哥，既然鹽山縣如此富庶，朝廷為何會派你過去？」

她雖然不在官場，卻也知道像鍾佳霖這樣沒有背景的新科進士，很難被派往滄州鹽山縣這樣的富庶之地。

鍾佳霖含笑看她，眼神溫柔。「因為鹽山縣雖然富庶，可是這五年來每年向朝廷繳納的賦稅卻還不如貧瘠的內陸縣，那些金山銀山，沒有輸送國家，也沒富了當地百姓。」

青芷專注地看著他，輕輕道：「那富了誰？」

鍾佳霖嘴角噙著一絲冷笑。「富了當地的鄉紳和賢達，富了京城的某些大人。」

青芷這下子全明白了，鍾佳霖被朝廷派往鹽山縣可不是為了享福，而是要去揪出那些富得流油的鄉賢及背後的朝廷高官。

她握住鍾佳霖的手，輕輕道：「哥哥，我和你一起去。」

她不放心鍾佳霖獨自去那艱險的地方。

鍾佳霖湊過去，在她額上輕輕吻了一下，柔聲道：「好。」

和青芷一起用罷晚飯，他就去了外院書房。

徐微和鄭明正在外書房等他。

鄭明是鍾佳霖親自從青衣衛選出的人才，富有智謀。這次去鹽山赴任，他預備帶徐微管理帳務等庶務，帶鄭明做縣衙師爺。

鄭明準備了一摞厚厚的資料等著，見鍾佳霖進來，忙上前拱手行禮。「大人，屬下進宮去書庫待了兩日，挑選出這些資料，請您過目一下吧！」

第二天，鍾佳霖忙碌異常，先去了吏部，又去了青衣衛，一直忙到下午，又被清平帝宣進宮。

清平帝交代道：「路上小心些，如今對你有歹意的人可是不少，那些人虎視眈眈，伺機而動，不知道什麼時候就要下手。」

鍾佳霖恭謹地答了聲「是」。

清平帝又道：「有朕撐腰，你在鹽山縣好好幹，不要有顧慮。待鹽山縣事了，朕就可以順理成章調你入京，那些言官也無話可說。」

鍾佳霖沒有搭腔，只是應聲。

青芷要隨鍾佳霖去鹽山縣赴任，卻擔心母親和弟弟，恰好溫子淩要回南陽縣，便託他帶了春燕回家鄉照顧母親和弟弟。

送走溫子淩一行人，鍾佳霖把青芷送回家中，又去忙青衣衛的公務了。

一直到了半夜，鍾佳霖才回到家裡。

得知他還沒用晚飯，青芷便讓廚房做了消夜送過來，陪著鍾佳霖用了。

鍾佳霖用罷消夜，又要洗澡。

青芷正在明間坐著看書，卻聽到鍾佳霖在臥室叫她。「青芷，妳進來一下。」

青芷放下書走過去。「哥哥，叫我做什麼？」

鍾佳霖泡在浴桶裡，俊臉濕漉漉的，有些紅，聲音也有些沙啞。「妳……妳來幫我擦擦背吧！」

青芷大大方方地走進去，捲起衣袖，拿起澡巾，左手搭在鍾佳霖濕漉漉的肩膀上，輕輕一摁。「哥哥，你往前趴一些，我好給你擦背。」

鍾佳霖乖乖地趴在浴桶壁上，好讓青芷給他擦背。

他鼓了半天勇氣，好不容易想出這個法子，沒想到青芷根本沒開竅，就這樣大剌剌地進來給他擦背。

青芷做事很細緻，認認真真給他擦了背，又在他背上打了一遍香胰子，用力搓出泡沫。

「咦？哥哥，你看著瘦，身上還挺結實。」

鍾佳霖悶悶道：「我又不是文弱書生……」

青芷抿著嘴偷偷笑了，在他肩膀上搓了兩下，這才心滿意足離開了。

她離開之後，鍾佳霖沮喪地靠回浴桶壁上。不都說他長得好看嗎？他都用男色引誘青芷了，青芷怎麼還是這樣淘氣啊！

他抬起左手摀住臉，心中鬱悶極了。

算了，青芷年紀太小了，等她大些再說吧！

洗罷澡，鍾佳霖穿好衣服，出了臥室。

青芷正坐在明間的羅漢床看書，見他進來，笑嘻嘻地招手道：「哥哥，你過來一下。」

鍾佳霖當即走了過去，在青芷身旁坐下。

青芷放下書，跪在他身後，拿了布巾裹住鍾佳霖濕漉漉的長髮，問道：「哥哥，咱們什麼時候出發去鹽山縣？」

鍾佳霖閉上眼睛，啞聲道：「後天早上出發，明天傍晚先讓人把行李搬運過去。」

青芷一邊又問：「你在鹽山縣會不會做到三年任滿？」她遲疑了一下，道：「我聽說陛下的身體似乎一直有問題……」

在前世的記憶裡，清平帝纏綿病榻半年多，最後在她二十四歲那年駕崩，也就是說，距離現在還有七、八年時間。

她擔心鍾佳霖在地方過長，遠離政治中心，最後仍被趙瑜登上大位。

鍾佳霖沒想到她居然還考慮得這麼長遠，頗有一種孩子長大懂事的感覺，輕輕道：「咱們在鹽山縣不會待太久的。」又道：「我既然要離京，自然會有所安排，妳放心吧！」

青芷聽了，才放下心來，道：「既然如此，那我就不管你的事情了。」

鍾佳霖才捨不得讓她多操心，懶洋洋道：「男主外，女主內，外面的事有我呢，妳在家賞賞花、看看書就行。」

青芷笑了起來。「我還要繼續和子淩表哥做生意！子淩表哥說了，我這次去鹽山縣，不但要帶著上次買的二十個女子，還要好好看看鹽山縣的環境，將來要在鹽山縣開分店呢！」

鍾佳霖心裡其實不想讓她拋頭露面做生意，可青芷當初就是做香脂、香膏生意掙錢供自己讀書的，再說了，這是青芷喜歡做的事情，他還是要支持。

想到這裡，他撒嬌道：「青芷，我騎馬騎太久，腰、腿有些痠疼……」

青芷當即道：「哥哥，那你趴在榻上，我用薄荷膏給你按摩。」

鍾佳霖計謀得逞，心中得意，起身脫去中衣，只穿著白綾褲趴在榻上，等著青芷給他按摩。

青芷挖出一些薄荷膏，均勻地塗在鍾佳霖的背上、大腿上，從肩背開始按摩。

按摩罷肩背，她又開始按摩鍾佳霖的腿。

齊齊按摩了一遍，青芷覺得不對，湊過去一看，發現鍾佳霖居然睡著了。

她不由笑了起來，伸手在鍾佳霖背上揉了下，輕輕道：「哥哥，你的身材還真不錯呢。」

瞧著腰細、腿長，瘦瘦的，誰知還挺結實！

她輕手輕腳地拿薄被蓋在鍾佳霖身上，見他睡得正香，便擠在他旁邊也睡下了。

隔日一早，鍾佳霖醒來，見青芷窩在自己懷裡睡得正香，一下子愣住了，身子自然而然有了反應，嚇得更不敢動了——青芷什麼都不懂，萬一嚇著她可怎麼辦！

青芷昨晚睡得有些晚，此時無知無覺，睡得正香。

鍾佳霖維持著原來抱著她的姿勢，竭力想著今日要辦的事，試圖轉移自己的心思。

不知過了多久，他的身子才平復下去，也不敢再耽擱，把她安置好了，湊過去在她唇上吻了一下，這才匆匆出去穿衣洗漱。

終於到了出發的時刻，經歷一番忙亂，梁森鬱安排的大船終於開船，沿著運河往北而去。

一路曉行夜宿，到了鹽山縣，已經是七月中旬。

出發時，青芷穿的還是輕薄夏衣，如今早晚還得在夏衣外面加件單紗褙子。

秦臻提前帶著人過來安排，帶著幾輛馬車候在碼頭。

鍾佳霖一行人下了船，乘著馬車進城往縣衙而去。

縣衙後面是一個三進的院落，還帶著一個後花園，很是寬敞。

前院住著鍾佳霖的幕僚和以秦臻、梁森鬱為首的青衣衛，中院是鍾佳霖的書房和會客室，後院是他和青芷的住處。

卸下行李之後，鍾佳霖與前任知縣交接去了。

青芷指揮著眾人安放行李，鋪排屋子，很快就安頓下來。

第八十四章

第二天早上，青芷正在安排家務，王春雨急匆匆地進來，手裡捧著一個匣子。「夫人，這些都是給您的拜帖。」

青芷聞言笑了。「拿來我看看吧！」

霜月從王春雨手中接過匣子，遞給青芷。

青芷見匣子裡整整齊齊擺著不少帖子，隨意抽出幾封看了，發現都是鹽山縣當地官員和商人女眷的拜帖。

王春雨覷了個機會，道：「夫人，咱們初來乍到，要不要尋幾個熟悉本地的人來侍奉您？」

青芷抬眼看他，微微一笑。「哥哥是怎麼說的？」

她一聽就知道哥哥安排了鹽山縣本地人到身邊，提點本地之事，免得她兩眼一抹黑。

王春雨忙道：「夫人，大人吩咐我從鹽山縣的福滿樓選人，我去看了看，選了四個人過來，您要不要先見一見？」

青芷點點頭。在福滿樓做事的人，一般會經常和鹽山縣的女眷接觸，來她身邊侍候倒也合適。

片刻後，王春雨就引著四個女子進來了。

這四個女子一進來，齊齊屈膝行禮。「見過夫人。」

青芷細細看了看，發現前面兩個都是三十來歲的樣子，一個做姑娘打扮，一個做媳婦打扮；後面兩個是十四、五歲的小姑娘。

她先打量前面兩個，發現做姑娘打扮的那個約莫三十一、二歲，又胖又高，面如滿月，肌膚白皙，看上去很面善，便看著這女子問道：「妳叫什麼名字？」

那女子態度從容，福了福，道：「啟稟夫人，奴娘家姓樊，小名喚作春蕾。」

青芷見她不卑不亢，吐字清晰，繼續問道：「妳讀過書嗎？能不能書寫？」

她既然要跟著哥哥做賢內助，勢必要與官員女眷交際往來，就需要一個能讀能寫的女文書了。

這個叫樊春蕾的女子態度甚是從容大方。「啟稟夫人，奴小時候上過女學，能讀能寫。」

青芷吩咐霜月。「霜月，妳去拿了筆墨，讓春蕾試一試。」

霜月去拿筆墨，青芷又看向與春蕾並排站著的女子。「妳叫什麼名字？」

那女子略施了些脂粉，雪白的瓜子臉上妝容倒是不濃，中等身量，甚是苗條，不算漂亮，一臉精明相。

她的聲音很好聽。「奴娘家姓尹，小名喚作素淼。」

青芷含笑道：「說說妳家裡的情況吧！」

尹素淼說話簡潔清楚，寥寥幾句話就把自家之事交代得清楚。她的丈夫是鹽山縣福滿樓的管事，自己也在福滿樓做管事，家裡有一兒一女，兒子在私塾讀書，女兒則在家裡由婆婆教養。

青芷心裡有了成算，看向尹素淼。「識字嗎？能不能書寫？」

尹素淼恭謹地道：「啟稟夫人，奴也認識幾個字，卻不能書寫。」

這時候，霜月拿了筆墨進來。

春蕾提筆蘸了些墨汁，在宣紙上寫下一行字——「春滿乾坤福滿門」，把筆放下，福了福，立在一邊候著。

青芷接過霜月送過來的宣紙，見春蕾的字飽滿圓潤，字如其人，不能說很好看，卻順眼，便看向她，柔聲道：「春蕾，若是需要離開鹽山縣，妳願意嗎？」

既然要培養用的人，她自然想長期使用。

春蕾略一思索，當即道：「奴父母早亡，無家無業，願意跟從夫人侍候。」

青芷點點頭，吩咐道：「妳看看匣子裡的這些拜帖，給我一一說說吧！」

春蕾答了聲「是」，把匣子裡的拜帖迅速翻看一遍，從裡面挑選出幾封送到青芷面前，一一介紹道：「夫人，這個是鹽山縣守備徐涵徐大人的夫人送來的。徐大人是朝廷五品武官，是滄州軍衛的主官，夫人是西北穆帥的嫡親姪女。」

青芷接過這個拜帖，看了看，放在手邊，預備一會兒統一回書。

春蕾又翻出一封，遞到她面前。「夫人，這個是鹽山縣首富許韶光的妻子連氏送來的。許韶光是鹽山縣最大的鹽商，他庶出的三女兒許瑩是太傅李大人的愛妾。」

青芷不由抬眼看向春蕾——這個樊春蕾可真是人才啊，一個身在鹽山縣的女子，居然能夠有這見識。

她這番話其實是在告訴青芷，這位大鹽商許韶光的後臺是太傅李泰。

春蕾把其餘幾封選出來的拜帖都介紹了一遍，然後靜立在那裡，等著青芷的吩咐。

青芷笑道：「我知道了，這些先放下，我晚些再回。」

她又看向後面立著的兩個小姑娘，問了問，得知一個叫寶珠，一個叫珍珠，都是孤兒出身，自幼進入青衣衛，十二歲開始就在福滿樓做事。

寶珠生得極為小巧玲瓏，嬌小俏麗；珍珠則是濃眉大眼的圓臉，略微豐滿了些。

青芷喜歡看美人，就把寶珠和珍珠都留下來侍候，也把樊春蕾留下來。

她既然有心栽培她們三個，便當面道：「妳們回去收拾一下行李，明日一早就過來吧！春蕾的月例按照管事算，和霜月一樣，一個月二十兩銀子；寶珠、珍珠按照二等丫鬟的月例來，一個月五兩銀子。」又道：「以後好好在我身邊侍候，若是好的話，月例自會提升，將來我都會給妳們安排好出路。」

春蕾和珍珠、寶珠聞言，心中都是歡喜，忙齊齊行禮。「謝過夫人。」

尹素淼有些失望，面上卻也不敢帶出來，垂首立在那裡，等候青芷的吩咐。

青芷吩咐王春雨。「拿一兩銀子給尹娘子，吩咐人套車送她回去吧！」

她喜歡厚道、實在又聰慧之人，不喜歡那些精明太過的，因此留下樊春蕾，卻不留尹素淼。

王春雨答了聲「是」，帶著四人退了下去。
晚上鍾佳霖回來，青芷和他說起了這件事。
鍾佳霖正拿杯子餵她喝水，聞言便道：「妳先去見見許韶光的太太吧，不過一定要帶著霜月去，坐坐就走，不要吃東西，連水都不要喝。」
青芷把水喝了，才道：「知道了，哥哥。」
鍾佳霖伸手拭去她嘴角的水跡，又道：「至於徐守備的夫人穆氏，妳儘管和她結交。」
青芷「嗯」了一聲。
鍾佳霖端著空茶杯，顯得心事重重。
雖然當初為了讓青芷同意和他成親，他用的是假夫妻這個名頭，可是在他心目中，青芷既是他的妹妹，又是他的妻子，他從來沒有與青芷和離另娶別人的念頭。
只是他不敢讓青芷知道自己的想法，怕青芷接受不了，因此一直打算徐徐而行。
外面起了風，吹得後窗外的竹林颯颯作響。
青芷坐在後窗前的榻上，看著窗外黑黢黢的竹林，想著心事。
她在想，自己白日為何不肯留下尹素淼？
其實尹素淼能力也很強，比樊春蕾更會說話，可是她就是不想留下尹素淼。
可這會兒，她總算明白了自己的心——她之所以不肯留下尹素淼，不只是尹素淼一臉精明相，更重要的是她覺得尹素淼看著頗為風流，她不願意這樣一個人貼身侍候自己！
想到這裡，青芷心情複雜。她似乎對哥哥有了占有慾……她看尹素淼，和前生看趙瑜的姬妾的感覺有些像。

鍾佳霖忽然開口道：「徐夫人的同母大哥穆清和是穆喆麾下大將，如今正鎮守西北邊境的涼州；她的同母二哥穆清明，如今正鎮守東北邊境的幽州。」

青芷聽他說起正事，當即收斂思緒。待鍾佳霖說完，她便點點頭，道：「哥哥，那我明日便下帖請徐夫人過來一敘。」

鍾佳霖「嗯」了一聲，伸手摸了摸青芷的耳朵。「真乖。」

青芷笑咪咪地道：「哥哥交代我做的事情，我一定會好好辦的，放心吧！」

鍾佳霖挨著青芷坐下來，道：「我雖然需要籠絡穆清和、穆清明兄弟，卻也用不著妳巴結他們的妹妹。」他看向青芷，眼神溫柔。「妳是我的妻子，該是他們巴結妳、奉承妳，妳像平常的樣子就行。」

鍾佳霖不知道別人家是不是這樣，反正他怎麼看青芷怎麼順眼，怎麼疼愛都不夠，有什麼好的都想給她。

青芷想起了鍾佳霖的身世，湊近鍾佳霖耳朵，輕笑著耳語道：「哥哥你是皇子，那我可是皇子的妻子，也算是夫榮妻貴，偶爾也可以擺擺譜了。」

鍾佳霖不由笑了。

在前往鹽山的路上，鍾佳霖終於下了決定，trick了個機會，乾巴巴地把自己的身世說清楚，包括他的親生父親是誰。

當時，青芷一動不動地窩在他的懷中，大夢初醒，前世的許多疑惑都得到了解答，心中卻更加內疚——原來前世的哥哥為她付出的，比她知道的要多得多，可是他從來都不說，只是站在那裡，默默地照顧她、疼愛她……

想起兩世，她覺得自己的心縮成一團。這一世，她定要好好待哥哥，照顧他、陪伴他，為他付出！

青芷見他笑了，便認真道：「哥哥，我知道你的意思，反正讓他們感受到我的善意就行了，我自有我的身分，喜歡就多來往，不喜歡不理就行。」

鍾佳霖「嗯」了一聲，伸手攬著她，享受難得的放鬆時間。

過了一會兒，他用極輕的聲音道：「我這次來鹽山縣，主要目的是查這些鹽商和海商，透過查他們，去找到他們在京城背後靠山的把柄。」

青芷想起了前世，不由打了個哆嗦，低聲道：「哥哥，是李泰和英親王趙瑜，對不對？」

過了好久，他才輕輕道：「是。」他抱緊青芷。「這些鹽商表面上拿著朝廷發放的鹽引做正經生意，其實一直在販私鹽。這些海商也是表面上做著正常生意，其實是以此為遮掩在走私。單是這兩項，每年大宋國庫就流失幾百萬兩稅銀，那些達官權貴卻富可敵國。」

青芷的身子柔軟溫暖，散發著淡淡芬芳，把她抱在懷裡，鍾佳霖覺得全身心都是滿足的。

他在青芷髮上吻了吻，繼續道：「我這次來鹽山縣，必須拿到這些鹽商、海商販私鹽和走私的證據，並且掌握李泰、趙瑜和這些鹽商海商的關係。」

青芷想起前世，她曾經在英親王府管過內院的帳，一年也經手過幾十萬兩銀子，內院尚且如此，她未曾接觸過的外院呢？怕是更加誇張！

前世的她還以為這些都是趙瑜的鋪子收入和朝廷的賞賜，現在看來，怕是另有出處……

想到這裡，她心中暗自警惕。這大宋官場從上到下的水太深了，她沒那翻雲覆雨的本事，還是老老實實把自己的事情做好吧！

今晚是青芷在這鹽山縣衙內宅的第一夜，這座宅子頗有些年頭了，空空蕩蕩的，外面竹林颯颯作響，更添淒清，她有些害怕，便道：「哥哥，這宅子我有些害怕，你晚上和我住一個屋吧！」

鍾佳霖心中暗喜，面上不動聲色地看向青芷。「那妳睡裡面，我睡外面吧！」

青芷剛要說「你睡床我睡榻」，可是抬頭看看窗外隨風晃動的黑黢黢竹林，默默地「嗯」了一聲。

七月的夜晚已經有些涼了，鹽山縣又近海，夜裡風大，青芷聽著外面的風聲，很快就睡著了。

鍾佳霖一直閉目養神，待她一睡著，他側身攬住她。

青芷跟小狗一般，順著他的力道就鑽到他懷裡，拱了拱，還睡得挺香。

鍾佳霖在青芷髮上吻了一下，擁著她，很快也睡著了。

按照大宋官場的規矩，作為知縣，非休沐日，鍾佳霖需要在卯時前往縣衙正堂點卯，然後參議詞訟處理公事，開始這一天的工作。

第二天，天還沒亮，鍾佳霖便起身帶著王春生和鄭明去了縣衙正堂，與縣衙僚屬寒暄了幾句，到了卯時便開始點卯。

青芷一直睡到自然醒，這才起身洗漱。

洗漱罷，她正要用飯，新收的小丫鬟薄荷就進來回稟。「夫人，春雨帶著春蕾、珍珠和寶珠在外面候著。」

青芷接過王春雨遞過來的身契，翻了翻，交給霜月收起來，然後道：「霜月，妳把她們三個安置在西側院，然後帶她們來見我。」

從前世的教訓裡，她的確學到了很多東西，尤其是馭下之道，對手底下這些人，除了恩威並施，還得捏住他們的身契。

像青衣衛這些人之所以忠誠，除了賞賜優厚，每個人都有往上升的可能外，還有一個更大的原因，便是青衣衛掌握著他們的身契和各自的軟肋。

等春蕾一過來，青芷就吩咐她。「拜帖匣子裡昨天妳挑選出的那幾封，妳去回一下吧，回完拿來讓我看罷，再讓春雨去送。」

春蕾答應了，隨著薄荷去了充當書房的東廂房。

青芷有心試試寶珠和珍珠的手藝，便讓她們來服侍自己梳妝。「我今日要見客，妳們看著辦吧！」

寶珠管梳頭，珍珠管妝容，麻利地忙了一會兒，然後拿來靶鏡讓青芷看。「夫人，您看怎麼樣？」

青芷看了看，見妝容精緻而不濃豔，便笑了。「如此甚好，以後妳們兩個就和春蕾一起留在我身邊貼身侍候吧！」

春蕾正拿了寫好的帖子立在一邊，當下笑著奉上回帖。

青芷看了一遍，發現甚是簡練得體，就點點頭，讓王春雨送了出去。

一個時辰後，鹽山縣首富許韶光的妻子連氏帶著兩個女兒來求見。

青芷略整了整衣裙，便帶著霜月和春蕾出了內院門迎接。

連氏一行人一共是三個轎子一輛馬車，逶迤地進了東夾道，最後在內院門外停了下來，連氏帶著兩個女兒下了轎子，被丫鬟、媳婦簇擁著走上前去。

春蕾立在青芷身後左側，低聲道：「夫人，前面是許太太連氏，後面穿鵝黃褙子的是許韶光庶出的六女兒許琳，穿玉色窄袖衫的是許韶光庶出的七女兒許瑯。許琳和許瑯是一對雙胞胎，她們的生母是當年京中的名妓李嬌嬌。」

青芷定睛一看，見連氏生得普通，可是滿頭珠翠，衣裙華麗，很是富貴；而許琳和許瑯生得一模一樣，烏髮如雲，眼若水杏，唇似塗丹，身量苗條，行走間娉娉嫋嫋，彷彿弱不勝衣。

她微微一笑，帶著春蕾和霜月迎了上去。

彼此見了禮，寒暄幾句後，青芷陪著客人在東廂房明間內坐定，彼此找話題聊了幾句。

兩個小丫鬟薄荷和香草送了茶點進來，八仙桌上擺了各樣茶果和細巧油酥，總共有二十碟之多——這也是鹽山縣的款式，在京城很少這樣擺。

吃了一口茶，許太太笑著打量青芷。「外子昨天拜見了知縣鍾大人，回去就說鍾大人博學多才，我還想著什麼樣的女子才能配得上鍾大人？如今見了鍾夫人，才知道鍾夫人真是貌若天仙，和鍾大人正是天生一對，我這兩個女兒可都比不過了。」

青芷聽她說話不倫不類，拿自己和她兩個庶女比，倒也笑了。「許太太過謙了，兩位令嬡才真是貌若嬌花。」

那許太太等的就是這句話，聞言當即笑道：「既然如此，蒙鍾夫人不嫌棄，那我就留下小女陪伴夫人吧！」

青芷沒想到許太太如此直接，面上卻是嫣然一笑。「多謝許太太盛情。不過我初到鹽山縣，一切還未齊備，待安置好了，再迎接令嬡來作客吧！」

許太太似笑非笑地看著青芷，意味深長道：「夫人，不是我上趕著，只是哪有貓兒不偷腥，哪有男人不好色？與其等他們自己找，不如咱們提前給他們安排好。」

青芷笑道：「許太太說得有道理。」

兩人親親熱熱又聊了一陣子，許太太才帶著兩個女兒告辭離開。

送罷客人回來，霜月忍不住好奇地問青芷。「夫人，這個許太太怎麼這樣囂張呀？」

青芷笑了起來，一邊往內院走，一邊道：「她家素來來往的是朝廷高官，哪裡看得上我這七品知縣的夫人，來這裡一趟也不過是面子情罷了。」

影壁旁，一樹木槿花開得正好，她順手掐了朵紫色的木槿花，一邊走一邊道：「妳們注意到沒有？許太太髮髻上那支明珠釵怕是不下萬金，她怎麼可能把我放在眼裡？」

春蕾微微一笑，道：「夫人，這次許太太過來，應該只是試探。她這兩個庶女是下了很大工夫教養的，一向寶貝，不會輕易送人。」

她隨著青芷走上遊廊，繼續道：「先前巡鹽御史武田廣曾經向許韶光索要過這對姊妹花，許韶光沒有答應，卻另外派人去蘇州買了一對瘦馬送給武田廣。」

青芷點點頭。「巡鹽御史都看不上，看來許韶光確實圖謀甚大。」

許家有可能是想把這對姊妹花送給未來的皇帝，青芷隱約記得，前世的趙瑜曾經得了一對滄州來的雙胞胎姊妹，安置在外書房侍候，她得知後大鬧了一場，趙瑜就把那對雙胞胎姊妹花送人了。

下午，青芷正在做針線，薄荷進來道：「夫人，守備府小廝來傳話，說徐夫人就要到了。」

青芷聽了，當即放下手裡的繡繃，理了理衣裙，帶著春蕾等人迎了出去。

春蕾陪著青芷往外走，一邊走，一邊娓娓道：「夫人，在鹽山縣官場，一向以徐夫人和許太太為首。徐夫人一向有些看不上許太太，又心直口快，因此屢次當面給許太太難堪，兩人一向不對付。不過徐夫人娘家親叔叔是西北的穆帥，因此許太太也不能把徐夫人怎麼樣，只能背後說些閒話，得空使些絆子罷了。」

青芷微微頷首，發現春蕾確實是位人才，這樣的人，若是再有忠心，確實可以長期留在身邊。

徐夫人坐著四人大轎，另有兩個媳婦和兩個丫鬟坐著馬車跟隨，親兵抬著衣箱跟著，還有八個士兵開道，一路高調地到了縣衙內宅，直到了二門外才扶著丫鬟下轎子。

她一站定，就抬頭看了過去，卻見到一個容顏極為嬌美的少婦正帶著丫鬟迎上來，心裡不由叫了一聲好——這鍾夫人真是美麗！

徐夫人一向喜歡美麗事物，見青芷生得這樣好，年紀又小，心中喜歡得很，忙疾步迎上前去，一把扶住了青芷，不肯讓她行禮——她是朝廷封贈的五品誥命，青芷只是七品誥命，理應向她行禮——口中道：「原來只是聽說鍾大人年輕英俊，沒想到妹妹更是美麗。」

青芷聽她說話和上午來的許太太如出一轍，不由笑了。「姊姊說得我臉都紅了。」她打量著徐夫人，發現她約莫二十四、五年紀，很是英氣。

徐夫人發現一近看，越發顯得青芷眼若秋水，膚若凝脂，分明才十五、六歲，卻已經梳了婦人髮髻，心中又是喜歡，又是憐惜，與青芷相見罷，攜手進了二門，往內院去了。

彼此寒暄，說起京中之事。徐夫人原在京中長大，兩人談起延慶坊，談起御街，越聊越投機，最後約定好三日後一起去逛街吃茶，這才起身告辭。

送走徐夫人後，青芷回到正房歇息，春蕾帶著珍珠和寶珠，收拾整理許太太和徐夫人送來的禮物。

青芷歪在羅漢床上，懶洋洋叮囑道：「許太太的禮物一定要仔細檢查，說不定哪裡就藏著、掖著什麼了。」

春蕾忙答了聲「是」，打開盛放衣料的錦盒，抖開了裡面的玉青色輕綃，忽然道：「夫人，這裡面有幾張銀票。」她翻看了一下，忙道：「總共八百兩，是利亨號的銀票，利亨號就是許家的生意。」

青芷思索片刻，道：「這些銀票妳先收起來吧，記得入帳。」

八百兩銀子對一個知縣夫人來說夠有誘惑了，畢竟買一個普通的小丫鬟，五兩銀子也就夠用，三百兩銀子足能在鹽山縣買一座差不多的宅子了。

她凝視著小炕桌上素瓷花瓶裡的那枝白蓮，心裡明白，這八百兩銀子不過是許家扔出來試探罷了；若是她受了，許家才會繼續……

哥哥要她虛與委蛇迷惑許家，那她就聽哥哥的話好了。

第八十五章

晚上，鍾佳霖忙完衙門裡的事，回後院陪青芷。

青芷洗罷澡先出來，等他也出來，便拉著他一起在院子裡散步。

今晚天氣晴朗，一輪明月高懸夜空，院子裡花木葳蕤，帶著花香的夜風輕輕拂過，很是涼爽愜意。

青芷挽著鍾佳霖的胳膊，笑嘻嘻地道：「哥哥，這會兒若是有人瞧見咱倆，一定會被嚇個半死。」

鍾佳霖也笑了起來。他白日忙得很，大事、小事、國事、政事、庶務、軍務，腦子幾乎沒有閒的時候，只有與她在一起，才能得到放鬆和休息。

青芷也放鬆得很，把白日之事都說了一遍。

鍾佳霖認真聽了，道：「以後不管許韶光的老婆送妳什麼禮物，妳都收下。」

青芷一時淘氣，扭頭看他。「許家送你美人，我也要收嗎？」

鍾佳霖攬住她纖細的腰肢，輕輕道：「自然要收下了。」

青芷淘氣地笑著答應了。

這日，春蕾奉上清茶，待青芷飲了茶，這才開口道：「夫人，明天就是您和徐夫人約定一起逛街吃茶的日子……」

青芷把茶盞遞給春蕾。「徐夫人派頭大，喜好奢華，妳帶著寶珠去準備我明日穿戴之物，務必也要奢華一些。」

既然穆氏家族對哥哥有用，那她就好好籠絡穆氏嬌女徐夫人好了！

春蕾聞言也笑了。「夫人眼光敏銳，徐夫人出身西北穆氏，嫁妝豐厚，派頭十足，即使到福滿樓去逛逛，也得幾個丫鬟、媳婦跟著，好幾個排軍喝道，前呼後擁，比守備大人的排場都大。」

第二天上午，青芷打扮得漂漂亮亮，乘了馬車往約定好的碧水樓而去。

碧水樓是鹽山縣有名的酒樓，位於鹽山縣最繁華的街道上，以善烹海鮮著稱。

青芷扶著霜月的手下車，抬眼看了看眼前金碧輝煌的酒樓，正和一邊跟著的春蕾說話，卻見到一行人出了酒樓，拾級而下。

其中為首的是兩個衣著華貴的青年男子，其中一個白皙秀美，身穿素白袍子，顯得身材瘦弱，飄飄若仙。另一個身材高大，身穿月白錦袍，腰圍玉帶，劍眉星目，五官立體，笑容燦爛，細看的話，會發現他的眼睛和一般漢人不同，眼珠子不是單純的黑色或者棕色，而是黑裡透藍。

青芷前世曾在京城見過出身皇族的遼國使者耶律璟，如今看這身著月白錦袍的青年，總覺得有些相像，不禁心裡一動，便又看了過去。

誰知那青年也在看她，一時四目相對。

青芷若無其事地移開視線，認為這個身著月白錦袍的青年，應就是前世見過的遼國皇族耶律璟沒錯，只不過前世她遇到耶律璟的時候，耶律璟已經二十五歲了，如今的他分明還不到二十歲。

也就是說，她提前了五年遇到這位遼國皇族。

耶律璟抬手捂住胸口，怔怔看著近在咫尺的紅衣少女，心口怦怦跳，麻酥酥的，似被螞蟻啃咬，又是歡喜，又是酸楚。

為何會有這樣的感覺？他當機立斷迎上前去。

跟他一起的蕭平林一把拉住了他，低聲道：「劉璟，這是有夫之婦。」

耶律璟的漢姓為劉，因此蕭平林稱他為劉璟。

耶律璟聞言一愣，當下看向紅衣少女的髮髻，這才發現她果真梳著婦人髻，頓時怔在那裡。

青芷經過耶律璟的時候，清清楚楚聽到了那句「劉璟」，更加確定眼前之人正是耶律璟無誤。

遼國皇族的姓氏為耶律，漢姓為劉；遼國后族大都出自乙室氏和撥里氏，漢姓為蕭。

青芷故作若無其事地帶著霜月、春蕾等人進了碧水樓。

一進碧水樓，她便輕聲吩咐王春雨。「妳去跟著外面那個穿月白錦袍的高個子，探探他的底細。」

王春雨答應了一聲，轉身出去了。

外面的耶律璟被蕭平林拽下臺階，忍不住回頭再看，卻只看到那苗條的背影消失在碧水樓內。

蕭平林也察覺到了耶律璟的異狀，拽著他走到牽著馬的小廝前，這才低聲道：「你怎麼了？」

耶律璟還有些心亂氣短，答非所問。「方才那個女子，我似乎在哪兒見過……」

蕭平林笑了起來，道：「那漢人女子確實很美，誰不喜歡看美人，我也喜歡看，你就不要瞎扯什麼前世的宿緣之類了。」

耶律璟此時心亂如麻，根本沒聽清楚蕭平林說什麼。

他招手叫來小廝，低聲叮囑一番，等到小廝進了碧水樓，這才怏怏地與蕭平林離開了。

徐夫人命人提前訂好的雅間就在三樓。

青芷進了雅間，見後窗大開，便走過去，卻見窗外正是一片金燦燦的沙灘，沙灘盡頭是一片清澈大海；到了再遠一些的地方，大海就逐漸過渡為藍色，到了水天盡頭，那藍就變成了藍寶石一般的藍。

她從來未曾見過這樣的美景，一時竟有些看呆了。

霜月也是第一次看到大海，立在青芷身側探頭往外看。

春蕾和珍珠卻是本地人，見狀都笑了。

春蕾介紹道：「夫人，等一會兒再嚐嚐鹽山縣本地的海鮮。京城雖有海鮮，卻大都是水發的，沒有新鮮的清甜可口。」

青芷一聽，笑了。「那我可要好好嚐嚐了。」

她們正說著話，小廝進來稟報，說徐夫人來了，青芷忙出去迎接。

徐夫人今日的妝扮依舊豔麗，她在兩個侍妾的攙扶下走上來，彼此見禮。

兩個侍妾也上前行禮，一個叫繡鳳，一個叫彩鸞。

青芷見這兩人一個苗條清麗，一個圓潤豔麗，滿頭珠翠，衣裙華麗，知道是得寵的侍妾，便給春蕾使了個眼色。

春蕾會意，取出提前準備的錦繡荷包，一人賞了一個。

眾人進了雅間，談笑片刻，碧水樓的夥計就開始上菜。

上了八樣精緻素菜之後，兩個女夥計抬上來一個大大的素瓷盤子，然後掀開蓋子。

青芷只覺一股鮮香撲面而來，定睛一看，原來素瓷盤子裡全是清蒸的海鮮，她認識的有海螺、扇貝、鮑魚、大蝦和蟶子，其餘好幾樣都不認識。

春蕾、珍珠和徐夫人那兩個侍妾細細洗了手，立在一邊服侍。她們把剝好的海鮮蘸了湯汁，放到青芷和徐夫人面前的素瓷碟子裡。

青芷是第一次吃到這樣清甜美味的海鮮，真是食指大動。

即使是前世去參加宮廷宴會，海鮮大都是水發出來的乾海鮮，而且都是濃油赤醬燒出來的，很少有這樣清淡的做法。

用罷飯，青芷和徐夫人移步隔壁，坐在臨窗榻上，一邊品茶一邊賞景，一邊絮絮聊著天。

中間說起了過些日子鹽山首富許韶光三十五歲生辰之事，因徐夫人和青芷都接到請帖，徐夫人便邀請她那日一起過去。

青芷在鹽山縣人生地不熟，自然是同意了。

徐夫人又說起了許家的生意。「許家的錢來得太容易，大宋有三分之一的鹽都出自他家，妳想想一年有多少銀子？且不說那一本萬利的鹽了，他家還壟斷了鹽山港的海運生意，家裡有百十條大船，每每載滿大宋貨物漂洋過海，到達海外發賣後，再進了海外貨物回大宋販賣。這一來一回，所得利潤極為豐厚……」

青芷不太瞭解這些，聽得認真，一邊聽，一邊引著徐夫人往下繼續說。

細談良久，兩人又到海灘上散步，盡興而別。

青芷剛下馬車，王春雨就急急過來，先給青芷行了禮。

見周圍人太多，她便道：「進去再說吧！」

到了內院正房，她直接在榻上坐下來，先吩咐寶珠為王春雨送上清茶，看著他喝了，才道：「好了，說吧！」

王春雨忙道：「夫人，屬下遠遠跟著那兩人，他們先去了街邊一家專賣文房四寶的鋪子，卻是從鋪子後門出去，又繞了些路，最後進了一個府邸開在旁側的小角門。屬下一打聽，發現那是鹽山縣首富許韶光的府邸。」

青芷聽了，忙吩咐紀靈快些去縣衙請鍾佳霖。

紀靈答應一聲，小跑著出去了。

待紀靈出去，她才又問起王春雨。「你能肯定那兩個人是進了許韶光的府邸？」

王春雨斬釘截鐵地道：「夫人，屬下可以保證。」

青芷神情凝重，端坐在榻上想著事情。

前世的她第一次見到耶律璟，就是在趙瑜的嵩山別業。那時候正值萬壽節，趙瑜負責接引各國來使，在嵩山別業舉行宴會。

耶律璟是遼國皇族，為何會出現在大宋重要的港口鹽山縣？為何會與壟斷鹽山港海運的許韶光有接觸？

許韶光背後的主子是大宋朝廷權貴，耶律璟是不是藉著許韶光與這些大宋權貴有所勾連？

另外，哥哥若是問她為何認得耶律璟，那要怎麼回答？

她正在思索，鍾佳霖就到了。

青芷屏退眾人，只留下王春雨，然後把今日在碧水樓遇到耶律璟的事說了，又讓王春雨說了耶律璟後來的行蹤。

鍾佳霖凝神聽了，起身道：「青芷，這個消息實在太重要了，我這就去佈置，晚上回來再細談。」

說罷，他帶著王春雨出去了。

耶律璟和蕭平林進了他們在許府的住處。

耶律璟正在裡間換衣服，聽說派去打聽的小廝回來，只穿著中衣便出來了，急急問道：「就是那個眼睛特別好看那個……打聽到沒有？」

小廝還沒答話，只聽一聲笑，蕭平林走了進來。「睡王，你還真對那女子一見鍾情了？」「睡王」是耶律璟的綽號。

耶律璟根本不理他，只盯著小廝。「快說吧！」

小廝忙道：「啟稟公子，小的打聽了，那女子是新任鹽山縣知縣鍾佳霖的妻子虞氏。」

耶律璟聞言，下意識又問了一遍。「你再說一遍，她是誰的妻子？」

蕭平林也盯著小廝，等著小廝的回答。

小廝頓時緊張起來，結結巴巴地道：「她是……是新任鹽山縣知……知縣鍾……鍾佳霖的妻子……」

耶律璟抬眼看向蕭平林，眼神複雜。

蕭平林揮手示意小廝退下。「殿下，如果咱們的消息準確的話，這鍾佳霖可是宋國清平帝唯一的子嗣了……」

耶律璟冷冷一笑。「即使是清平帝唯一的子嗣，也得活著才能繼承皇位。」

蕭平林眼睛一亮。「殿下的意思是——」

耶律璟抬手做了個「砍」的手勢。

蕭平林會意，道：「我這就去佈置。」

他轉身出去了。

晚上，耶律璟在書房和許韶光說話，小廝忽然進來稟報。「主子，蕭公子不見了！」

耶律璟和許韶光都站了起來——蕭平林身分特殊，絕對不能出紕漏！

耶律璟當即道：「到底是怎麼回事？」

小廝猶豫了下，道：「蕭公子帶了幾個人出去安排事情，說半個時辰後就回來，誰知一個時辰過去了還沒回來，屬下就帶人去找。但蕭公子杳無蹤影，似乎消失了一般……跟著蕭公子的那幾個人也不見了……」

耶律璟看向許韶光。「許先生——」

許韶光忙道：「劉公子，您放心，我這就派人去尋找蕭公子。」

說罷，他拱了拱手，急匆匆出去了。

耶律璟目送許韶光離開，也叫來自己的親信，細細佈置了一番。

他和蕭平林這次來鹽山港，是想透過許韶光的海運路子從海外購買一批火槍。而把他和蕭平林介紹給許韶光的人，正是大宋朝廷中某位位高權重之人，因此此事干係甚大，無論哪一個環節都不能出問題。

過了子時，耶律璟正在書房內焦急等待，卻聽到了一陣雜亂急促的腳步聲，他起身走到窗前，推開窗子往外一看，卻見到許韶光跟蕭平林帶著幾個人走了過來。

蕭平林和屬下的頭髮、衣服、靴子都是濕淋淋的，狼狽得很。

耶律璟和他是嫡親的表兄弟，見他如此狼狽，忙迎了出去。

蕭平林一進來就吩咐跟著的那幾個人。「你們先去洗澡換衣，然後再過來回話。」他用手抹了把臉，吩咐小廝。「去準備洗澡水，我先洗個澡再說。」

蕭平林在屏風內泡澡，耶律璟和許韶光在屏風外飲茶。

許韶光為人細心，這才開口問蕭平林。「蕭公子，請說一下具體的情形，讓許某斟酌一下。」

「我帶了幾個人乘快船走金水河去城東客棧，誰知半路船竟然翻了，最後掙扎著上了岸，卻發現跟我的人少了一個。我帶人尋找良久，卻始終沒有找到。」

許韶光思索片刻，開口問道：「蕭公子，請問您失蹤的那個屬下水性怎麼樣？」

蕭平林懊惱道：「我們草原上長大的人，哪有幾個水性好的？元菩薩根本不會水。」元菩薩就是他那個失蹤的屬下。

耶律璟這時開口道：「無論如何，生要見人，死要見屍！許先生，這件事就拜託你了。」

元菩薩落水失蹤一事，看著像是普通的落水失蹤，可是耶律璟總覺得其中迷霧重重，而且怕是跟他們之前商討的事情有關……

許韶光神情凝重。「劉公子請放心，許某已經派出手底下的水手全城尋找，務必找到此人。」

送許韶光離開之後，耶律璟走到屏風後，沈聲道：「阿林，鍾佳霖絕對要除去。」

「怎麼，你打算弄死鍾佳霖，娶他的寡婦虞氏？」

耶律璟修長的手指在屏風上敲了兩聲。「有何不可？再說，咱們還可以向趙瑜買好。」

「這倒是真的。」蕭平林笑了起來。「不知道為何，趙瑜一直不肯動手弄死鍾佳霖……」

耶律璟淡淡一笑，道：「趙瑜比任何人都盼著鍾佳霖死，可是弄死鍾佳霖的那個人卻不能是他——因為鍾佳霖一死，他是最大的利益獲得者與嫌疑者。」

蕭平林默然，嘆了口氣。

宋國的政治鬥爭血腥異常，遼國的宮廷鬥爭何嘗不是這樣？單是遼國帝位之爭，不知道多少人為此死去……

即使高貴如耶律璟，遼帝的嫡長子，也從未有一刻安枕。

一直到了深夜，鍾佳霖才回了內院。

青芷待他淨手洗臉罷，便吩咐丫鬟送上提前準備的消夜。

鍾佳霖一直在忙，晚飯還沒來得及用，早已飢腸轆轆，見準備的消夜是幾樣小菜和雞粥，正合自己口味，便坐下用了起來。

青芷給他盛了一碗雞粥，用調羹輕輕攪動著降溫，道：「哥哥，你太瘦了。到了鹽山縣後，似乎更瘦，得好好補補。」

鍾佳霖笑了起來，抬眼看向她，見她卻比先前圓潤了些，心中歡喜，輕聲道：「我這次來鹽山縣所辦之事，干係甚大，若是出了差錯，在宮裡那位面前沒法交代，因此只能成功，不能失敗。」

他沈吟了一下，接著道：「妳我既然選擇了這條路，如今只能步步向上走，咱們已經沒了退路。」

若是成功，他和青芷是夫榮妻貴；若是失敗，他不敢想像。

趙瑜也是在覬覦著青芷，因此他只能成功，不能失敗。

即使失敗，也必須拉著趙瑜一起死，給青芷留一條活路……

青芷剛把粥碗遞給鍾佳霖，忽然聽到他低聲問：「青芷，妳怎麼會認識耶律璟？」

她在哥哥面前永遠都理直氣壯，她眼珠子滴溜溜一轉，大大方方道：「我就不告訴你。」

反正哥哥也不會把她怎麼樣。

鍾佳霖還真不能把她怎麼樣，雖然心裡跟貓抓似的，卻只能悻悻地看著她昂首挺胸出去了。

第八十六章

一天後，秦臻便來稟報鍾佳霖。「大人，那個叫元菩薩的遼國人已經招了。」

鍾佳霖看向秦臻。

秦臻被這寒星似的眼睛一看，頓時有些緊張，忙沈聲稟報起來。

而許韶光和耶律璟兵分兩路，把整個鹽山縣細細尋了一遍，卻始終沒有找到元菩薩，哪怕是元菩薩的屍體。

耶律璟有些心神不定，背著手在書房裡踱來踱去。

許韶光見了，便道：「劉先生，金水河直通大海，貴屬下不會游泳，說不定已經溺水而亡，屍體順著河流入海口進入了大海。」

耶律璟依舊心事重重，走到窗前，看著外面蒼綠的梧桐葉，半日沒說話。

元菩薩是他的得力下屬，知道他很多秘密，若是真的溺死了，倒還是個好消息；怕就怕他根本沒有死，而是被鍾佳霖的人捉去了……

許韶光剛回到自己的書房，一個親信疾步而來，匆匆稟報道：「老爺，咱們的船工在金水河入海口發現一具屍體，雖然在水裡泡了太久，面目有些變化，不過劉先生的人已經確認過，的確是劉先生身邊的那個元菩薩。」

聞言，許韶光眼睛一亮，終於鬆了一口氣，道：「如此甚好！甚好！」

淹死的元菩薩，可比被捉去的元菩薩好得多，死人可是不會說話的！

再過一個月時間，裝著西洋火槍的船隊就要回來了，等遼國人把這批火槍運走，他的心才可以徹底放下來。

接下來的這段時間，鍾佳霖日日早出晚歸，大量的青衣衛精英被悄悄調入鹽山縣。

經過周密調查，他發現鹽山縣這個大案是個窩案，上到朝廷，下到鹽山縣的各級官員，全都捲了進去，因此他不敢使用鹽山縣的人，怕事情敗露，只能從各地調青衣衛精銳進入鹽山縣。

轉眼間便到了九月。

許韶光的船隊即將入港，鍾佳霖的天羅地網也早已張開，形勢到了一觸即發的地步。

青芷雖然不清楚細節，這件事卻是知道的。

九月初六這日，她去城外照福寺燒香回來，剛回房換了衣服，鍾佳霖便回來了。

看著容光煥發的青芷，他沈吟了一下，道：「青芷，九月九重陽節那日，我需要妳幫我一個忙——」

九月九，重陽節。

鍾佳霖和青芷以夫婦的名義，大派請帖，邀請全縣士紳及女眷來縣衙內宅赴宴。

青芷頗善於安排宴會，早早就開始準備。宴會在後花園進行，男席女席以錦帳隔開，在後花園搭了兩個戲臺子，請了兩臺小戲進來唱戲，還從行院請了幾個出色的妓女進來彈唱。

這是鍾佳霖到鹽山縣赴任以來第一次舉辦宴會，接到帖子的士紳無不捧場，一時縣衙外是駿馬豪車、衣香鬢影，熱鬧非凡。

雖然今晚有極重要的事情要去鹽山港，可是耶律環得知鍾佳霖請客，還是頗為動心，便讓蕭平林去找許韶光談。

這不是什麼大事，蕭平林很快就和許韶光一起過來了。

許韶光從蕭平林那裡得知，耶律環是為了見鍾佳霖的夫人虞氏，這才想去縣衙內宅赴宴，拊掌而笑。「劉先生真是風流少年啊！我們宋國有一句俗話，叫『妻不如妾，妾不如婢，婢不如妓，妓不如偷』，劉先生這可謂是偷香竊玉的最高境界，極風雅的！」

耶律環俊臉微紅，只是吶吶而已。

許韶光見他害羞，便道：「我這就要出發了，不知劉先生、蕭公子兩位可願以親友名義，與我一起赴宴？」

耶律環自然求之不得，當下便換了衣物，和蕭平林做儒生打扮，隨著許韶光赴宴去了。

宴席極為豐盛，山珍海味流水般地奉上，從晉地來的杏花春酒也是一罈罈地送上；戲臺上，優伶咿咿呀呀唱著戲，戲臺下是美貌妓女遞酒陪笑，眾人飲酒看戲，歡飲無度。

耶律環心中有事，沒敢多喝，只是飲了兩杯而已，見這裡熱鬧，沒人注意，便尋了個機會要穿過錦障去看虞氏，蕭平林自然貼身跟隨。

耶律環剛走幾步，忽然覺得頭暈目眩、天旋地轉，掙扎著去看身後的蕭平林，卻發現他也軟倒在地，緊接著便人事不省。

戲臺上，青衣衛假扮的優伶停了演出。

錦障早已收起，青芷帶著梁森鬱、霜月和春蕾等人，看著齊齊軟倒的男客女眷，她做了個手勢，一群青衣衛一擁而上。

與此同時，鍾佳霖帶著秦臻等人一路飛騎往鹽山港而去。

滿載著西洋貨物和西洋火槍的幾十艘大船正駛入鹽山港口，已經進入了青衣衛的包圍中。

如今，許韶光經營盤踞多年的鹽山縣一朝瓦解，整個鹽山縣和鹽山港被青衣衛和從兗州調來的軍隊接管，一時間，草木皆兵、風聲鶴唳。

在鹽山縣雞飛狗跳的時候，幾艘商船乘著夜晚離開了鹽山縣北邊的和溪縣，走運河，日夜兼程往京城而去，不過十日，就趕到了京城。

得知鍾佳霖押解許韶光、耶律璟等人進宮，京城無數高官度過了一個不眠之夜。

接下來這段時間，大宋高官陷入了巨大的恐慌中，各地不斷傳出高層官員自殺的消息，可是京城內外百姓依舊歌舞昇平，並沒有受到影響。

一路回到京城，鍾佳霖每日早出晚歸，查辦此案。

青芷則閉門謝客，連芷記香膏也不去了，日日守在家裡。

日子就這樣看似平靜地到了十一月。

鍾佳霖帶著人前往楚州查案去了，青芷在偏院看著人製作香膏，王春雨來報，說祁素梅來了。

別人青芷不願見，祁素梅卻是不同的，她忙道：「快請進來吧！」

她迎到了二門，接了祁素梅進來，見跟著祁素梅的不是溫書，而是兩個陌生丫鬟，便給珍珠使了個眼色。

珍珠會意，尋了個藉口就把那兩個陌生丫鬟引到別的房間去了。

待房間裡只剩下自己和祁素梅，她才微笑著開口。「咱倆也有好幾個月不見了，妳如今怎樣了？」

她發現祁素梅衣裙首飾都比先前寒素不少，心中很是擔心。

祁素梅瞧著比先前瘦了許多，有些弱不勝衣之態，精神卻還好。

她拉著青芷的手。「唉，說來話長……」

青芷見春蕾用托盤端了茶點進來，接過玉青瓷茶盞，親自奉給祁素梅。「說來話長，那就慢慢說，反正我有的是時間傾聽。」

祁素梅見她還是這麼可愛，不由笑了。「妳都成親這麼久了，怎麼還和小姑娘一樣。」

她原本滿懷愁緒，如今見了青芷，聊了幾句，心底暢快許多，便說起自己的情形來。

原來她母親之前過世了，父親後來娶了繼妻，如今辭去官職，攜著繼妻回鄉了，如今她的婚事更難了。先前別人來提親，還都是官宦子弟的嫡妻，自從父親辭官，現如今來提親的，不是上了年紀的官員填房，就是小官家的庶子。

她實在不想將就，每每拒絕，得罪了姑母，如今姑母待她也有些不耐煩了。

說完這些，祁素梅笑了笑，道：「我預備過幾日就要回家鄉與父親團聚，只是臨行前，姑母託了我一件事，我推脫不得，不得已才來見妳。不過妳千萬不要顧及我的面子，我就要離開京城，京城的這些是是非非和我都無關了。」

青芷聽她說了這麼一大篇，心裡已經清楚是怎麼回事，便笑道：「到底是什麼事？」她這段時間閉門謝客，誰都不見，就是怕人透過她來影響鍾佳霖。

祁素梅從袖袋裡掏出一份禮單遞給青芷。「妳看看吧！」

青芷展開禮單一看，第一行便是白米五千石，下面還有黃金千兩，珍珠二十斛，西洋大珠二百顆，杭州織造大紅五彩羅緞二十疋，上好皮毛兩千件。

她心中大驚──這出手也太豪闊了吧？

青芷抬眼看向祁素梅，見她正看著自己，雙目清明，便道：「素梅，這禮物妳姑母家可拿不出來。」

祁素梅點點頭。「所以我讓妳自己斟酌，不要被這金玉寶貝給迷花了眼。」

青芷沈吟片刻，道：「我哥哥去楚州了，乾脆妳留在我這裡住幾日，待我哥哥回來，咱們再商議此事，好不好？」

祁素梅認真地點點頭。「隨我來的那兩個丫鬟，並不是我姑母府裡的丫鬟，妳得小心著意安排她們。」

青芷點點頭，正要叫人進來，寶珠卻在外面稟報。「夫人，春雨陪著表公子過來了。」

祁素梅聞言，正要起身迴避，卻被青芷拉住了。

青芷笑容狡黠。「我表哥妳見過多少次了，何必如小兒女般迴避？」

青芷都這樣說了，祁素梅只得坐下來，不過臉上卻悄悄泛起了紅暈。

溫子淩很快就進來了。

他前段時間前往江南巡視鋪子，昨日剛到京城，今日就過來了。

對這個嫡親表哥，青芷一向熟不拘禮，沒有刻意去迎，而是和祁素梅等在房裡，待溫子淩進來，這才起身寒暄。「子淩表哥，你來了。」

溫子淩已經好幾個月沒見她了，一進來便打量了一番，見她隨著鍾佳霖外出了一趟，反倒比先前豐潤許多，不由笑了。「青芷，妳可胖了不少啊，衣服都得重新做了吧？我新開了個綢緞鋪子，專門販賣杭州那邊的綾羅綢緞，下午我就讓鋪子裡的裁縫來一趟，給妳量量尺寸，挑選衣料款式，趕製一批冬衣。對了，妳今年的生日我沒趕上給妳送禮，索性這幾日一起備了吧！」

「子淩表哥，你實在太煩人了……」一進來就來這麼一大長篇！

溫子淩哈哈大笑起來，上前與祁素梅彼此見禮，不著痕跡地打量祁素梅一番。

他如今也算是做綢緞生意的大商人了，眼睛很毒，一眼便看出祁素梅身上的衣物瞧著光鮮，其實衣料並不好，而且都是去年的款式了，頭上的首飾也都是舊款，而且沒什麼值錢的。

他愛屋及烏，當下便打算也送祁素梅幾套衣物和首飾，卻沒有說出來。

青芷一直把溫子淩當成親哥哥，就笑道：「哥哥，素梅被我強留下作客了，裁縫過來的時候，我們倆一起選幾套衣物，首飾也一樣，都記在我的帳上，到時候我讓人結帳。」

溫子淩笑了。「妳哥哥我這麼有錢，跟我客氣什麼？算是我送妳和祁姑娘的禮物。」

說罷，他修長的手指在圈椅扶手上敲了敲。

祁素梅素來聰慧，見狀便猜到他有事情要和青芷商議，含笑起身。「青芷，我來了之後還沒去見伯母，我現在隨著丫鬟去看看吧！」

青芷會意，便吩咐小丫鬟引著祁素梅去了。

待祁素梅離去，溫子淩便看了一眼屋子裡侍立的春蕾和寶珠。

青芷微笑。「子淩表哥，春蕾和寶珠是我的親信，不須迴避。」

溫子淩身子一仰，靠在黃花梨木圈椅的椅背上，緩緩道：「青芷，佳霖如今是不是深受陛下寵信？」

青芷聞言，意味深長地道：「子淩表哥，是不是有人送了重禮，要你尋哥哥說項？」

溫子淩見她一猜就著，立時坐直。「青芷，到底發生了什麼事？」

青芷收斂笑意，神情肅穆。「子淩表哥，反正你就聽我的，誰的禮物都不要收，誰的好處都不要占，這段時間一定要小心謹慎，不要落入別人的圈套。」

溫子淩站了起來。「青芷，佳霖他到底——」

青芷忽然笑了。「子淩表哥，不管哥哥是什麼身分，就算他貴為皇子，也是我的哥哥、你的兄弟，咱們不給他添麻煩就是了。」

溫子淩是個聰明人，這下全都明白了過來，眼睛亮晶晶的。「青芷，妳說的是……真的？」

青芷端起茶盞飲了一口。「且等著往下看吧！」

溫子淩簡直歡喜極了，大冷的天「呼啦」一聲打開扇子，搧著有些燥熱的臉——啊，真是太美好了，老子我也有成為皇親國戚的一天啊！那些敲詐我的官員，那些蔑視我的士人，等著吧，到時候我一見你們，就用兩個大鼻孔對著你們！

青芷看向溫子淩，見他綰著羊脂玉簪子，身穿竹青罩紗袍子，手裡拿著泥金扇子，大冬天美滋滋地搧著，分明自戀得很。

青芷笑道：「子淩表哥，七姑母還在逼你相親嗎？」

溫子淩正滿心熾熱，她這句話似水澆在了熱鍋上，「嗤啦」一聲澆滅了他的美夢。

他嘆了口氣，用力搧了幾下道：「只要我回宛州，我娘就見縫插針給我安排相親，甚至還想往我房裡塞人。她也不想想，我還未娶妻就先納妾，像什麼話！」

青芷聽得但笑不語。

晚上，她留了祁素梅，把她安置在客房裡。

她在客房陪祁素梅說話，直到深夜才回內院。

這蕭瑟寒冷的冬夜，坐在溫暖如春的屋子裡，沒有鍾佳霖在身邊，她終於覺出了些寂寞。

過了幾日，衣服做好，溫子淩派張允送了過來。

青芷和祁素梅都是兩箱衣物、一匣子首飾，另外溫子淩又給青芷製了件石青緙絲緞面雪狐斗篷，給祁素梅的則是一件大紅妝花緞面貂鼠斗篷。

這兩年家裡敗落，祁素梅已經很少做這麼多華衣麗服了，自是感謝青芷。

青芷攬著她的肩笑道：「素梅，妳可別感謝我，這都是子淩表哥送妳的，是他的心意。」

祁素梅有些不好意思，笑道：「反正我只承妳的情。」

這日夜深，青芷洗漱罷，坐在臥室窗前的榻上挑燈夜讀。

外面北風呼嘯，後窗的竹葉被風吹得颯颯作響，越發淒涼。

青芷勉強讀了一陣子，卻老是走神，不由自主就想起了遠赴楚州的鍾佳霖。天一下子變冷，不知道跟著哥哥的人有沒有提醒他加衣……

外面淅淅瀝瀝地下起了冬雨。

雨不算大，卻增添了無限濕冷。

臥室裡生著地龍，自是溫暖乾燥，可是想到遠在楚州的鍾佳霖，她又擔心起來。驛站裡往往條件簡陋，不知道有沒有地龍，哥哥有沒有受凍……

到了半夜，她睡下後依舊輾轉反側，難以入睡。

正在這時，她忽然聽到外間傳來一陣靴子聲，接著就是鍾佳霖的聲音。「妳們備好洗澡水就退下吧！」

她疑惑是夢，忙坐了起來，試探著叫了聲「哥哥」。

只聽一陣急促的腳步聲由遠而近，隨著鍾佳霖進來，一陣寒氣也撲了進來。

見她已經坐在床邊，鍾佳霖急急走到床邊，伸出雙臂要抱青芷。「青芷。」

青芷顧不得別的，一下子起身撲進了鍾佳霖懷裡。「哥哥，你終於回來了……」她聲音都有些哽咽了。「哥哥，我好想你。」

鍾佳霖這次一走就是好久，這些年，她從來沒有和他分開這麼久過！

鍾佳霖也是百感交集，一下子抱緊了青芷，旅途上的勞累、寂寞一掃而空。

他再也按捺不住，低頭去吻青芷，先是額頭，接著是鼻子，最後貼在她的嘴唇上。

青芷只覺得胸臆間湧出一股暖流，漸漸激盪開來，湧入五臟六腑，四肢百骸，又似盪鞦韆到了最高處，晃晃悠悠，飄飄蕩蕩……

她反過來回吻鍾佳霖。

鍾佳霖腦子「轟」的一聲，似有煙花絢爛綻放。

他一下子摟緊了青芷，似乎要把她柔軟的身子揉進自己身體裡。

不知過了多久，青芷察覺到了鍾佳霖的反常，忙輕輕推開他。「哥哥，洗澡水應該準備好了，你先去洗澡吧！」

鍾佳霖有些尷尬，又有些戀戀不捨，鬆開了她，卻不捨得離開。

見他如此依戀自己，青芷也笑了，就著燭光打量鍾佳霖，見他已經脫去了斗篷，只穿著一件月白袍子，頭上用青帶束髮，顯得頭髮鴉青，肌膚白皙，真是公子如玉，越發好看。

她心裡一動，笑咪咪地道：「哥哥，你去洗吧，我給你準備衣物。」

鍾佳霖這才去了。

第八十七章

窗外雨聲淅瀝，屋簷下的鐵馬被敲得一片響。

青芷立在榻前，不由自主伸手去摸自己的嘴唇。哥哥剛才親她了？

哥哥的嘴唇好軟啊，原來他的嘴唇這樣軟，臉也好軟，身上卻硬硬的……

她的心跳很快，從耳根到臉頰都有些熱。

成親這麼久，她和哥哥一直像兄妹一樣相處，從來沒有這樣親近……

不知過了多久，她終於鎮定下來，起身去了對面的西暗間。

西暗間是鍾佳霖的臥室，黃花梨木雕花高几上放著一盞琉璃罩燈，燈光柔和；屏風後也有盞燈，模模糊糊映出了在浴缸中泡澡的人。

熟悉的薄荷氣息在潮濕的熱氣中氤氳著。

青芷悄悄吸了一口氣，總覺得這氣息中夾雜著鍾佳霖特有的體味，還挺好聞。

她走到衣櫃前，很快就拿出一套白綾中衣，走到屏風前，笑盈盈地道：「哥哥，我把中衣拿來了。」

鍾佳霖默然片刻，然後道：「青芷，妳來幫我洗洗背吧！」

青芷聽出了他聲音中的顫抖和緊張，不由抿嘴笑了，心道：哥哥前世不會也是童子雞吧？

不管是前世，還是今生，哥哥總是一副胸有成竹的模樣，誰知在房帷之內居然如此羞澀。

她抱著鍾佳霖的白綾中衣，輕輕咬住自己的下唇，心裡猶豫著：我要不要教教哥哥？

相比白紙一樣的鍾佳霖，她自認為還算有經驗。

片刻之後，她又否定了自己的念頭，深吸一口氣，讓自己穩住。

既然不能生育，又何必耽誤哥哥？

心中計議已定，她把白綾中衣搭在屏風上，柔聲道：「哥哥，你洗完澡去我房裡吧，我有話要和你說。」

青芷離開一陣子了，鍾佳霖才從浴桶裡出來，擦拭著身上的水跡，默默思考著。

在他心中，青芷是他的妹妹，也是他的妻子，他自然想要與青芷像一般夫妻一樣親近的。只是青芷年齡太小，心裡也有些接受不了哥哥變丈夫，一直不肯與他同房。

他也擔心青芷年紀太小，將來生育時要吃苦，因此兩人一直這樣相處著。

片刻之後，他做出了決定，穿上青芷準備的中衣，起身去了東暗間。

青芷正端坐在窗前榻上等著他，見他過來，便嫣然一笑。「哥哥，過來吧！」

鍾佳霖在榻上坐了下來。

青芷把黃花梨木小炕桌上放著的湯碗推到他那邊。「哥哥，你旅途奔波，喝點參雞湯補補吧，我剛讓人送來的。」

鍾佳霖端起湯碗，掀開碗蓋，喝了一口。溫度正好，味道鮮美。

青芷給他準備的參雞湯與別人家的不同，加了鹽和香料調味，特別鮮美。

他知道青芷有很重要的事情要說，因此慢慢喝著參雞湯，心裡盤算著。

待鍾佳霖喝完參雞湯，青芷起身把小炕桌搬走，然後拿了一個大大的松江布巾過來，裹住了他有些潮濕的長髮，把他摁倒在榻上。「哥哥，你趴在榻上，我給你按摩一下。」

哥哥長期騎馬，大腿會特別難受，尤其是大腿根處。

鍾佳霖乖巧地把自己交給青芷。

他平常要考慮的事情太多，要用的心力太多，因此一和她在一起，就徹底放鬆，很少用腦。

青芷見他如此乖巧，不由抿嘴笑了，起身騎在他背上，開始給他按摩頭部。

在青芷坐下的一瞬間，鍾佳霖身子猛地僵直了一下，才緩緩放鬆下來。

青芷的手指靈活地按摩著鍾佳霖的頭，卻也觀察著鍾佳霖的反應。

前世因為趙瑜喜愛清瘦苗條型的女子，她一直不太敢吃，到死都是瘦得一把骨頭似的。如今有鍾佳霖在，她放飛自己，該吃就吃，該喝就喝，倒是比前世胖了許多。

她往後退了退，開始按摩鍾佳霖的雙肩。

鍾佳霖痠疼的身子在她的按摩中舒服許多，他閉上眼睛，感受著青芷的按摩和柔軟的身子……

她給鍾佳霖按摩腰部的時候，拿出放在一邊的薄荷香油，在手心滴了幾滴，搓開後開始按摩。

薄荷清涼的氣息蔓延開來。

鍾佳霖瞧著瘦瘦的，其實一直堅持練習在南陽縣學時，跟武學先生學會的五禽戲，身體頗為強健，他的腰身，穿衣服時看著細瘦，如今青芷親手去按摩，才發現他身上的肌肉甚是緊實。

她一邊揉搓按摩，一邊開口道：「哥哥，好幾個大夫給我看過，說我不能生育，我們兩個現在先這樣，等到了合適時候，我們……不如和離吧！」

鍾佳霖以為自己聽錯了，一時怔然。

青芷見他裝死，便擰了他一下。「哥哥，我知道你聽到了。」

鍾佳霖沒有說話，停滯了半日的腦子開始快速轉動——青芷為何這樣說？

如果她真的不能生，又怎麼樣？

片刻後，他趴在榻上笑了。「女子能不能生育，那些大夫能這樣便看出來？再說了，即使妳真的一時不能生育，世上多少名醫，到時候咱們可以全都請來給妳診治。」

他收斂笑意，握住了青芷的手，沈聲道：「青芷，就算妳真的不能生，又怎麼樣？這天下那麼大，那麼多人願意生，咱們到時候細細挑選，尋找幾個妳看得上的好孩子收養不就行了？。」

「哥哥，你開什麼玩笑？」男人不是很重視子嗣嗎？

鍾佳霖其實不怎麼喜歡小孩子，比如對小舅子阿映，他一向敬而遠之，迫不得已的時候也只是逗一逗。是青芷太喜歡小孩子了，隨便見個醜娃娃都會眼睛一亮，所以他一直不敢讓她發現自己不喜歡小孩子。

青芷也不知道他說的是真心話，還是為了安慰自己的違心之語？反正她能確定的是，哥哥對自己是真的好。

她起身跪坐在一邊，在手心滴了些薄荷香油，開始按摩鍾佳霖的腿，一邊按摩一邊道：「哥哥，宮裡的那位怕是不會同意吧？」

鍾佳霖閉著眼睛，感受青芷的按壓，過了一會兒方低聲道：「他管不住我。」為了早日回京，鍾佳霖日夜兼程騎馬趕路，兩條腿早就痠疼不堪，如今被這麼一按摩，真是舒服得很，都有些昏昏欲睡了。

青芷一邊按，一邊胡思亂想，忽然開口道：「哥哥，咱倆這樣子，好像老夫老妻啊！」

鍾佳霖一下子清醒過來，還沒醞釀好怎麼回答，便聽青芷接著道：「不是說少年夫妻都膩膩歪歪的嗎？咱倆這樣是不是太平淡了啊？」

青芷是真心覺得自己和哥哥什麼事都有商有量，感覺沒有一點柔情密意。

鍾佳霖品味著她的那句「老夫老妻」，心裡甜滋滋的，閉上眼睛輕輕地道：「咱們可不就是老夫老妻……從十二歲到如今，咱們差不多日日在一起，可不就是老夫老妻？」

青芷聽了，想了想，發覺的確如此，也笑了起來。「嗯，好像是這樣的。」

原本一起度過的平淡歲月，在這樣一個又濕又冷的冬夜提起，卻滿是甜蜜與溫馨。

青芷按摩完，見他趴在榻上睡熟了，索性下榻去拿枕頭和錦被，讓他在榻上睡了。

隔天早上，青芷起來，發現鍾佳霖在榻上睡得正香。

她走過去摸了摸他的額頭，見體溫正常，便出去洗漱了。

這時候雨已經停了，她立在廊下看，只覺滿眼都是濕漉漉的深色。

春蕾帶著珍珠和寶珠在一邊陪她。

小丫鬟香草急急走了過來。「夫人，春生帶了人在外面候著，說大人今日要進宮，想問問大人起身沒有？」

青芷聞言，道：「我進去叫他吧！」

鍾佳霖這會兒已經醒了，卻沒有像往常一樣立即起身。

他這會兒枕的是青芷的枕頭，蓋的是她的繡被，周圍浮動著她身上特有的芬芳體香，似乎被她擁入懷中一般。

青芷走了進來，坐在榻邊。「哥哥，起來吧，春生說你今日要進宮。」

鍾佳霖一下子清醒了。

雨又下了起來。

和雨親自出來迎了鍾佳霖進殿。「陛下身子越發衰弱了，一直盼著您早日回京……」

鍾佳霖默然。

和雨又低聲道：「陛下不肯喝藥，請您勸一勸陛下吧！陛下如今也就聽您的了……」

鍾佳霖隨著和雨進了崇政殿寢殿。

殿內空蕩蕩的，簾幕低垂，光線黯淡。他一進去就聞到了濃重的藥味和漱水香合在一起的奇怪氣息。

清平帝示意兩個宮女扶他起來。「佳霖，過來，來朕這裡……」聲音沙啞疲憊。

鍾佳霖行罷禮，走了過去，在御榻邊坐下。

清平帝凝視著近在咫尺的鍾佳霖，心裡是說不出的喜歡，覺得身子也輕快了些。他咳了一下。「佳霖，說說你這次楚州之行吧……」

談罷政務，清平帝絮絮地和他話起了家常。「你和那個虞氏成親那麼久，虞氏怎麼還沒有身孕？」

鍾佳霖給和雨使了個眼色。

和雨無聲無息地帶著在寢殿侍候的宮女和太監退了下去。

鍾佳霖端起和雨剛才送來的藥碗，開始餵清平帝喝藥。

清平帝還沒有得到過鍾佳霖如此的孝敬，心中陶陶然，苦澀的藥湯似乎也沒那麼苦了，一調羹接著一調羹地喝著藥。

侍餵完了藥，鍾佳霖才道：「父皇，如今形勢未明，我不敢讓虞氏生育，怕他們母子像我和我娘一樣。」

這句話實在太噎人了！

平淡的話語卻把清平帝後面的一大長篇話全給堵了回去。

想起髮妻鍾氏，清平帝哪裡還能繼續說下去？

他自知病體支離，怕是命不久長，如今一想到黃泉之下與鍾氏相見，心中就湧起無限的悲涼。
他背叛了鍾氏，鍾氏也狠狠地報復了他。
他曾經深恨鍾氏絕情，可是如今看著唯一的兒子，他和鍾氏的骨肉，他終於體會到了鍾氏的用心……
鍾佳霖又端起一盞蜜水餵清平帝，神情平靜。「誰敢傷害虞氏，他若是活著，我一刀刀剮了他全族；他若是死了，除了剮他全族，我還要親自當眾鞭屍，讓他死了也不安心。」
他離開之後，清平帝忍不住向和雨抱怨。「朕就不能和佳霖提虞氏，一提他就發瘋，這可怎麼辦……」
和雨是伺候清平帝的老人了，清平帝待他自是不同。
他麻利地扶著清平帝躺下，口中道：「陛下，您可是只有佳霖一個孩子……」他略一停頓。「老奴不懂國家大事，可是在老奴鄉間，哪裡有兒子，還把家業都給同父異母的庶出弟弟的？」
清平帝合目養神。
他明白和雨話中之意。
他只有鍾佳霖一個兒子，而且這個兒子非常優秀，會成為新宋史上的一代雄主……
片刻後，清平帝輕輕吐了口氣。「隨他吧……這孩子，可真倔啊！」
佳霖處理政務的時候，像他一樣圓融妥當；可是對待感情，卻像鍾氏一樣決絕倔強。

鍾佳霖剛下轎子，王春雨就迎上來低聲稟報。「大人，吏部周大人和禮部王大人在外書房等著您。」

聞言，他略一思索，吩咐王春雨道：「你去和夫人說一聲，就說今日我要留周大人和王大人在外書房用飯。」

周靈和王治這次過來，應該是商議許韶光一案的處理，此事須得從長計議。

王春雨答了聲「是」，自去傳話。

青芷也在見客，是工部侍郎石靜忠的夫人王氏。

石靜忠也是王治的門生，細論起來，和鍾佳霖也算是師出同門，石夫人以此為理由來見青芷。

石夫人是石靜忠的繼室，今年還不到二十歲，很是年輕，不算美麗，卻也有幾分姿色。起初她還有些認生，待和青芷聊了一陣子，話語投機，隨便了起來，便說起了京城貴人圈子的八卦。

「鍾夫人，您知道今日京城發生了什麼大事嗎？」

青芷見她眼睛瞪得圓溜溜，一副要自己快問的模樣，便笑道：「什麼事呀？」

石夫人笑嘻嘻地道：「英親王和李泰李大人的千金解除了婚約。」

青芷聞言一愣。「李大人的千金？難道是李雨岫？」

石夫人興奮得一拍手。「正是李雨岫呢！她一向驕傲，英親王要與她解除婚約，估計她要被氣死了！」

青芷心裡納悶。前世可沒這一齣啊？趙瑜和李雨岫簡直是天生一對，地造一雙，一直等到她死，李雨岫還是英親王妃，未來的皇后。

她拿起一粒松子，輕輕一捏。「我可真是鄉巴佬，還不知道英親王和李雨岫是何時訂親的？」

石夫人聽青芷對李雨岫也是直呼其名，明顯也不喜歡李雨岫，頓時更加喜歡，笑容燦爛。「訂親都一年多了！聽說英親王剛開始並沒有看上她，因此一直拖著不肯成親，沒想到她千算萬算，到最後還是一場空。」

正在這時，石夫人旁邊立著的嬤嬤輕輕咳嗽一聲。

石夫人瞅了她一眼，笑了。「嬤嬤，您就睜隻眼、閉隻眼吧，我和鍾夫人自在聊天，妳管那麼寬做什麼？」

她家是老夫少妻，丈夫石靜忠比她大十幾歲，老是擔心她口無遮攔，派了這管事嬤嬤跟著提點她。

那嬤嬤忙陪笑道：「夫人，老爺交代——」

想起自家丈夫，石夫人嫵媚一笑，接下來說話卻收斂多了。

青芷挺喜歡石夫人這種心直口快的人，又陪她聊了一會兒，才親自送石夫人出了二門，目送她上車離去，這才轉身回去。

春蕾帶著小丫鬟香草走了過來，屈膝行禮，笑吟吟道：「夫人，剛才大人派春雨來傳話，說中午要留周大人和王大人用飯，我已經吩咐廚房，多準備幾樣菜餚。」

她把交代廚房準備的菜餚說了一遍。青芷細細聽了，只道：「王大人好酒，再備一罈上好的玉梨春吧！」

春蕾答了聲「是」，自去廚房安排。

青芷一邊走，一邊思索著。趙瑜對待女人一向是儘量榨取價值，他和李雨岫解除婚約，難道是因為李泰要倒臺了？

想到陰險狡詐、把持朝政多年的李泰要倒臺，她心裡很痛快。

前世因為李雨岫，她可是知道李太傅府裡不少內幕，比如李家侵占良田逼死人命，比如李雨岫兄長強占有夫之婦，害得堂堂朝廷官員家破人亡；或是李雨岫堂兄為了逃避勘察，火燒軍糧場，導致西北士兵飢寒交迫……這樣的人要倒臺，可真是大快人心啊！

到了下午，她正在聽春蕾和王春雨回話，祁素梅過來了。

待春蕾和王春雨出去，祁素梅才問青芷自己送來的禮單之事。

青芷湊近祁素梅，低聲道：「哥哥說了，讓妳且安心在我家住著，這件事十日內必有消息。」

昨夜她已經問過鍾佳霖了，鍾佳霖沒有說太多，不過青芷素來和他心意相通，大概也知道這個禮單必是許韶光背後的靠山送來的。

此事牽涉甚大，她也怕祁素梅被捲進去，因此不肯讓她離去。

祁素梅知道青芷是為自己好，便道：「那我可不客氣了。」

青芷笑咪咪地道：「今日上午，妳姑母派人來接妳，我讓人打發了回去。」

祁素梅心裡一陣感動，伸出胳膊攬住了她，把腦袋放在她肩膀上。「青芷，多謝。」

正在這時，外面傳來一聲輕咳。

祁素梅抬頭一看，見鍾佳霖掀開錦簾進來了，便笑著放開青芷，向鍾佳霖見禮，然後便出去了。

青芷打量著鍾佳霖，見他俊臉微凝，便笑道：「哥哥，怎麼不高興了？」

鍾佳霖挨著她在羅漢床上坐下來，拿過她柔軟白皙的手摩挲了一會兒，這才悶悶道：「以後別讓祁素梅抱妳了。」

青芷斜了鍾佳霖一眼，忍不住笑了。「我的哥哥，祁素梅是女子！難道你連女子的醋也要吃？」

鍾佳霖抱住青芷，在她額上吻了一下，沒有說話。

青芷好氣又好笑，坐在鍾佳霖懷裡轉了話題。「哥哥，許韶光背後的人是不是趙瑜和李泰？」

青芷身上又香又軟，鍾佳霖有些心猿意馬，忙集中心思道：「正是趙瑜和李泰，不過趙瑜怕是要把李泰拋出來做替死鬼了。」

察覺到鍾佳霖身子的反應，青芷面上一熱，眼波流轉地睞了他一眼，起身走到一邊，端起茶盞飲了一口，微苦的茶水令臉上的熱度降了些許。

鍾佳霖覺得懷裡有些空空的，心裡也空空的，抬眼看向青芷，溫聲道：「青芷，妳想不想泡溫泉湯池？」

青芷抬眼看向他，笑了。「想。」

她端著茶盞走過去，餵鍾佳霖喝了幾口，自己也喝了一口，道：「最好能泡在溫泉湯池裡，然後就著雪梨片吃涼涼的薄荷酒。」

鍾佳霖笑了。「等許韶光一案結束，我就帶妳去嵩山行宮的溫泉院。」

青芷大為歡喜，放下茶盞就撲了上去，一把抱住鍾佳霖，湊到他臉頰上用力親了一下。「哥哥，太好了，我早就想了呢！」又道：「到時候帶上祁素梅一起去，我和她一起泡。」

他的計劃其實不是這樣的……

但看著青芷容光煥發的樣子，鍾佳霖什麼也沒說。

青芷想怎樣就怎樣吧，她開心就行。

時序進入了臘月。

臘月初一的大朝會，大宋朝廷權貴們擔了良久的心終於落了地。

清平帝頒布聖旨：「崇政殿大學士李泰，奸邪陰險，寡廉鮮恥，讒諂面諛，樹黨懷奸，蒙蔽欺君，中傷善類，力主議和，割讓國土，使生民離散，盜賊猖獗，夷虜犯土，罪大惡極，著拿送三法司問罪，發往儋州，永遠充軍，家產抄沒入官，將其子女、家僕、男童、幼女共三百餘口，悉數逮捕，送至市場標價拍！」

又頒下旨意，滄州府鹽山縣知縣鍾佳霖遷任西北節度使，總攬西北五州軍政要務。

從七品知縣到正一品節度使，封疆大吏，一方諸侯，鍾佳霖一下子成了京城紅人，一向冷清的鍾府日日門庭若市，客似雲來。
鍾佳霖除了特別必須見的人，一概閉門謝客，專心公務。
青芷得知太傅府被抄家，李雨岫將要被拍賣的消息，心裡也說不清是什麼滋味。
前世就是李雨岫借其父兄之力，壓制自己多年，最後一杯毒酒毒死了她……她原本該大笑三聲的，可是嘴角還未翹起，眼淚卻先流了出來。
前世，她白白死去，這一世，終於由哥哥為她報了仇。
見她眼中含淚，鍾佳霖胸臆間一陣酸澀。他抱起青芷，讓她坐在自己懷裡。「青芷，我想讓這人世清明，善惡有報；想讓百姓溫飽有餘，安居樂業；想讓新宋國力強盛兵強馬壯，不再懼怕遼國和西夏的鐵蹄……妳陪著我，我們一起走下去，好不好？」
青芷仰首，大眼睛亮晶晶。「嗯，哥哥，我一直陪著你。」
年前，鍾佳霖終於得了個空，於是向清平帝提出借用嵩山行宮溫泉院之事。
清平帝正不知道怎麼籠絡兒子，聽說他想去嵩山泡溫泉，當即笑道：「啊，佳霖既然喜歡泡溫泉，朕就把嵩山行宮連同溫泉院賜給你吧！」
鍾佳霖聽了，難得地微微一笑，端端正正行了個禮。「謝陛下。」
起身後，他又試探著道：「陛下，臣終究是臣子，怎能僭越，這行宮之名……」
清平帝難得見兒子笑得眼睛亮晶晶，梨渦深深，顯見十分喜歡，便大大方方一擺手。「既然給了你，你隨便改名吧！」
周靈在一邊侍立，全程圍觀了清平帝和鍾佳霖的父子相處，待鍾佳霖一離開，便笑了起來。「陛下，您上佳霖的當了，怕不是佳霖愛泡溫泉，而是他那小娘子虞氏愛泡。」

清平帝喉嚨發癢，用帕子摀著嘴咳了幾聲，微笑道：「朕怎麼不知？不癡不聾，不為阿翁，佳霖開心就行了。」

得知以秀美典雅著稱的嵩山行宮屬於鍾佳霖了，青芷簡直開心極了。

她看向鍾佳霖。「哥哥，那我可要下帖子，請人去泡溫泉了。」

鍾佳霖俯身在她唇上輕輕吻了一下，道：「隨妳吧！」

他起身去西暗間換衣服。「青芷，咱們不能再用『嵩山行宮』這個匾額了，妳另想個名字吧！」

青芷認真想了幾個名字，提筆記在紙上讓鍾佳霖看。「哥哥，你看這幾個名字怎麼樣？」

鍾佳霖正在繫玉青棉道袍的繫帶，湊過來看了看，問青芷。「青芷，妳最喜歡哪一個？」

青芷想了想，道：「我覺得簡簡單單就叫『嵩山別業』好了，這個『平林別業』似乎也不錯，還有這個『寒山碧』似乎也挺好……」

見青芷陷入了選擇困難，他笑了，伸手捏了捏她的臉。「妳隨便吧，想好了就告訴春雨，讓他去安排。」

青芷終於下定了決心。「哥哥，就叫『寒山碧』吧！」

鍾佳霖是專心大事的人，對於新得的別業改什麼名字這種小事根本就不在意，只要青芷喜歡，就算叫「鍾家莊」、「虞家莊」也可以，反正在他看來，青芷自是千好萬好，什麼都好。

因此聽了青芷的話，他自然道：「妹妹取的名字，自然是好的。」

青芷聽了，不禁笑了起來，眼睛亮閃閃地看著鍾佳霖道：「哥哥，你這人……可真是護短啊！」

前世的哥哥也是這樣，但凡是和她有關，就變得不客觀起來。她喜歡花，哥哥就從各地尋來奇花異草送她；她喜歡趙瑜，哥哥不知道內心如何，反正是盡力去輔佐趙瑜。

這一世，哥哥依舊如此。

鍾佳霖詫異地看向青芷。「妳是我妹妹、是我妻子，我護著妳不是很正常嗎？」男人不是都該護著妻子、兒女嗎？

青芷不知道說什麼好了。

她湊過去，在鍾佳霖額頭上親了一下，笑嘻嘻地道：「哥哥，你高興就好，不過你處理大事可不能如此偏心。」

鍾佳霖被妻子親了一下，只覺得她的唇異常柔軟溫暖，心也似被一片羽毛輕輕拂過，麻酥酥的感覺從心口發散，四肢百骸都舒服得很。

送走鍾佳霖，青芷便去了後花園，和祁素梅商議前往嵩山泡溫泉之事。

祁素梅聽了，自是歡喜。

但還沒等青芷出發去嵩山，清平帝又有旨意下來，宣佈了鍾佳霖的皇子身分，恢復原姓趙，封趙佳霖為慶親王，把位於皇宮東華門外的潛邸賜給了趙佳霖做王府。

這道旨意一下，京城官場便炸開了鍋。

大宋的高官們早得了風聲，暗暗猜出鍾佳霖的真實身分，知道他是清平帝髮妻鍾氏所出的嫡長子，也是清平帝唯一的子嗣，顯然就是未來的皇位繼承人了。

只是知道歸知道，高官貴族都知道當年清平帝和髮妻鍾氏的愛恨情仇，誰也沒膽把這件事拿到明面上說，裝作不知道而已。

如今這道旨意一下，全國上下就連邊陲小城的官吏百姓，都知道大宋王朝有了名正言順的繼承人。

而且這個繼承人還非常優秀，長得清俊，為人聰明多智，不但科舉高中，貴為探花，還擅長處理政務，為官清廉，憑藉一人之力查明許韶光一案，扳倒了大奸臣李泰。

全國上下為此歡欣鼓舞。

第八十八章

今日天氣太冷，空氣似乎都被凍住了，趙佳霖便沒有騎馬，而是和青芷一起坐了暖轎進宮。

他和青芷挨著坐在轎子裡，手裡握著她的手，絮絮講著覲見的禮儀。

青芷前世常常進宮，禮儀都熟得很，卻依舊認真傾聽著，最後道：「哥哥，你放心吧，我都記住了，不會出錯的。」

趙佳霖見她可愛，湊過去在她頰上吻了一下，輕輕道：「即使錯了也沒關係，有我呢！」

「嗯，我知道了。」青芷依偎進他懷裡，心裡暖洋洋的。

崇政殿地龍燒得很暖，藥香與清雅的漱水香混合，在大殿內氤氳著。

清平帝倚著錦緞靠枕，歪在御榻上，打量著行罷禮起身的青芷，見她穿著繁瑣的王妃禮服，顯得美貌嬌嫩，與一邊清俊高眺的兒子堪稱一對璧人，心裡總算舒服了些——兒子認定的兒媳婦雖然出身低微，可是夠美貌，起碼保證了後嗣的容貌。

他嘆了口氣，心道：做父親的終究還是拗不過兒子，尤其是這個兒子的性格隨他那死去的親娘，簡直是一頭倔驢！

想到這裡，清平帝看向趙佳霖，啞聲吩咐道：「佳霖，宗人府和禮部的人候在外面，你帶虞氏去太廟一趟吧！」

趙佳霖答了聲「是」，帶著青芷行禮出去了。

兩人坐上禮部準備的八抬八簇大轎去太廟謁廟。

青芷前世曾經隨趙瑜來過太廟，如今再來，感覺卻截然不同。

前世進入太廟，她滿心想著如何討好趙瑜，鞏固自己的地位；如今再來，內心卻平靜安詳。

青芷忍不住看了左側的鍾佳霖一眼。

趙佳霖發現青芷在看自己，微微一笑，悄悄捏了捏她的手。「沒事，有我呢。」

青芷甜蜜一笑，隨著他步入太廟。

如今正是寒冬臘月，太廟內的松柏也不像夏季那樣油綠茂盛，在檀香氣息的籠罩下，越發顯得蒼翠肅穆。

從太廟出來，趙佳霖與青芷又去見清平帝。

清平帝看著跪在錦墊上的佳兒、佳婦，道：「謁廟罷，趙氏的列祖列宗算是見過你們了，朕也了了一樁心事。」

清平帝又看向青芷，片刻後道：「虞氏謹遵婦德，宜室宜家，賞。」

謝了賞出來，青芷與趙佳霖迎面就見到小太監引著一個穿著親王常服的青年走過來，原來是趙瑜！

趙瑜已經很久沒有見過青芷了，乍一相見，頓時吃了一驚，盯著她看了一眼，又徑直去了崇政殿。

趙佳霖瞅了青芷一眼，見她眼神平靜，心裡略微鬆了口氣。

在大轎中坐定之後，趙佳霖忍不住把她攬在懷裡，低聲道：「青芷，這個英親王無論看誰都像是含情脈脈，其實為人最是冷酷無情，自私自利。」

妹妹可千萬別上趙瑜這廝的當，中了他的美男計啊！

青芷笑盈盈地仰首看他。「哥哥，我已經嫁給你了，他再含情脈脈，也和我無關啊。」

趙佳霖心裡甜滋滋的，抱緊了青芷，心道：青芷好乖呀！

臘月十八這日，新封的慶親王趙佳霖被眾親信簇擁著，騎馬護著青芷等女眷乘坐的馬車出了府門，逶迤往城門而去。

路過教坊司的時候，青芷聽到外面傳來陣陣哭聲，便把車簾掀開一道縫往外看，卻看到幾個衙役正押著一隊戴著鐐銬的女子往教坊司走。

這些女子個個披頭散髮，身上還穿著錦衣，卻被撕扯得破破爛爛，瞧著甚是淒慘。

王春雨正騎著馬護在馬車旁，見狀便輕道：「王妃，這是李泰府上的女眷，被沒入教坊司。」

青芷這時在這隊女眷中看到了李雨岫。

李雨岫披散著頭髮，衣裙凌亂，臉色蒼白，卻依舊昂頭走著。

看到這樣的李雨岫，她心裡平靜至極。

無論是對前世狠毒跋扈的李雨岫，還是對眼前落魄淒慘的她，青芷心中沒有了恨。

李雨岫既然享受了家族帶來的榮耀，就要承擔家族敗落帶來的苦難。

自己也是如此，她如今享受哥哥帶來的榮耀，將來若是哥哥落魄，她必將不離不棄，一生追隨。

祁素梅和青芷同車，自然也看到了窗外的李雨岫，心中也是感慨萬千，低聲道：「先前李雨岫可真厲害，她若是看不上誰，全京城的高門貴女就會排斥誰。以前有一位工部員外郎家的姑娘，因在金明池行宮的燈會上和英親王說了幾句話，就被李雨岫欺負得跳樓自盡……」

青芷沒說話，伸手握住了祁素梅的手。

她自己不就是活生生的例子嗎？

李雨岫一直不動手，一直冷眼旁觀，在她的美夢做到最高潮，以為自己即將成為貴妃娘娘的時候，李雨岫才出手，一擊必中，一招致命。

祁素梅忍不住又往外看了看，卻沒有看到英親王府的人，便又道：「英親王真狠心，不管如何，李雨岫畢竟曾經是他的未婚妻，如今卻要進入教坊司成為官妓，他也不救一救。」

青芷想了想，道：「英親王也自身難保，他如今被任命為交趾節度使，即將出發前往交趾了。」

交趾遠在萬里之外，趙瑜這一生怕是再難回來了。

嵩山東邊有一處宅院，占地頗廣，正是梁皇后兄長太師梁希之的別業。

梁家別業內空蕩蕩、靜悄悄的，唯有最東端的一處院落碧松園裡有人。

碧松園深處的小樓內，壁爐裡的火燒得正旺。

趙瑜端著酒盞走到壁爐前，飲了一口，轉身看向蘇沐澤。「你確定虞氏今晚會住在嵩陽殿？」

蘇沐澤點點頭，道：「我可以確定。」

趙瑜轉身看著壁爐裡的火，烈酒順著喉嚨滑下，令他整個人熱了起來。

他策劃了這麼久，等待了這麼久，終於等到了今日這個機會！

片刻後，他開了口。「今晚子時行動，務必一擊必中，只能成功，不能失敗！」

蘇沐澤看向趙瑜。「王爺，這次啟用的是死士，即使失敗，也絕對不會留下活口。」

商議罷，他又道：「王爺，遼國的使者有些坐不住了，威脅說大宋再不放了耶律璟和蕭平林，他們就要再次大軍南下……」

趙瑜笑了，眼睛中卻殊無笑意。「遼國大軍南下，燒的不是我的產業，殺的也不是我，我管他們做什麼？」

蘇沐澤沒有說話，只是靜靜看著趙瑜。

趙瑜又飲了一口酒，才道：「遼國人手裡沒有我的把柄，不用擔心，咱們先管眼前這件事吧！」

就在趙佳霖成為西北節度使的那一日，一場大醉醒來，趙瑜記起了前世之事。

自從記起前世之事，他的心就一直被放在火上炙烤，日日煎熬，夜夜難安。

他端起酒盞，一飲而盡，全身的血液似乎燃燒了起來。

前世，青芷去了之後，李泰馬上逼著李雨岫向他下跪請罪，並以退出內閣為條件，換回了女兒的一條命。

一向鞍前馬後、為他奔走效勞的趙佳霖起初雖然憤怒，可是很快就冷靜下來。就在他和李泰都放鬆警惕的時候，趙佳霖忽然發瘋，不管是李雨岫、他，還是李泰，都被趙佳霖活活燒死在崇政殿……

重活一世，他不會放過李雨岫，也不會放過趙佳霖，更不會放過虞青芷。

虞青芷是他的女人，如今卻被趙佳霖霸占，他一定要搶回來！

改名為寒山碧的嵩山行宮紅牆碧瓦，靠山面水，被京城權貴們的別業簇擁著，在蒼山碧水的映襯下，秀麗典雅。

趙佳霖扶著青芷在二門內下了馬車，珍珠等丫鬟陪著祁素梅下車。

春蕾指揮眾丫鬟引著她去偏院安置，寶珠則帶著小丫鬟，引著來作客的眾女眷去客舍安置。

趙佳霖挽著青芷的手，穿過重重宮殿，終於走到了正殿前，這才停下腳步。

青芷仰首看去，發現大殿上方，太祖皇帝御筆親題的嵩陽殿匾額已經不見，取而代之的是「寒山碧」三個字，瘦硬有神，用筆細勁，結體疏朗，正是趙佳霖的筆跡，不由笑了起來，眼波流轉看向趙佳霖。「哥哥，『寒山碧』這三個字是你題的吧？」

趙佳霖凝視著青芷的眼睛。「是我題的。」

見青芷笑得淘氣，他當即也笑了。「我已經讓人備了晚飯，用了晚飯，咱們就去泡溫泉。」

青芷聞言，心裡一動，抬眼看向趙佳霖。「哥哥，你──」

趙佳霖俊臉微紅，低下頭，也不多說，徑直牽著她的手登上白玉臺階，進了大殿。

大殿內的陳設都是剛換過的，舒適雅致。殿內沒有用熏香，卻擺了好幾瓶梅花，淡雅的梅香氤氳在溫暖的大殿內，很是好聞。

春蕾帶著小丫鬟送了酒菜進來，特地擺在落地長窗前的寶榻上。

擺好酒菜，春蕾帶著小丫鬟退了下去，靜靜守在廊下。

偌大的大殿內就剩下青芷和趙佳霖。

兩人對坐在寶榻上，對著紫檀木小炕桌上擺著的幾樣酒菜，莫名有些緊張。

青芷先破功，瞅了趙佳霖一眼，見他的耳朵都紅了，不由噗哧笑了，直起身子，伸手拿過白玉壺，先為趙佳霖斟了一盞酒，又為自己斟了一盞酒，然後端起酒盞，笑盈盈地道：「哥哥，我敬你一杯。」

外面山風呼嘯，風聲呼呼，搖撼得大殿的門窗哢哢作響。

青芷側耳傾聽了片刻，不由道：「哥哥，風這麼大，怕是要下雪了吧？下雪了還泡溫泉嗎？」

趙佳霖笑了。「鹿肉鍋子一會兒就送來，咱們用了鍋子就去泡溫泉池子。」

青芷瞅了趙佳霖一眼，用牙箸挾了些爆炒雀舌吃了。

一時鹿肉鍋子送來，熱騰騰的，味道甚是鮮美，青芷和趙佳霖就著鍋子吃了幾盞酒，都有了幾分酒意。

大殿內漸漸靜了下來，兩人都不怎麼說話了，只是低著頭吃酒。

看著瑩潤燈光中的青芷，趙佳霖有些臉熱心跳，伸手握住她的手，啞聲道：「青芷，咱們去泡溫泉池子吧！」

青芷有些羞澀，正要說話，卻聽到外面傳來王春雨的聲音。「啟稟王爺，京城送來急報，東北有緊急軍情。」

他好不容易鼓足勇氣……

青芷原本緊張得不得了，此時忽然鬆了下來，笑咪咪地道：「哥哥，你快去吧，公事為重！」

她下了錦榻，拿了趙佳霖的靛藍緞面玄狐斗篷過來，跳到錦榻上幫他穿好，又繫了繫帶，雙手放在他肩上，大眼睛滿是狡黠。「哥哥，你不用管我，我自己泡溫泉也可以的。」

趙佳霖不禁笑起來，雙臂環在青芷腰間，抱了她一下。「等我回來。」

這會兒雪剛下起來，還不算大，只是風太大了，雪沙被風颳得不知道飛哪兒去了。

青芷立在廊下，目送趙佳霖在眾隨從的簇擁下進入風雪之中。

她站在那裡看著，一直到隨從的燈籠消失在漫天風雪中，再也看不見，這才進了大殿。

溫泉池就在後殿，與前殿有遊廊相通。

春蕾帶著兩個丫鬟進來，屈膝行禮。「王妃，後殿已經準備好了，您現在就過去嗎？」

青芷點點頭。「這會兒就去。」

她一飲酒就渴睡，眼睛都快睜不開了，略微泡一泡就回來睡覺吧！

春蕾拿了青芷的大紅緞面雪狐斗篷出來，服侍她穿上後，又幫她戴上兜帽，待一切停當，這才引著青芷去了後殿。

外面是風雪交加、天寒地凍，後殿內卻熱氣騰騰，甚是暖和。

青芷一進去就覺得有些熱，便脫去斗篷和外衣，只穿著中衣，赤腳踩在小石子上，發現甚是舒服，便笑著吩咐春蕾。「妳們去偏殿候著吧，我洗好了再叫妳們。」

她還是不習慣當著外人的面寬衣解帶，平常和趙佳霖在房裡時，丫鬟都不讓進來服侍的。

春蕾知道她的習慣，答了聲「是」，帶著眾丫鬟退了出去。

青芷剛要解開中衣的衣帶，忽然覺得不太方便，便穿著中衣進了眼前這個蓮花池。

她靠著蓮花池邊坐在那裡，溫熱的泉水不斷沖著，令她整個人極度放鬆，倚在池邊昏昏欲睡，不知不覺便睡著了。

不知道睡了多久，青芷終於醒了過來。

她頭疼欲裂，吸了口氣，伸手摁著頭，從床上坐了起來，皺著眉頭看了看自己身上，發現身上穿著白綾襖，繫了條朱砂色裙子，還算整齊，這才分心打量著四周。

靛藍緞面繡被衾枕，月白的幔帳，蟹青色窗紗，全套黃花梨木家具，床頭小几上的水晶花瓶，花瓶裡插著一枝紅梅，散發著淡淡的幽香……

這個地方並不陌生。

這是前世的她在運河別業後園小樓二樓的臥室！

青芷心中起了一陣恐懼。她怎麼又回來了？難道先前的一切只是一個夢，她還身處前世？

想到這種可能，她的背脊瞬間冒出了一層冷汗，忙在自己的腿上擰了下。

能夠感覺到疼痛，證明不是夢。

她當即下床，穿上繡鞋，走到梳妝鏡前，揭開鏡袱看了過去，發現自己耳垂上戴著一對銀鑲翡翠珠子，這才放下心來——她在寒山碧泡溫泉的時候，別的首飾都取下了，只有這對耳墜沒有取下！

原來不是夢啊！

確定之後，她不由鬆了一口氣，這才察覺到背上出了汗，如今又濕又黏，難受得很。

她低下頭思索著。

頭還在一陣陣的抽疼，而她在泡溫泉的時候睡著了……寒山碧是由青衣衛布防，防禦嚴密，應該是在她泡溫泉的時候，趙瑜的人通過地道進去，使用了某種藥物，令她暈了過去，然後透過地道把她運出寒山碧，趁著大雪初下送到運河別業的。

如今最首要的是弄清楚趙瑜的目的是什麼？是用她來威脅哥哥，還是單純地想要她回到他身邊？

青芷覺得第一種可能最大。

正在這時，一陣腳步聲由遠而近，聽足音，輕而猶豫，應該是在這裡侍候的丫鬟。

片刻之後，明間那邊傳來門被推開的聲音，腳步聲越來越近。

青芷轉過身看去，卻見一個身穿白綾襖、墨綠褙子的丫鬟正立在那裡，杏眼朱唇，瓜子面龐，極是俏麗，正是她前世的心腹大丫鬟秋雨！

此時的秋雨才十三、四歲模樣，見青芷看自己，怯怯地低下頭去。「奴婢秋雨見過夫人……」

青芷凝視著秋雨，心裡說不出是什麼滋味。重生後，她反覆揣摩前世之事，已經明白自己中毒，幕後指使者是王妃李雨岫，而下手的人則是自己的大丫鬟；如今那人不知道在何方，秋雨卻在眼前，還是一個小姑娘……

秋雨屈膝蹲在那裡，單薄的身子微微顫抖，分明是極害怕的模樣。

青芷見狀，不欲和她計較。「妳先起來吧！」

待秋雨起來，她直接問道：「趙瑜呢？」

秋雨怔了怔，忙道：「啟稟夫人，奴婢也不知道王爺去哪兒了……」

第八十九章

青芷走到窗前，撥開窗門，推開窗子。

寒氣逼人，外面果真還下著雪。

風已經停了，雪花卻變得大了，紛紛揚揚的雪花密密飄灑著，把窗外層層疊疊的群山變成了白雪之境。

青芷看著天色和雪地的厚度，算著時間。

看這雪，她失蹤的時間已經超過一天一夜，哥哥不知道急成什麼樣子了……

可她知道這時候自己不能急，須得慢慢計較。

她關上窗子，回到妝檯前坐了下來，思索著對策。

秋雨怯生生地問道：「夫人，您晚飯……有沒有想用的？」

青芷這會兒正餓得發慌，打量著秋雨，心道：趙瑜既然把這小樓佈置成昔日模樣，還把秋雨找過來，不知道他是不是也恢復了前世記憶，不如先試一試……

心中計議已定，她開口道：「我想吃閩州廚子做的佛跳牆。」

前世因為她愛吃佛跳牆，趙瑜特地從閩州請來了一位擅長烹製佛跳牆的廚子，專門養在運河別業裡，她記得那個廚子姓郭。

秋雨聞言，如釋重負，嘴角噙著一絲笑意。「夫人，咱們廚房裡正好有一位郭廚子，特別會烹製佛跳牆，奴婢這就去傳話。」

青芷微微頷首。原來，趙瑜是真的恢復了前世記憶，連郭廚子也從閩州給請了過來。

看著秋雨的背影，她不禁打了個寒顫。趙瑜到底在發什麼瘋？若只是想威脅哥哥，他似乎不必費這麼多功夫。

不久，佛跳牆送了過來。

青芷在美食面前從不矯情，痛痛快快吃了一頓，漱口罷便又睡下了。

秋雨見狀，不敢打擾，便收拾了杯盤碗筷，用食盒提走了。

聽到房門關上的聲音，她忙從髮髻上拔下一支赤金嵌紅寶梅花簪，塞在枕下，才趕緊休息。

青芷正睡得迷迷糊糊，忽然覺得臉上有些癢，一下子就清醒了過來。有人在摸她的臉！

她立刻睜開眼睛。

屋子裡，簾幕低垂，視線有些暗，可青芷依舊認出了坐在床邊的男人——俊眼修眉，形容俊秀，不是趙瑜又是誰？

她躺在被窩裡，表面平靜，實際上渾身發冷，如披冰雪——重生之後，每次遇到趙瑜，她都是這種感覺。

趙瑜見她已經醒了，卻沒有停手，修長的手指輕輕拂過她的唇，聲音溫柔至極。「青芷，妳醒了？要不要喝水，我餵妳吧？」

青芷腦中飛快地運轉著，大眼睛盯著趙瑜，一聲沒吭。

趙瑜繼續撫摸著她豐潤的櫻唇，聲音中帶著一抹笑意。「我記得妳每次醒來，都要先喝水，妳那麼愛撒嬌，每次都非要我餵妳……」

青芷的唇柔軟溫暖，是記憶中的觸感。

自從記起前世之事，趙瑜就盼著這一天，盼得心都疼了。

青芷是他的，卻被趙佳霖這廝強占了……他非得奪回青芷不可，無論付出多大的代價！

青芷面無表情。前世覺得旖旎的回憶，到了如今，她只覺得肉麻無趣，不堪回首。

趙瑜察覺到了她情緒異常，卻刻意忽略，聲音越發溫柔。「我們是最好的一對，以後我會好好待妳，妳要乖乖的……」

他俯身在她唇上吻了一下，在她將要反抗的瞬間，一觸即離，直起身子，開始解腰上的玉帶。

青芷雙手緊握成拳，手心全是濕冷的汗，一顆心如同浸在冰水裡，呼吸急促。

她竭力讓自己冷靜一些，悄悄伸手到枕下，摸出那支赤金嵌紅寶梅花簪……

趙瑜解下玉帶，掛在一邊的黃花梨木衣架上，解開衣帶，脫下錦袍。

青芷忽然開口，聲音沙啞。「英親王，你貴為親王卻強占姪媳，這件事若是傳揚開去，對你可是大大的不利。」

她得要儘量拖延時間。

趙瑜對著青芷，微微一笑，笑容中帶著得意。「青芷，我前世謹小慎微，也沒得什麼好結果，不如順從本心，該出手時就出手，落得個自由自在。」

青芷大大的黑眼珠子轉了轉。「外子瞧著性格平和，其實最是記仇，若是得知此事，怕是不肯干休。」

趙瑜笑容狡黠。「沒事，等妳懷了我的孩子，大著肚子見他，他也無可奈何，只能成全妳我。」

青芷實在忍耐不住，恨恨道：「趙瑜，你明明知道我根本不會懷孕。」

趙瑜臉上的笑容消失了，取而代之的是悲憫之色。「青芷，難道妳不知道嗎？妳不是不能生，而是——」

青芷聞言，心裡一驚，抬眼看向趙瑜，雙手緊握成拳。

趙瑜卻不著急了，轉身點亮床頭小几上的一對赤金蓮花燈臺。

昏黃的燈光給臥室罩了一層曖昧的光，就像他和青芷的第一夜……

趙瑜的臉上現出悵惘之色，看向青芷，正要繼續說話，這時外面卻突然傳來一陣急促的腳步聲，接著就是秋雨慌亂的聲音。「啟稟主子，吏部尚書周大人求見！」

聞言，趙瑜看著青芷，似笑非笑道：「青芷，妳且等著，我一會兒就來陪妳。」

說罷，他轉身就要離開。

青芷心中憤怒至極，猛地撲了上去，一把將他給拖回來，用力摔在床上。「你快說，到底是怎麼回事?!」

趙瑜躺在那裡只顧著笑，笑得眼淚都出來了。

他用力擦去眼淚，道：「是李雨岫下的手，她給妳下了絕育藥。」

說罷，趙瑜用力一掙，脫身而起，立在那裡看著青芷，桃花眼濕漉漉的。

他退了兩步，深深看了她一眼，轉身大步去了。

青芷坐在那裡思索，不由得冷笑——即使李雨岫下過手，也應該不是第一個下手的！

因為她進英親王府要比李雨岫早兩、三年，那時候李雨岫還沒嫁進王府，怎麼可能下手害她？

幾乎是瞬間，她忽然想到一個關鍵——既然這一世她沒有進過英親王府，便應該沒有服用過前世服過的絕育藥，也就是說，這一世她可能有生育能力……

她也許能為哥哥生下孩子……

這個可能帶給她極大的力量，她當即下床，拿了外衣穿好，又走到妝檯梳了最簡單的盤髻，插上那支赤金嵌紅寶梅花簪。

青芷拾掇完畢，走到房門處，伸手去拉門。

門被人從外面閂上了，根本打不開。

她又搖了幾下門，發現真的打不開，悻悻地轉身走回臥室。

她躡手躡腳走到拔步床後，用力推開床後一個黃花梨木大衣櫃，緊閉的雕窗露了出來——這裡原來有兩扇後窗的，不知被誰用這個黃花梨木大衣櫃堵上了，而她還記得。

打開後窗之後，一股寒意撲面而來，凍得她的臉有些刺刺麻麻的。

她探頭往外看，發現天已經黑了，整座運河別業被白茫茫大雪籠罩。

青芷觀察片刻，心中有數了，便轉身回去，從黃花梨木衣櫃裡找出許多件衣服、床單，一個個打成死結連在一起，又一個個拽了一遍，確定綁得結實之後，這才起身行動。

按照她的記憶，窗下應該是一片草地，即使真的摔下去也只會摔傷，而不是摔死。

趁著這會兒周靈拖住趙瑜，她得快些逃走，越早越好！

她把布繩的一端綁在衣櫃的木腿上，另一端綁在自己腰上，踩著放在後窗前的凳子，翻過窗子。

她小心翼翼往下滑動，剛滑到一樓和二樓的連接處，就聽到下面傳來一陣急促而雜亂的靴子聲。

她吃了一驚——這麼快就被人發現了？

還沒來得及多想，便聽到趙佳霖顫抖的聲音。「青芷……」

青芷下意識一抖，手一鬆，整個人就摔了下去。

趙佳霖平生第一次身體反應快過大腦，箭一般地衝了過去，終於在青芷落地的瞬間抱住她。

他順勢在雪地上一滾，讓自己墊在青芷身下。

青芷一直保持冷靜，可是如今被趙佳霖緊緊抱在懷裡，她不禁放聲哭了起來。「哥哥！哥哥……」

趙佳霖心疼如絞，恨不能把她揉進身體裡，這樣就不擔心她被人劫去了。

他用力抱了她一下，柔聲安撫。「青芷，沒事，哥哥來了，哥哥來了……」

青芷想起趙瑜，忙道：「哥哥，那趙瑜——」

趙佳霖只道：「早晚要撕破臉，索性今日就撕破。」

扶起她後，趙佳霖從霜月手裡接過青芷的斗篷，把她從頭到腳裹好，吩咐霜月帶著一隊青衣衛護送青芷回去，自己則去見趙瑜。

前面的大堂裡，趙瑜陪著吏部尚書周靈說話。

兩人分屬不同陣營，哪裡有那麼多知心話？寒暄敷衍幾句之後，便陷入無話可說的境界。

趙瑜牽掛著後園的青芷，心裡略有些急躁，說了兩句客氣話便吩咐人上茶，擺出看茶送客的架勢來。

誰知周靈今日奇怪得很，東拉西扯的，就是不肯告辭。

趙瑜心中起疑，正要起身，忽然聽到一陣急促的腳步聲，緊接著小廝就連滾帶爬地進來稟報。「稟王……王爺，慶親王帶著人闖進來了！」

這時候，大堂門上的錦簾被人掀起，趙佳霖在一群全副武裝、形容彪悍的青衣衛簇擁下闖進來。

周靈當即站了起來，走到趙佳霖身邊。

趙佳霖也不多說，揮了揮手，言簡意賅。「砸。」

自己的妻子被趙瑜這種小人擄走，這種事不可能鬧到朝廷上去，對青芷閨譽有損。

因此他準備用自己的法子解決。

秦臻和梁森鬱正等著他一聲令下，當下就帶領一幫如狼似虎的青衣衛撲了上去，又是砸、又是打，鬧成一團。

王府護衛雖然厲害，可是跟青衣衛相比還是差得多，登時就被打得毫無招架之力，只得護著趙瑜站在最裡面，任憑青衣衛打砸。

趙佳霖立在那裡，聲音帶著刻骨的冷意。「全部砸了！砸完一把火燒了！」

趙瑜心中怒極。「趙佳霖，你敢！」

趙佳霖隔著人群與他四目相對，眼神似淬了冰。「趙瑜，你看我敢不敢？」又道：「下次你若是再犯，我定取你性命！」

趙瑜被氣得渾身發抖，指著趙佳霖，恨恨道：「趙佳霖，你給我等著！」

一大隊全副武裝的青衣衛簇擁著青芷乘坐的馬車行上官道，向東而去。

青芷坐在車裡，霜月和春蕾在馬車裡陪著她。

霜月不擅言辭，只是挨著她坐著，雙手緊握著她的手，以示撫慰。

春蕾心中慚愧，又悔又怕，滿眼是淚地道歉。「對不起，王妃，是奴婢的錯……」

青芷反倒笑了，道：「行宮下面居然有地道，這可不是妳的錯。」

她微笑著安撫春蕾。「回去後總結教訓，以後不再出現這種錯誤就是。」

春蕾心中又是愧，又是悔，又是感念青芷的寬容，一時竟說不出話來。

青芷掀開車窗簾看向運河別業，卻見到那裡濃煙滾滾，火勢沖天，半邊天都染紅了一般，不由吃驚，接著一顆心就緩緩地回了原位。

這個有著她無數記憶的地方，就這樣被一把火燒掉了……

回到房裡，青芷先痛痛快快地泡了個澡，洗得潔淨清新，舒舒服服地倚著靠枕，歪在榻上等待鍾佳霖。

不知不覺便過了子時。

青芷有些疲憊，正要起身，卻聽到外面傳來熟悉的腳步聲。

她心中歡喜，忙起身理了理裙裾，上前迎接。

趙佳霖走到門外，聽到了她的動靜，忙道：「青芷，別出來，外面冷。」

他說著話，撩起門上的錦簾，進了明間。

青芷腳步輕盈地投入趙佳霖懷裡。「哥哥。」

趙佳霖緊緊抱著她，低頭吻住了她。

青芷的心怦怦直跳，整個人酥軟在趙佳霖懷裡。

他起初有些生澀，漸漸就熟練了些。

青芷的唇嚐起來又軟、又滑、又香，吻著她，他心臟最柔軟的地方就像被什麼撞擊了一下，一波波地震盪開來，令他暈頭轉向。

他沒有章法，只是憑本能地吻著。

青芷發現了趙佳霖的生澀，便反客為主。

趙佳霖只覺得身子一陣陣的麻痺，再難忍耐，抱起青芷進了臥室，向床邊走去。

把青芷放在床上後，趙佳霖俯身過去，雙目清湊湊地看著她，嫣紅的唇微微顫抖。

青芷知道他生澀，微微一笑，伸手握住他的手，把他往自己身邊牽。

趙佳霖又吻了良久，起身脫去衣物。

青芷羞澀地看著他。

哥哥穿著衣服的時候瞧著很是清瘦，可是脫了衣物，才看出寬肩細腰長腿的好身段，並不是看上去的文弱模樣。

霜月帶著小丫鬟在外面的小閣子裡輪值，聽到臥室裡隱隱傳來王妃的顫聲哀求和拔步床的吱呀聲，不由又是擔心、又是放心，最後嘆了口氣，低聲吩咐小丫鬟。「把熱水準備好吧！」

趙佳霖正是血氣方剛的時候，弄了兩遭之後，卻知道青芷再也禁不起了，便把她攬在懷裡，輕輕撫摸著，柔聲安撫著，很快就把她哄睡著了。

霜月和小丫鬟在外面等了半日，也沒聽到裡面要水，便也合目在小閣子裡的窄床上睡了。

第二天早上，青芷沒有起身，只有趙佳霖出來。

霜月要進去，卻被他攔住了。

趙佳霖俊臉微紅，吩咐霜月。「用食盒把早飯送進來。」

早飯送來後，他扶起青芷，讓她坐在床上，自己端了雞粥餵她吃。

青芷睡得迷迷糊糊，還沒清醒，趙佳霖餵了她就吃。服侍她用罷早飯，趙佳霖柔聲問青芷。「青芷，我已經給妳抹過消腫化瘀的藥膏了，妳要不要再睡一會兒？」

青芷身子睏倦至極，依偎著趙佳霖「嗯」了一聲。

見她小臉蒼白，眼下有些青暈，趙佳霖心裡憐惜萬分，湊過去在她唇角吻了一下，又在額頭吻了一下，才柔聲道：「家裡也沒什麼事，我交代一聲，妳就安安生生地睡吧！」

安頓她躺下後，趙佳霖拉起錦被給她蓋好，知道自己該進宮去見皇帝，卻又捨不得離開，不由自主又在床邊坐了下來，眼神溫柔地看著妻子。

昨夜之前，他對青芷是疼愛、喜愛，經歷了昨夜的旖旎親密，他對青芷又加上了憐愛，一想到她，他就覺得說不出的幸福和滿足。

青芷迷糊間感受到自己的手被趙佳霖握著，便閉著眼睛叫了聲「哥哥」。

這聲極平常的「哥哥」，卻似烈火一般，一下子把趙佳霖的理智燒為灰燼，他再度吻住了青芷……

周靈與趙佳霖約好了一起去宮裡遞牌子覲見，誰知他在崇政殿陪清平帝聊了天、下了棋，又侍奉清平帝用了午膳，繼續陪著皇帝下棋，眼看著都快要在崇政殿耗一天了，趙佳霖還是不見蹤影。

縱使周靈一向城府頗深，也有些就急了。

清平帝見他棋下得有些不穩，便笑道：「周靈，你今日是怎麼了？」

周靈還沒來得及回話，外面就傳來小太監的聲音。「啟稟陛下，慶親王覲見。」

清平帝聽說趙佳霖來了，心裡一喜，也顧不得聽周靈回話，當即道：「宣。」

周靈這才鬆了一口氣，垂下眼簾，忖度著如何和慶親王一起催促陛下，讓趙瑜早日動身去交趾赴任？

尾聲

一直到了傍晚，青芷這才睡醒。

這一天，她睡得腰痠背痛，坐起來後有些呆呆的。

春蕾帶著丫鬟侍候她梳洗了，才輕輕問道：「王妃，不如先用些點心，洗罷澡再用晚飯？」

青芷正覺得身上黏膩不堪，便「嗯」了一聲，道：「晚飯要清淡些。」

春蕾答應了，自去安排。

到了深夜，趙佳霖還沒回來。

今夜該春蕾輪值，青芷便叫了春蕾陪伴自己。

她坐在榻上做針線，春蕾拿了本唐人傳奇讀給她聽。

春蕾聲音不算高，卻又抑揚頓挫，讀到悲傷處，聲音消沈；讀到激昂處，語速又急又快，頗能感染人，青芷不禁沈浸其中。

她正聽得入神，外面忽然傳來趙佳霖的聲音。「王妃歇下了嗎？」

接著便是小丫鬟的回話聲。「王爺，王妃還沒歇下，春蕾姑姑在陪著王妃呢。」

趙佳霖聞言點點頭，道：「如此甚好。」

清平帝剛剛下了旨意，由和雨親自送趙瑜即刻前往交趾赴任，他一直到確定趙瑜離開京城，這才回了王府。

知道趙佳霖就在門外，青芷心裡又是歡喜、又是羞澀，臉有些熱，腿也有些軟，不禁低下頭去。

春蕾見狀，不由掩口而笑，放下書起身道：「王妃，奴婢下去了。」

趙佳霖一進臥室，就看向窗前榻上的青芷，眼神深沈而灼熱。

青芷笑盈盈地看向他，輕輕叫了聲「哥哥」。

趙佳霖當即大步流星地過來，一把將她從榻上抱了下來。

把青芷放在床上後，趙佳霖側身挨著她躺下來，聲音不由自主放低，結結巴巴地道：「青芷，那……那裡……消……消腫了嗎？」

青芷畢竟是重生過一次的人，到底有些經驗，見他如此生澀靦覥，覺得可愛得很，當即笑了，眼睛亮晶晶地看著趙佳霖。

趙佳霖被她這麼一笑，俊臉通紅，不由自主翻身壓在妻子身上，埋進她頸側……

這日，趙佳霖在崇政殿陪清平帝下棋，在座的還有丞相郭子平、禮部尚書王治和吏部尚書周靈。

清平帝拈著棋子思索的時間有些長，趙佳霖不由有些走神，想起昨夜與青芷的旖旎風光，不由抿嘴笑了，臉上也有些熱熱的。

沈吟良久後，清平帝終於落子，抬眼看趙佳霖，見他俊臉微紅，似乎在想心事，心道：

佳霖這副模樣，瞧著卻像是少男懷春……

諸人告退之時，清平帝特地把周靈留下來，含笑問道：「佳霖這幾日是走了桃花運嗎？瞧著眼睛亮亮的，臉老是紅，而且有時還會走神。」

周靈微微笑了，湊近清平帝，輕輕說了幾句話。

清平帝因為吃驚而瞪大眼睛。「天，佳霖先前居然一直是童男子?!」

他越想越覺得好笑，最後笑得前仰後合，眼淚都笑出來了。

周靈也是笑。

他很早就來到清平帝身邊侍候，深知清平帝在女色上放縱，沒想到多情至無情的清平帝居然會有趙佳霖這樣一個純情的兒子，一直到如今，只是守著他的青芷妹妹過日子，而且因為疼愛她，不忍心妹妹受苦，居然一直忍耐著做童男子。

清平帝用錦帕拭去眼角的淚，笑道：「佳霖這孩子，這天真勁兒隨誰？」

他的腦海裡浮現出髮妻鍾氏的面容，笑容漸漸消逝了——趙佳霖在男女之事上的執著勁兒，可不就像他的母親……

時光荏苒，三年時間倏忽而過。

清平帝病危，下旨冊封慶親王趙佳霖為皇太子，其妻虞氏為太子妃。

外面下起了雪，雪花飛舞，天寒地凍，整座皇宮被雪籠罩。

福寧殿中生著地龍，溫暖如春，可是簾幕低垂，藥味濃郁。

清平帝躺在御榻上，不停地咳著，整個人瘦得已經脫了形。

他看著大太監和雨，聲音嘶啞。「佳霖……還沒到嗎？」

和雨還沒來得及答話，外面就傳來了周靈嘶啞的聲音。「陛下，皇太子、太子妃、小皇孫到了。」

清平帝聞言，一下子睜開了眼睛。「快……快宣。」

殿內簾幕低垂，融融暖意中氤氳著濃重的藥香，令寢殿越發顯得壓抑。

太監、宮女跪了滿地，迎接皇太子趙佳霖、太子妃虞氏和小皇孫趙雲的到來。

趙佳霖一手牽著妻子，一手牽著兒子，由周靈引著入了福寧殿。

周靈眼睛濕潤了，一邊走一邊低聲道：「陛下這次病勢危急，殿下您見了就知道了。」

趙佳霖「嗯」了一聲，清俊的臉上帶著一絲悵然，帶著妻兒上前行禮。「見過父皇。」

好一陣子之後，清平帝終於嘶啞著聲音道：「阿霖，你來了……」

趙佳霖上前，伸手握住清平帝的手，心中有些迷茫。

他一直以為，清平帝若是死去，自己會雀躍吧，可如今事到眼前，他才發現自己根本做不到。無論如何，眼前這個人，是他的親生父親……

清平帝的視線滑過青芷，落在了兩歲的趙雲身上。

啊，這個秀美白皙、小仙童般的娃娃，是他的小皇孫啊！

青芷輕輕道：「阿雲，上前讓你皇爺爺看看。」

趙雲其實是有些怕的，不過爹娘都在，他要做一個勇敢的小孩，便聽話地走上前，伸出白嫩的小手，握住清平帝的手指，聲音嬌嫩。「皇爺爺。」

清平帝看著小皇孫，瘦得嚇人的臉上笑了起來，然後緩緩閉上眼睛，輕輕道：「阿霖，你娘來接我了……」

大宋清平十五年，清平帝崩逝。

新帝趙佳霖牽著皇后虞青芷的手下了輦車，卻沒有立刻進大慶殿。站在高高的漢白玉臺階上，夫妻倆並肩而立，齊齊看向碧藍天空下的黃瓦朱牆。這華美的宮城，巍峨的宮殿，迎來了新的皇帝、新的皇后，開始了新的紀元。

大宋慶安帝趙佳霖在位期間，擊敗西夏，收復西域，開拓科舉，拓寬商路，為其子世寧帝趙雲締造大宋黃金盛世奠定了堅實基礎。

慶安帝一生鍾情虞皇后，後宮虛設。

——《後宋書》

——全書完

2019年5月出版

棄婦逆轉嫁

文創風 744~745

樹大招風，一個棄婦生意做太大也不是件好事，
這不，一盆盆髒水都往她身上潑，
看來她不發威，旁人還當她是病貓了！

兜兜轉轉　朝花夕拾終不遲／林曦照

林舒婉一穿越到南陽侯府，就被人指著鼻子罵賤人，
她怎麼這麼倒楣，不明不白揹了原主和下人私通的黑鍋，
不過聽身邊丫鬟的說法，原主似乎是被栽贓的 ?!
說來也是，身為相府嫡女，擁有良好的家世、教養，
又嫁入南陽侯府成為三夫人，沒道理做出這等敗壞門風的事，
誰知這還不是頭一回，據謠傳她當初的婚姻也是她的手筆，
可知人知面不知心，誰曉得這樁樁誣衊，莫不是周遭有心人的陰謀？
不過這事先放一邊，現在她這被休的棄婦，得先謀條活路才行。
她帶著一群娘子軍，把「織雲繡坊」經營得有聲有色，
突發奇想的羊毛衫點子，不只成為戰場上的禦寒法寶，
竟意外讓她和前未婚夫薛佑琛再度有了交集……

文創風 749

順手撿個童養夫 4 完

國家圖書館出版品預行編目資料

順手撿個童養夫 / 平林著. --
初版. -- 臺北市 : 狗屋, 2019.05
冊 ; 公分. --（文創風）
ISBN 978-986-509-002-9（第4冊：平裝）. --

857.7　　108004263

著作者　平林
編輯　張蕙芸
校對　黃薇霓　簡郁珊
發行所　狗屋出版社有限公司
地址　台北市104中山區龍江路71巷15號1樓
電話　02-2776-5889～0
發行字號　局版台業字845號
法律顧問　蕭雄淋律師
總經銷　知遠文化事業有限公司
電話　02-2664-8800
初版　2019年5月
國際書碼　ISBN-13　978-986-509-002-9

本著作物由廣州阿里巴巴文學信息技術有限公司授權出版

定價250元
狗屋劃撥帳號：19001626
網址：love.doghouse.com.tw　E-mail：love@doghouse.com.tw